ANDREAS SCHRÖFL

Schlachtsaison

AUFGESCHLITZT »Und jetzt musst du den Mörder finden. Die Susi war doch auch deine Freundin«, fleht Anna ihren Bruder Sanktus an. In München wurden zwei Frauen auf grausame Weise ermordet. Bei beiden Opfern wurden die Kehlen aufgeschlitzt und die Körper brutal verstümmelt. Alles deutet auf die Taten eines Wahnsinnigen hin, der die Whitechapelmorde von Jack The Ripper kopiert. Sanktus' Partnerin Kathi ist von Annas Bitte wenig begeistert, da sie im fünften Monat schwanger ist und um ihre Familie fürchtet. Als ein weiteres Opfer aufgefunden wird, gibt sie ihren Widerstand auf und der Sanktus kann mit Kommissar Bichlmaier, Dr. Engler und seinen früheren Brauereikollegen ermitteln. Ein Wettlauf mit der Zeit beginnt, da der Schlächter von München entlarvt werden muss, bevor er sein Werk der »kanonischen Fünf« wie sein offenbares Vorbild vollenden kann. Zu allem Übel belasten den Sanktus die Geburtsvorbereitungen sowie das plötzliche Auftauchen seines Vaters, der nach über dreißig Jahren nach München zurückkehrt.

Andreas Schröfl wurde 1975 in München geboren und ist dort im Stadtteil Steinhausen aufgewachsen. Nach dem Abitur erlernte er das Handwerk des Brauers und Mälzers in einer Münchner Großbrauerei. Anschließend studierte er an der Universität Weihenstephan Brauwesen und Getränketechnologie. Es folgten fünf Jahre als Braumeister in einer mittelständischen bayerischen Brauerei. Zurzeit arbeitet er im Brauereianlagenbau. Andreas Schröfl lebt in einem Dorf am Rande der Hallertau, ist verheiratet und hat zwei Kinder. Die Sanktus-Bier- und München-Krimis vereinen seine Liebe zum Beruf, die Verbundenheit mit München und der bayerischen Tradition sowie seine langjährige Leidenschaft für Kriminalromane.

Bisherige Veröffentlichungen im Gmeiner-Verlag:
Brauerehre (2015)
Altherrenjagd (2016)

ANDREAS SCHRÖFL

Schlachtsaison

Der »Sanktus« muss ermitteln

GMEINER SPANNUNG

Personen und Handlung sind frei erfunden.
Ähnlichkeiten mit lebenden oder toten Personen
sind rein zufällig und nicht beabsichtigt.

Besuchen Sie uns im Internet:
www.gmeiner-verlag.de

Im Ehnried 5, 88605 Meßkirch
Telefon 07575/2095-0
info@gmeiner-verlag.de

1. Auflage 2017

Lektorat: Claudia Senghaas, Kirchardt
Herstellung: Mirjam Hecht
Umschlaggestaltung: U.O.R.G. Lutz Eberle, Stuttgart
unter Verwendung eines Fotos von: © WoGi / fotolia.com
Druck: CPI books GmbH, Leck
Printed in Germany
ISBN 978-3-8392-2050-4

Für meine Schwiegereltern.

Peter, du wärst bestimmt auch ein guter Freund vom Sanktus gewesen!

»Die Kriminalitätsrate in Bayern ist im Vergleich zu den restlichen Bundesländern in Deutschland am niedrigsten. München gilt als eine der sichersten Städte Deutschlands.«

Nikolaus Zirngibl, Bayerischer Justizminister,
Januar 2013

Er schleicht sich an im Schutz der dunklen Nacht
Er zückt sein Messer und er sticht im Nu
Und nach dem Madl was er mit dir macht
Schließt du die Aug'n für immer zu

Ja hier in München liebte man die Freiheit
Die Straßen heut sind still und stumm
Zefix Gendarm so sei doch nicht so feige
Der Ripper Jack geht wieder um.

Unbekannter Musikant auf die Melodie des Wildschütz Jennerwein im Münchner Hofbräuhaus. Februar 2013

LONDON HERBST 1888

Das Londoner East End war vollkommen mit Menschen überfüllt. Grund hierfür war ein explosionsartiger Bevölkerungsanstieg in den 80er-Jahren des 19. Jahrhunderts, der durch den Zuzug von Osteuropäern und Russen, die vor den Judenpogromen in ihrem Land auf der Flucht waren, ausgelöst wurde. Bestialischer Gestank begleitete die Bewohner auf all ihren Wegen, die Straßen waren voll von Schmutz, und überall herrschten üble Krankheiten. Im Stadtteil Whitechapel hausten Tagelöhner, Arbeitslose und Diebe. Das Leben spielte sich draußen auf der Straße ab, und viele der ansässigen Frauen verdienten sich ihren Unterhalt als Prostituierte.

Im Herbst des Jahres 1888 nahm eine verhängnisvolle Mordserie ihren Lauf, die als »Whitechapelmorde« in aller Munde war. Elf Frauen wurden in dieser Zeit getötet. Die Opfer hießen Mary Ann Nichols, Annie Chapman, Elizabeth Stride, Catharine Eddowes und Mary Jane Kelly. Eine Reihe besonders brutaler Morde wurde als »die kanonischen Fünf« bezeichnet. Fünf Prostituierte, deren Tötung einem einzigen Mörder zugeschrieben wird. Dem bekanntesten Serienkiller aller Zeiten – Jack the Ripper!

Der Mann, der Jack the Ripper war, wurde nie gefunden, obwohl es viele Verdächtige gab. Einer davon war ein englischer Kunstmaler, Walter Sickert, der in München geboren wurde!

ANNA – 03.03.2013

Benommen erwachte sie aus ihrem Tiefschlaf. Was war geschehen? Sie konnte es nicht genau sagen. Sie war zu ihm gefahren, um ihn zur Rede zu stellen. An mehr konnte sie sich nicht erinnern. Sie lag auf einer Art Pritsche. Hände und Füße waren an den Rahmen gefesselt, und ihr war ein Knebel in den Mund geschoben worden. Wo war sie? Wer hatte sie hierher gebracht? Reines Entsetzen stieg in ihr auf. Ihr Herz pochte wie verrückt, und ihr war vor Kopfschmerzen speiübel. Der Raum um sie herum war in rotes Licht getaucht. Sie konnte Ziegelmauern wahrnehmen, und ein unangenehmer Geruch nach Feuer lag in der Luft, aber sie war nicht im Freien. Der Raum erweckte eher den Anschein, als würde er sich in einem fensterlosen Keller befinden. Sie konnte ein Kind nach seiner Mutter rufen hören. Die Mutter antwortete und wies das Kind an, es solle zurück in die Wohnung kommen.

Es waren Schritte zu hören. Laute, feste Schritte. Die Schritte näherten sich langsam. Pochend. Sie pochten in ihrem Kopf. Plötzlich schrie eine fremde Frau: »Was soll das? Lassen Sie das!« Es folgte ein entsetzlicher Schrei. Dann war wieder Ruhe. Musik ertönte. Opernmusik? Eher ein Donnergrollen.

Eine Tür öffnete sich knarzend, und das Blut gefror ihr in den Adern. Die Gestalt, gehüllt in einen schwarzen Mantel, auf dem Kopf einen Zylinder und eine schwarze

Maske vor den Augen, betrat den Raum. Sie konnte das Aufblitzen eines Skalpells erkennen. Der Schatten kam Schritt für Schritt, das Messer vor sich herführend, auf sie zu. Langsam beugte sich der Maskierte zu ihr herunter und setzte das Skalpell an ihrer Kehle an. Sie spürte, wie sich ihre Blase warm entleerte.

MARY ANN

Mary Ann Nichols wurde am 31. August tot in der Buck's Row aufgefunden. Ihr Mörder hatte ihr die Kehle durchschnitten und den Unterleib geöffnet, um die Organe freizulegen. Es wurde jedoch kein Organ entnommen. Die Ermittler ordneten alle Verletzungen der gleichen Waffe zu. Es war offensichtlich, dass das Opfer direkt am Fundort ermordet wurde.

Ich habe es getan. Wirklich getan! Ich habe meinen ersten Mord begangen. Schuld? Weshalb? Sie hat es doch so gewollt. Sie hat es definitiv provoziert. Nicht mit mir! Es war ein wunderbares Gefühl. So plötzlich war es da. Ich war stark, überlegen. Ich bin mächtig. Macht über Leben und Tod. Nun weiß ich es sicher. Ich werde erlöst werden!

VOR EINER WOCHE.

Münchner Morgenpost vom 29.01.2013

Grausamer Mord in Geiselgasteig – Jennifer Gold ist tot.

Am Montagabend wurde die Schauspielerin Jennifer Gold am Set der Daily Soap »München bleibt München« ermordet aufgefunden. Vom Täter fehlt jede Spur.
Ein Bericht von Rudolf Ligsalz

»Ich muss kurz noch einmal zurück. Ich hab meine Handtasche vergessen«, waren die letzten Worte des neu entdeckten Starletts Jennifer Gold, die sie ihrem Verlobten Markus F. (Name geändert) nachrief, als sie am Montagabend kurz vor sieben Uhr zurück zum Set der Serie »München bleibt München« eilte. Nachdem Markus F. und einige Bekannte fast eine Stunde vergeblich im naheliegenden Café »Filmstadt« gewartet hatten, machten sie sich auf die Suche nach der jungen Schauspielerin. Am Drehort angekommen, bot sich ihnen ein grausamer Anblick. Sie fanden Jennifer Gold leblos an einem Flaschenzug mit dem Kopf nach unten hängend. Ihre Kehle war durchtrennt worden und ihr Unterleib durch Schnitte geöffnet und förmlich ausgeweidet. Die Gedärme hinterließ der Täter am Tatort.

ANNIE

Annie Chapmans Leiche wurde am 8. September in einem abgelegenen Hinterhof der Hanbury Street entdeckt. Auch ihre Kehle wurde durchgeschnitten und ihr Unterleib geöffnet. Der Mörder hatte die Eingeweide über ihren ganzen Körper drapiert. Die Untersuchungen ergaben, dass ihre Gebärmutter entfernt wurde. Die Verstümmelungen deuteten auf anatomisches Wissen hin. Wieder wurde nur eine einzige Waffe verwendet.

Ich habe es wieder getan. Es musste sein, und es war ganz einfach. Viel einfacher als beim ersten Mal.

Die Filmschnalle hatte mich inspiriert. Ich habe dieses egoistische, anmaßende Luder für immer zum Schweigen gebracht. Sie spielt keine Rolle mehr. Nie wieder! Weder beim Film noch für die Kritiker und die Nachwelt. Selbst schuld ist sie. Sie ist auf mich losgegangen. Wie eine Furie. Wie eine Irre. Auf mich! Sie würde mir zeigen, wo der Barthel den Most holt, diese elende Bauernschlampe. Sie! Mir! Wenn der Bauer aufs Ross kommt, kann ihn der Teufel nicht mehr reiten! Diese blutige Anfängerin. Ich habe sie gepackt, herumgedreht, ihr den Mund zugehalten und von hinten einen Schnitt versetzt. Der Rest war Routine. Wie früher.

Heute hab ich die Adresse dieser Hure herausbekommen. Nobles Viertel, muss man schon zugeben. Wer weiß, woher sie das Geld hat? Ich kann es mir schon denken. Das mit der Aussprache hat sie am Telefon gleich geschluckt. Sie lässt mich auch sofort hinein. Ich kann so unschuldig wirken. Wir plaudern und trinken Tee. Earl Grey. Eigentlich ist sie ganz sympathisch. Wenn ich nicht wüsste, wer sie wirklich ist, würde ich auf sie hereinfallen. Mädchen, das ist heute dein letzter Tee! Mit einem Vorwand locke ich sie ins Schlafzimmer. Das Messer ist griffbereit, und ich kann meine Arbeit beginnen. Schön liegt sie am Ende da. Das rote Blut auf dem Laken und sie mitten drin. So ruhig und unschuldig. In ihrem Nachtkästchen finde ich Handschellen. Ich drapiere die Leiche. So schön! Ich ziehe ihr das Höschen aus, denn ich muss ihr die Schamlippen entfernen und damit ein Zeichen setzen.

DIENSTAG, 05.02.13

Na bravo! Es ist wieder jemand ermordet worden, und das genau jetzt, wo der Sanktus alles andere zu tun gehabt hat, als irgendeiner Leiche nachzurennen. Da wirst du sagen, der zieht das ja förmlich an, oder? Hast du recht, aber der Sanktus hat dieses Mal wirklich nichts dafür können. Aus und vorbei ist es mit dem Kriminalisieren, hat er sich nach den Altherren-Morden geschworen, weil Gefahr nicht zu beschreiben. Und der Kathi hat er es auch hoch und heilig versprechen müssen, weil angehende Mutterfreuden.

Ja, hast du richtig verstanden: Der Sanktus wird Vater. Kannst du dir das vorstellen? Eben! Hin- und hergerissen war er zwischen Stolz, Angst, Glück und Unwohlsein. Er, der ewige Stenz und Aushilfs-Monaco-Franze, ein Familienvater? Schwierig. Und diese Vorbereitungen! Babyläden hier, Babyläden dort, Kinderwagen, Stubenwagen, Wickelkommode, Babygewand, Trinkflaschen, Schnuller, Windeln und jetzt halt dich fest – Geburtsvorbereitungskurs! Wahnsinn kein Ausdruck. Erschwerend dazugekommen ist, dass der Sanktus seit seinen Ermittlungseskapaden eigentlich arbeitslos gewesen ist, weil mörderische Suchen durch München mit geregelter Arbeitszeit einfach unvereinbar. War auch die Meinung des Wirts vom Sternbräu-Biergarten, und das war dann letztes Jahr sein Aus als Schankkellner. War jetzt nicht wild, weil die Kathi gut verdient hat, aber wenn die Kathi in den Mutterschutz geht, dann hätte der Sanktus schon den Anspruch an sich gehabt, der Versorger zu sein. Also ein neuer Job hat her müssen und das pronto. Die Sterne für das Sanktus-Ego sind also eh nicht gut gestanden, und dann kommt seine Schwester, die Anna, auch noch wie eine Vergiftete in die Küche der Altbauwohnung am Haidhausener Johannisplatz hereingerauscht und hat geplärrt:

»Die Susi ham s' umbracht. Irgend so eine perverse Sau. Ich kann nimmer!«

Dann hat sich die Anna in einen Stuhl plumpsen lassen, hat ihre Hände vors Gesicht geschlagen und ist in Tränen ausgebrochen.

Der Sanktus hat die Susi natürlich gekannt, weil es gibt ja bekanntlich selten jemanden, den der Sanktus nicht kennt. Außerdem war sie die beste Freundin von der Anna, also omnipräsent. Bisher zumindest.

Er hat seine Schwester natürlich nur schwer weinen sehen können, hat ihr über den Kopf gestreichelt und gesagt, sie soll ihm erst einmal alles in Ruhe erklären. Die Kathi, die der Anna die Wohnungstür geöffnet hat, hat sich auch dazugesetzt, und die Martina ist ins Bett geschickt worden, weil es schon recht spät war. Die Martina ist Kathis neunjährige Tochter, die sie in die Beziehung mitgebracht hat. Sie ist inzwischen wie ein eigenes Kind für den Sanktus, und die geben ein wunderbares Duo ab. Die Martina hat natürlich gegen die Entsendung in ihr Schlafgemach aufbegehrt, hat aber nach einem ernsten Blick seitens Sanktus den Widerstand aufgegeben.

Die Anna hat jetzt zu erzählen angefangen, und die Kathi und der Sanktus, die ja schon mehrere Leichen gesehen haben, sind bei den Ausführungen der Schwester trotzdem relativ blass geworden. Sie und die Susi wollten zusammen ins Kino gehen und hatten sich für heute am späten Nachmittag verabredet gehabt. Irgend so ein Romanzenschinken, von dem der Sanktus nicht einmal im Entferntesten gehört hat. Mit so einer Art Brad Pitt, also so ein Feind des normalen Mannes. Auf jeden Fall hat die Anna bei der Susi geklingelt, aber keine Antwort, weil Antwort, wenn du tot bist, ist ja bekanntlich eher schwierig. Die Anna hat dann aufgesperrt. Den Schlüssel hat sie noch vom letzten Urlaubsblumengießen gehabt. Sie ist also rein zur Tür und hat erst mal nach der Susi gerufen, weil Vorsicht wegen unter Umständen Männerbesuch, und es geht gerade so hoch her, dass man die Klingel nicht hören kann. Die Susi hat nämlich eine neue Flamme gehabt, hatte sie der Anna zuvor eröffnet. Näheres nach dem Kino in der Lissabon Bar. Die Anna hat sich also noch zwei-, dreimal bemerkbar gemacht, aber immer noch keine Antwort. Durch die Schlafzimmertür hat sie einen Lichtschein ausmachen können, weil es ja Winter und zu dieser Zeit schon dunkel war. Sie hat sich also langsam vorgetastet und die Susi noch einmal gerufen, aber immer noch nichts. Jetzt hat sie die Tür zum Schlafzimmer langsam aufgemacht, in Richtung Bett geschaut und ist bei dem Anblick gleich zum Kotzen ins Bad gehastet.

Die Susi ist nackt auf dem Bett gelegen. Ihre Handgelenke waren an das Kopfende gefesselt, ihre Kehle war durchgeschnitten, und zwischen ihren Beinen hat sich das Blut aus ihrer verstümmelten Vagina gesammelt. Das weiße Laken mit dem roten Fleck, ein Anblick wie die japanische Flagge, halt mit der toten Susi drauf.

»Und jetzt musst du den Mörder finden. Die Susi war doch auch deine Freundin«, hat die Anna unter Schluchzen hervorgebracht. Auftrag praktisch erteilt. Der Blick von der Kathi jetzt Wandlung von Mitleid auf Angriff, aber der Sanktus ist ihm gleich ausgewichen, dem Blick, weil Frau ist Frau, Schwester ist Schwester, aber Zwickmühle dazwischen ist Wahnsinn.

»Ja aber wer war denn von der Polizei da?«, hat der Sanktus wissen wollen.

»Der Bichä und sein komischer Franke«, hat die Anna geantwortet.

»Der Demuth? Na bravo!«, hat der Sanktus gesagt. »Aber der Bichä regelt das schon. Da braucht's mich doch ned unbedingt, oder?«, hat er gestammelt und in Richtung Kathi geblinzelt. Dort jedoch alle Geschütze in Angriffsstellung.

»Fredi, bitte. Das ist doch die Susi!«, hat die Anna geschluchzt und ihn mit ihren großen, treuen verweinten Knopfaugen flehend angesehen.

»Ja schon. Freilich, die Susi.«

Dem Sanktus nun mehr als unwohl. Kurzer Blick zur Kathi.

»Sanktus!«, ist's der Kathi entfahren, und sie hat ihn und die Anna mehr als giftig beäugt.

»Herrschaftszeiten!«, ist der Sanktus jetzt hochgefahren. »Ihr machts mich ja ganz deppert. Machts es doch untereinander aus, was ich darf, soll oder muss! Oder was nicht. Weiber, zefix!«

Wie du bestimmt weißt, war der Sanktus ja nicht im diplomatischen Corps daheim, und die Reaktion der beiden Damen war natürlich suboptimal für ihn. Die Anna ist wie eine Furie zur Küchen- und schließlich zur Wohnungstür hinaus, und die Kathi hat nach der Anna die selbigen Türen zugeknallt. Wo sie hingegangen ist, hat der Sanktus dann logischerweise nicht mehr sehen können. Er hat sich kopfschüttelnd ein Stern-Weißbier aufgemacht und sich trotz der Eiseskälte auf den Balkon, der zum Hinterhof geht, hinausgestellt und sein Bier getrunken. Jetzt endlich Ruhe.

MITTWOCH, 06.02.2013

In der Nacht hat der Sanktus sehr schlecht geschlafen, weil Problem, die Kathi ist vor lauter Wut am Abend direkt ins Bett gegangen, und der Sanktus hat die Gelegenheit genutzt und hat einen Actionfilm, den die sich nie mit ihm angeschaut hätte, eingelegt und noch einige Biere dazu gekippt. Praktisch Junggesellendasein. Ein Traum. Halt nicht am nächsten Tag.

Als der Sanktus um fünf Uhr schon einmal aufgewacht ist, hat er das Gefühl gehabt, er hätte seinen Atem anzünden können. Geschmack im Mund, dass du dich fürchtest. Die Kathi hat sich aber eng an ihn hin geschmiegt, also anscheinend alles wieder im Lot. Frauen! Er hat lange nicht mehr einschlafen können, ist dann aber doch wieder weggedämmert und hat geträumt, dass nicht die Susi ermordet auf dem Bettlaken gelegen ist, sondern die Kathi, und ein blutiger Embryo neben ihr. Er hat einen Schrei getan, den du vermutlich noch am Viktualienmarkt hättest hören können. Die Kathi war sofort hellwach, und die Martina ist ganz verstört zu ihnen ins Bett gekrochen gekommen.

»Was is'n los?«, hat sie gefragt.

Die Kathi hat den Sanktus nur ganz entsetzt angeschaut und gefragt: »Weinst du?«

Der Sanktus hat sich natürlich geschämt, verneint und behauptet, er habe einen angehenden Katarrh. Aber irgendwie, wenn du Vater wirst, hast du näher am Wasser gebaut anscheinend. Für den Sanktus eine neue und sehr beunruhigende Erfahrung, weil halt doch eher Alpha-Tier.

Beim Frühstück war die Stimmung gelöst und ganz normaler Alltag auf dem Programm. Die Kathi eher mürrisch, der Sanktus und die Martina gut drauf. Wie immer halt. Die Kathi hat erst ein bisserl rumgedruckst, aber irgendwann hat sie sich dann doch durchgerungen, den Sanktus ernst angeschaut und gemeint:

»Sanktus, ich weiß, dass du schon zwei Mordfälle aufgeklärt hast, und dass es dich so was von reizt, der Anna zu helfen. Ich seh's dir an der Nasenspitze an. Aber du wirst in vier Monaten Vater. Verstehst du das? Das ist zu gefährlich. Ich möcht am End ned allein mit zwei Kindern dasitzen und dich auf dem Ostfriedhof besuchen. Beim letzten Mal im Lußsee war's ziemlich knapp. Schau mich an!«

Der Sanktus hat nur in seinen Joghurt mit Honig hineingestarrt.

»Oui, mon général!«

»Herrschaft, kannst du nicht einmal ernst bleiben, Herr Sanktjohanser? Das ist zum aus der Haut fahren mit dir!«, hat die Kathi geschimpft.

»Hast ja recht, Kathi. Ich halt mich raus. Ich versprech's dir!«

Aber so richtig geglaubt hat er das nicht, was er gerade gesagt hat, der Herr Hobby-Detektiv.

Nachdem die Kathi zur Arbeit und die Martina in die Grundschule an der Flurstraße gegangen sind, hat der Sanktus den Frühstückstisch aufgeräumt und sich auf den

Weg zum »Sternbräu« in die Landsberger Straße gemacht. »Münchener Bier-Tour« war heute auf dem Programm.

Der Herr Sanktjohanser, seines Zeichens Bierbrauer, verhinderter Braumeister und Ex-Polizist, hatte es bisher nirgends ausgehalten. Weder beim Studium in Weihenstephan noch bei der Münchner Polizei. Nicht einmal in Namibia in der dortigen Brauerei in Windhuk. In München zurück, war er wieder als Bierbrauer gegangen, doch nach den Brauereimorden seinerzeit hat er wieder vom »Sternbräu« wegmüssen, weil psychologisch, verstehst? Von da ab hat er sich als Schankkellner durchgeschlagen. Doch das war seit den Ermittlungen im letzten Sommer auch vorbei, und jetzt war er Stadtführer. Degradierung gar nix dagegen, weil wenn er ehrlich war, hat das schon sehr an seinem Ego genagt, aber was willst du machen? Und jetzt war die Kathi auch noch schwanger und würde irgendwann in Mutterschutz gehen. Wenn er nicht rechtzeitig einen Job finden würde, würde ihm nichts anderes übrig bleiben, als beim Kind daheim zu bleiben, und die Kathi müsste dann bald wieder ihre Arbeit aufnehmen. Der Sanktus als erziehender Kindsvater? Unmöglich kein Ausdruck. Aber kommt Zeit, kommt Rat, beziehungsweise hoffentlich Job.

Der Sanktus ist mit der Trambahn in Richtung Westend gefahren. Während der Fahrt hat er schweigend aus dem Fenster auf das schneebedeckte München gestarrt. Seine große Schwester und ihre Freundin, die Susi, sind ihm nicht aus dem Kopf gegangen. Er hat die Anna selten so verzweifelt gesehen. Sie hatte ihn praktisch groß gezogen, da ihre Mutter alleinerziehend war und hat arbeiten müssen. Die Anna war immer für ihn da gewesen. Und jetzt hatte er sie abgewiesen. Gut, klar, freilich, die Kathi war schwanger und er hat nichts riskieren dürfen. Aber wie er es gedreht und gewendet hat, die Anna hat verdammt noch mal etwas gut gehabt bei ihm. Schwangere Kathi hin oder her.

»Saudumme Situation«, hat der Sanktus laut gesagt, und die ältere Frau ihm gegenüber hat ihn fragend angesehen.

»Passt scho«, hat der Sanktus gemeint und abgewinkt. Die Frau hat ihn angelächelt, kurz darauf die »Münchner Morgenpost« herausgezogen und zu lesen angefangen. Auf der Titelseite hat ganz groß geprangt:

Schlächter schlägt wieder zu. Junge Frau in Bogenhausen ermordet. Geht ein neuer Ripper in München um?

Ein Bericht von Rudolf Ligsalz.

Darunter ein Bild von der Susi auf dem mit Blut getränkten Bett. Grauenvoll! Dass man so was veröffentlichen darf? Und woher hat der Reporter das Bild gehabt? Normalerweise wird so ein Tatort sofort abgeriegelt. Ligsalz? Rudolf Ligsalz? Ein Ligsalz Rudi ist einmal zum Sanktus in die Klasse gegangen. Im Luitpold-Gymnasium, aber der war nach der Zehnten wieder abgegangen. Ob das derselbe war? So viele Ligsalze würde es ja wohl nicht geben. Der Sanktus hat sich das Bild von der Susi noch einmal angesehen, und ihm sind die Tränen gekommen. Er hat sich noch gut an sie erinnern können, weil sie war oft bei ihnen daheim zu Besuch gewesen war. Er war als Bub sogar richtig verliebt in sie gewesen. Scheiß die Wand an … Die Frau gegenüber hat die Zeitung umgeschlagen, und er hat einen Blick auf den eigentlichen Artikel werfen können. Darin war noch ein weiteres Foto abgebildet. Eine Frau verkehrt herum aufgehängt. Das Foto war aus einem Winkel im Hintergrund aufgenommen, und man hat die Frau nur von der Seite und etwas schemenhaft erkennen können. Unter ihr war eine riesige Blutlache, und irgendetwas ist darin gelegen. Der Sanktus hat das Bild genauer betrachtet und hat sehen können, dass der Körper der jungen Frau geöffnet worden war und dass am Boden ihre Innereien gelegen sind.

»Furchtbar, ha?«, hat die Frau mit der Zeitung gefragt. »Geht's Eahna ned guad?«

»Ich – ich hab die eine da kennt«, hat der Sanktus gestottert.

Die Frau hat nur »Um Gottes willen« geflüstert und hat sich wieder in ihre Zeitung vertieft.

Der Sanktus hat aus dem Fenster geschaut und mit einem extremen Brechreiz gekämpft. Aber eines war ihm klar: Er würde der Anna ihren Wunsch erfüllen. So viel war sicher. Das hat die Kathi verstehen müssen. Oder …?

Als der Sanktus die Gruppe vor der Brauerei von Weitem gesehen hat, war ihm schon klar, dass der Tag heute ein Satz mit »X« werden würde. Alle in hell- bis dunkelbrauner Kleidung, ein bisserl ins Graue tendierend. Beamte oder Lehrer a. D. hat sich der Sanktus gedacht. Alter 70 plus und fast alle bebrillt.

»San Sie die Gruppe Piepenbrock?«, hat der Sanktus wissen wollen.

»Piepenbrock. Jawohl, Guten Tag. Heiner Piepenbrock mein Name. Dann sind Sie wohl Herr Sanktjohanser, unser Guide? Das sind die Mönkebergs, die Schmidtkes, Herr von Uhlenbusch, Direktor Schlönske mit werter Gattin und last but not least, meine liebe Frau Dora.«

Treffer, Lehrer, ist es dem Sanktus durchs Hirn geschossen.

»I bin da Sanktus, Servus!«

»Wie meinen?«, hat der Piepenbrock gefragt und den Sanktus strafend über seine Halbbrille hinweg betrachtet.

»Ich bin der Sanktus. Sanktus von Sanktjohanser«, hat der Sanktus geantwortet.

»Wohl Sanktus Gambrinus, wa? Nunc est bibendum. Salve pater patriae bibas princeps optime. Jaja. Nockherberg. Wir haben uns vorbereitet, wie Sie sehen. Wir sind nämlich ...«

»Lehrer!«, hat der Sanktus den Satz vollendet.

»Woher wissen Sie, Herr Sanktus?«, hat der Piepenbrock gefragt.

»Intuition, Herr ... Dings«

»Piepenbrock!«

»Genau!«, hat der Sanktus geschlossen. »Hannover, oder?«

»Schon wieder touché. Auch Intuition?«

»Freilich«, hat der Sanktus gelogen, weil die Herkunft hat er von der Zentrale bekommen, aber das hat der Piepenheiner ja nicht wissen brauchen.

Der Sanktus ist also wieder einmal vor den geheiligten Hallen der »Sternbrauerei«, seiner Lehrbrauerei, wo sozusagen alles begann, gestanden. Das Sudhaus hat kupfern aus den großen Schaufenstern geleuchtet, und der Geruch nach süßer Maische und Hopfen duftender Bierwürze ist ihm entgegengeschwebt. Ein Traum. Gleich werden sie fragen, was da so stinkt, hat sich der Sanktus gedacht.

»Schatzi, was stinkt denn hier so fürchterlich?«, hat die Mönkebergin gefragt, und der Sanktus am Schmunzeln.

»Liebling, das ist das Bier, weißt du«, hat der alte Mönkeberg geantwortet und recht siebengescheit zum Sanktus rüber geschielt. Der hat nur gesagt: »Fast, gell!«, und hat die Gruppe durch den Torbogen des aus rotem Backstein erbauten Brauereigebäudes geschoben.

Im warmen Sudhaus hat der Sanktus erst einmal mit der Begrüßung und der Geschichte der »Sternbrauerei« begonnen. Da es draußen saukalt war, war die Gruppe in ihren faden Gewändern recht warm eingepackt, und so ist ihnen im 40 Grad heißen Sudhaus ganz schön der Schweiß aus den Poren geschossen. Natürlich haben sie es sich nicht anmerken lassen wollen und haben das Schwitzen in Kauf genommen, was den Sanktus beflügelt hat, seine Geschichte in der langen Version, also ganz ausgeschmückt, langsam und verständlich zu erzählen.

»Hase, wie bei der Gilde letztes Jahr, nicht wahr?«, hat die Frau Schlönske geflüstert.

»Jaja. Wie bei der Gilde, Häschen. Nur nicht so groß«, hat der Schlönske geantwortet, und dem Sanktus ist schon der Rauch aus dem Genick raus, aber er hat sich nichts anmerken lassen. Die Geschichte hat daraufhin halt noch ein bisserl länger gedauert. Auch dass der Hanspeter, der inzwischen Biersieder war, aus der Schaltwarte rausgekommen ist und mit dem Sanktus noch geratscht hat, hat das Ganze nicht wirklich beschleunigt. Geschieht euch recht, hat sich der Sanktus gedacht und gelächelt. Am Abend auf ein, zwei Halbe in die »Neue Kirche« ist dann noch mit dem Hanspeter ausgemacht worden.

Jetzt hat der Sanktus die völlig verschwitzten pensionierten Lehrer in den kalten Gär- und Lagerkeller geführt. Sollen sie sich doch den Tod holen, hat sich der Sanktus gedacht. Wie bei der Gilde! Im neuen Gärkeller, in dem man eigentlich nur die trichterförmigen Konen und Ausläufe der in der Betondecke eingehängten Tanks und die mannigfaltigen Rohrleitungen, Ventile und Pumpen gesehen hat, waren die Hannoveraner endlich sprachlos.

»Is das 'ne UFO-Landung?«, hat der Mönkeberg gefragt.

»Nein«, hat der Sanktus geantwortet. »Das ist der technische Minimalstandard in bayerischen Brauereien.«

Ihm war klar, dass es in 90 Prozent der 1200 bayerischen Brauereien nie im Leben so modern ausgesehen hat, aber das haben die Mönkebergs und Piepenheiners ja nicht wissen müssen.

»Wir machen nicht umsonst das beste Bier der Welt.« Also gleich noch einen drauf. »Aber es gibt auch in dieser Brauerei noch traditionelle Ecken. Wenn Sie mir bittschön folgen möchten.«

Und jetzt hinein in den saukalten Lagerkeller. Die Gruppe hat sofort zu frieren angefangen.

Auf ihrem Weg haben sie noch den Master, den Schlauch-Gernot und den Giovanni getroffen. Mit allen hat der Sanktus kurz geratscht, und die Gruppe war dann schon ein bisserl angefressen, weil vor Kälte jetzt schon am Schlottern. Aber das war dem Sanktus so was von wurscht.

Der Giovanni ist gerade in Gummistiefeln und mit Eimer und Schrubber bewaffnet durch das enge Mannloch, das sich an der Stirnseite des zylindrischen Tanks befindet, in einen der alten liegenden Lagertanks eingestiegen und hat begonnen, das Gefäß zu reinigen. »Tankschlupfen« im Brauer-Sprachgebrauch. Wenn du so einen Tank reinigst, musst du ihn erst vom Geläger, das heißt von der durch die Lagerung abgesetzten Althefe befreien und die gasförmige Kohlensäure vorher ausblasen, weil sonst würdest du drinnen ersticken. Wenn du dann im Tank bist, kannst du mit dem Ausspritzen beginnen. Als der Sanktus den Giovanni in dem Tank gesehen hat, hat er wieder an den Riemensberger Erwin und wie sie seinerzeit seine Leiche aus solch einem Tank gezogen haben, denken müssen. Da hat's ihn gleich gefröstelt.

Der Giovanni hat in Ruhe seinen Tank mit einem Wasserschlauch ausgespritzt, und der Piepenheiner, neugieriger Lehrer, wie er war, hat seinen Beamtenschädel a.D. unbedingt durch das Mannloch hineinstecken müssen. Alles noch in Ordnung, weil drinnen ja Licht, aber dann hat er der Gruppe irgendwas zurufen wollen, hat aber seinen Kopf im Tank gelassen. Grober Fehler, weil wenn du in so einem Behälter schreist, hallt das, dass du Glocken von Rom läuten hörst, und dementsprechend ist der kleine Italiener erschrocken, hat sich mit dem laufenden Wasserschlauch umgedreht und den Piepenheiner-Schädel samt Schultern einmal so richtig runtergewaschen. Der ist natürlich hochgezuckt und hat sich seine Birne mit Schwung am Rand des Mannlochs angehauen. Der Lehrer hat jetzt die Engel singen hören. Wahrscheinlich eine ganze Schubert-Messe. Ankennen hat er sich aber nichts lassen vor dem Sanktus. Er hat die Zähne zusammengebissen, dass du es knirschen gehört hast, und seine Frau hat ihm seine verbliebenen drei Haare mit ihrem Jackenärmel getrocknet. Nun weiter in die Füllerei. Da die Abfüllanlage brandneu und gerade erst in Betrieb genommen worden war, hat der Sanktus gar nicht so oft »Oh wie bei der Gilde« gehört.

Nach der Führung ist der Sanktus samt Gruppe mit der Trambahn an der »Augustiner Brauerei« vorbei zum Stachus gefahren, dann zu Fuß durch das beigefarbene Karlstor, entlang der Kaufinger Straße bis ins Tal zum Münchner Biermuseum. Dort hat der Sanktus alles über die Münchner Biertradition und Brauereigeschichte erzählt, und die Piepengruppe war ganz Ohr, weil München hat beim Gerstensaft halt doch einiges an Tradition zu bieten. Danach logischerweise nur eine Destination der Wahl. Das Münchner »Hofbräuhaus«. Die Traditions-Bierburg am Platzl war vom Isartor aus in fünf Minuten leicht zu Fuß zu erreichen. Dort angekommen sind der Sanktus und sein Gefolge vor einem riesigen Plakat, das eine Guillotine mit Henker gezeigt hat, stehen geblieben.

Eröffnung der Münchner Folterkammer.
Nach dem Dungeon in London und Hamburg
jetzt auch hier in München.

Grauslich und blutverschmiert hat ein Henker von seinem Plakat zum Publikum hinabgeschaut. Highlight: die Jack-the-Ripper-Ausstellung. In Hamburg wäre das der Renner, hat das Plakat vermittelt. Das Ganze sei »Gleich hier in der Nähe des Platzls« ist auf einem leuchtenden Aufkleber gestanden. Links oben war ein ovales Fleckerl freigelassen, aus dem der Investor mit dem Münchner Oberbürgermeister rausgeschaut hat. Grad gegrinst haben sie, und du hast die Tausender und die Touristenzahlen aus ihren Augen geradezu rausleuchten gesehen. Der Sanktus hat genauer hingeschaut, und dann hat ihn der Blitz getroffen. Der Investor war niemand anderes als der Glöckerl Willi, ein alter Bekannter. Schmierig kein

Ausdruck. Früher hatte der eine Metzgerei in der Elsässer Straße gehabt. Dorthin hat der Sanktus immer zum Einkaufen müssen. Dem Willi hast du keinen Millimeter über den Weg trauen dürfen. Der war schon als junger Mensch aufs Geld aus gewesen wie der Teufel auf die arme Seele. Wenn der Willi was zu seinem Vorteil ausnutzen hat können, hätte er auch seine Großmutter dafür verkauft. Komisch war nur, dass der nach dem Ligsalz heute schon der zweite alte Bekannte war, an den der Sanktus seit Langem nicht mehr gedacht hatte. Was würde an diesem Tag noch alles auf ihn zukommen?

Der Sanktus hat sich jetzt wegen der Reisegruppe nicht länger vor dem Folterkammerplakat aufhalten können, weil der Piepenheiner hat ihn schon ständig am Ärmel gezupft und ihn in Richtung Wirtshaus gezogen. Kennst du das Gefühl, wenn du eigentlich geistig wo anders bist, dich aber ständig einer piesackt und bei dir brodelt's schon? Aggression kein Ausdruck. Aber als braver Guide hat der Sanktus natürlich nachgeben müssen, sonst Job wieder weg. So schnell kannst du gar nicht schauen. Also rein ins Vergnügen.

Das Hofbräuhaus kannst du dir wie eine andere Welt, einen Mikrokosmos, also wie eine fremde Galaxie vorstellen. Es ist dampfig, schwül, und du kannst nur Bier und fettes Essen riechen. Da gibt's jodelnde Japaner, Chinesen in Tracht, singende Australier, kotzende Engländer, weinende Russen. Ein Inder in Lederjacke isst Schweinshaxen mit Pommes und viel Tabasco. Und zwischen all den Attraktionen die Blasmusikkapelle aus Altötting in historischer Tracht und daneben die Lhan, die vietnamesische Bedienung, mit acht Maß in den Händen, weil zwölf schafft sie nicht, das schmächtige Mädel. Authentizität großes Schlagwort im Münchner Hofbräuhaus.

Kaum hatten sie den für die »Gruppe Sanktjohanser« reservierten Tisch erreicht, war schon ein afrikanischer Ober da und hat die Bestellung aufgenommen. Im schönsten afrikanisch angehauchten Bayerisch hat er den Hannoveranern mit Nachdruck erklärt, dass es keine kleinen Biere, ja nicht einmal Halbliter-Krüge gäbe, sondern nur Maßen.

»Mia samma da in de Hofbrauhouse, ned in de Kindergarden!«, hat der Timothé ihnen zu verstehen gegeben. Daraufhin haben sich die Piepenheiners breitschlagen lassen und haben jeder eine Maß bestellt.

Lang hat's nicht gebraucht, bis die Damen gehen wollten. Die Männer hätten schon noch das eine oder andere Bier vertragen, aber die Frauen – na ja, du weißt schon.

Am frühen Abend ist der Sanktus am Tresen seiner Stammkneipe, der »Neuen Kirche«, gesessen und hat andächtig in die Schaumblasen seiner Sternbräu-Weißen gestarrt. Dann hat er die Augen zugemacht und wie immer das Aroma durch seine Nase tief eingesogen. Fruchtiger Duft, gepaart mit einer säuerlichen Frische. Ein obergäriger Traum. Jetzt den Kopf in den Nacken, weil sonst hast du ja den Schaum in der Nase, und das kühle Bier geräuschvoll, prickelnd durch die Zähne hinunter. Danach hat der Sanktus wieder in sein Glas geschaut. Er hat sich zwar schon durchgerungen gehabt, dass er die Ermittlungen im Fall Susi aufnehmen würde, schon allein wegen der Anna, aber so eine gewisse Restunentschlossenheit war halt noch da. Wenn du den Sanktus kennst, weißt du ja eh, dass ihm dieser Gemütszustand in jeder Lebenslage mehr als eigen war. Anna oder Kathi? Himmel oder Hölle? Hölle eigentlich auf jeden Fall, weil recht hat er es immer nur einer machen können. Das würde einen gewaltigen Erklärungsmarathon geben. Egal bei welcher Entscheidung.

»Was sinnierst denn wieder?«, hat die Ramona, die Bedienung der »Neuen Kirche«, wissen wollen. »So wennst schaust, ist's immer gfährlich. Grad a so wie seinerzeit beim Mord am Hias.«

Und schon war sie wieder weg.

»Hmm«, war alles, was der Sanktus von sich gegeben hat.

Plötzlich ist der Hanse, also eigentlich der Bhupinder, der indische Koch, vor ihm gestanden und hat ihn mit einem breiten Grinsen angeschaut.

»Oh, hallo Sanktus. Wie gehte dir? Du gug so sad today. What happened? What is los, Sanktus? Dir geht nick guad?«

»Mei, Hanse. Heut is der Wurm drin. Des dauert jetzt zu lang, bis ich dir des erklär.«

»Mackt nicks«, hat der Bhupinder gesagt. »Du wirst glei wieder lächeln. Meine Nickte Ashwini is su Besuck in Munich. Ick stell sie dir glei vor. Ashwini!«

Na bravo, hat sich der Sanktus gedacht. Jetzt muss er sich auch noch mit dem seiner indischen Nichte abgeben. Als ob der Tag nicht eh schon …

Aber dann ist sie auf einmal vor ihm gestanden, die Ashwini, eine hübsche junge Inderin, mit einem petrolblau leuchtenden Sari und hat ihn mit ihren großen dunklen Augen angeschaut, dass der Sanktus gleich ganz weiche Knie gekriegt hat. Das war ein Lächeln, der Wahnsinn. Ja verreck, war das ein sauberes Mädl, sein einziger Gedanke. Verreck Kaffeehaus. Und eine Figur! Der Sanktus jetzt ganz hin und weg. Langsam hat er an ihr von oben bis unten entlang geschaut. Die Ashwini ist trotz der kühlen Außentemperaturen mit Sandalen herumgelaufen. Der Sanktus, wie du weißt, ist ja auf schöne Zehen gestanden, und die von der Ashwini waren ganz vorne dabei. Er muss sauber blöd drein geschaut haben, weil ihn die Ashwini gefragt hat: »Ist was mit meinen Füßen?«

Der Sanktus jetzt vom Blitz getroffen und roter Kopf Anfänger.

»Sanktus, angenehm«, hat er gestammelt.

»Ashwini, genau soviel. Griaß di«, hat sie in lupenreinem Bayerisch geantwortet. Jetzt zweiter Blitz! Diese Frau, diese Füße und auch noch Bayerisch. Das hat doch gar nicht wahr sein können. Der Sanktus nun Blick wie ein Mondkalb. Die Ashwini hat nur gelacht und gesagt: »Gell, da schaust. Ich hab bei einer Münchner Familie in Bangalore gearbeitet. Da hab i Bayerisch glernt. Mein Onkel hat mir scho viel von dir erzählt. Aber jetzt muass i wieder was tun. Hat mi g'freit. Bis später. Servus!« Der Sanktus jetzt nur noch baff.

Die aufgehende Tür hat den Sanktus dann aus seinen Gedanken gerissen, weil ihm trotz des vorhangähnlichen roten Windfangs eine kalte Luft um die Füße gestrichen ist. Und schon ist der Kommissar Bichlmaier, genannt der »Bichä«, aus dem roten Tuch praktisch erschienen.

»Ja der Bichä, Servus!«, hat der Sanktus durch die ganze Kneipe gerufen. Hat nichts ausgemacht, weil noch früh und Wirtshaus praktisch leer.

»Jaja, der Bichä! Griaß di, Sanktus. So ein Zufall«, hat der Bichlmaier geantwortet. »Was schaust denn so verdattert?«

»Die Ashwini«, hat der Sanktus gesagt und in Richtung Küche gedeutet.

»Ashwini?«

»Eine Inderin, die Bayerisch kann!«

»Ja, Sanktus. Genau. Du, trink einfach ned so viel. Und, wia geht's sonst, alter Haudegen?«

»Drei bis vier«, hat der Sanktus geschätzt und immer noch den Kopf geschüttelt.

»Mehr ned?«

»Naa, eher weniger. Schwester gegen Frau, koa Gaudi.«

»Soso. Wie genau, wenn man fragen darf?«

»Darfst du.«

»Und?«

»Bichä, kann das sein, dass du mich a bisserl für deppert haltst?«

»Ich? Dich? Meinst?«

»Ja, du mich. Du hast doch gestern die Anna verhört, weil sie die Susi gefunden hat. Und da kannst du dir doch deinen Teil denken, oder?«

»Ein bisserl schon.«

»Also ned!«

»Was ned?«

»Ein Zufall«, hat der Sanktus bestimmt.

»Okay. Ich geb's zu. Ich möcht wissen, was die Anna zu dir gsagt hat, und ob sie will, ob du …«

Doch weiter ist der Bichlmaier nicht gekommen, weil sich in diesem Moment der Windfang noch einmal geöffnet hat, und der Drengler, also der Dr. Jens Engler, ist hereingebeamt worden. Raumschiff Enterprise Scheißdreck dagegen.

»Hallihallo, alle Mann an Bord?«, hat er winkend gerufen und hat sich seinen Schal vom Hals gerissen wie einer, wenn er einen Rasenmäher starten möchte. Den Kaschmirmantel hat er, wie ein Torero sein rotes Tuch, auf den Garderobenhaken geworfen.

Dem Sanktus ist wie immer ein »Um Gottes willen« entfahren. »Jetzt kommt der Depp auch noch daher.«

»Und was sagt ihr? Überraschung!«

»Wunderbar«, der Sanktus und der Bichlmaier im Chor.

»Ich hatte bei Katharina angerufen gehabt. Wollte nur mal kurz durchklingeln, wie es euch geht. Sie sagte mir, du seist hier. Aber mit dem Hanspeter. Aber dass der Pichi auch da ist, finde ich ja ganz faszinierend. Fast wie letztes Jahr. Das ganze Team. Famos, famos. Jolanda, bitte ein stilles Selters und ein schönes Glas Chardonnay. Oder nee, lieber 'nen Sauvignon Blanc. Äh, Ramona, sorry!«

Der Sanktus und der Bichlmaier haben betreten auf den Boden geschaut.

»Wo bleibt denn der Hanspeter?«, hat der Sanktus gemurmelt.

»Genau«, ist der Bichlmaier fortgefahren. »Das ist der Einzigste, der diesen Trottel im Griff hat.«

»Der Einzige, ned der Einzigste, Bichä.«

»Gscheithaferl. Aber recht hab ich.«

»Stimmt! Der hat ihn im Griff«, hat der Sanktus geflüstert.

Der Drengler hat seinen Sauvignon gekriegt und sich zu den beiden an den Tresen gesetzt.

»Ach, gestern war ich geschäftlich bei einer Wein-Degustation. Ich sage euch, die hatten edle Tropfen. Grand Crus aus dem Bordeaux von bekannten, aber auch unbekannten Châteaus.« Jetzt hat er so einen verschwörerischen Blick drauf gehabt. »Ach, das war ein Gaumen-Verwöhn-Event. Ich komme heute noch nicht aus dem

Schwärmen heraus. Also Ulrike war ja auch dabei. Sie ist noch ganz eingenommen von …«

»Jens«, hat ihn der Sanktus unterbrochen. »Dein Wein wird warm. Trink amal.«

»Ach ja. Genau. Oh, ooooh. Der korkt aber heftig!«, hat der Drengler gewinselt und so einen Schweppes-Blick zutage gefördert.

»Jens?«

»Ja, Sanktus?«

»Der Wein hat einen Schraubverschluss. Host mi?«

»Oh«, hat der Drengler nur noch kleinlaut von sich gegeben.

Das Ganze hat aber nur wenige Sekunden angehalten, und der Bichlmaier hat gerade etwas sagen wollen, da hat der Drengler aus vollem Hals geplärrt: »Und, habt ihr diesen Münchner Ripper schon gefasst, ihr beiden? Sagt mal an.«

In diesem Moment ist der Hanspeter in die Wirtschaft hereingekommen.

»Hallöle, so da bin i«, hat er geflötet. »Es isch leider a bissle später worden. Mei Annouk, die hat heut auf ihre Theaterprobe gehen müssen, und da muss i halt na immer … Aber, ja. Lass ma des. Ah, der Herr Kommissar und der Herr Dr. Engler, entschuldige, der Jens, sind au da. Des freut mich aber. Wie seinerzeit. Könnt ma fascht meinen, mia han uns troffen, dass ma den Ripper finden? Heiligs Blechle. Des wenn i meiner Annouk erzähl!«

»Ja Kruzifix!«, ist es dem Sanktus entfahren. »Jetzt fangt der auch no an!«

»Was schreisch denn so? War doch nur a Späßle.«

»Er schreit, weil ihn seine Schwester zum Ermitteln animieren will, seine Kathi dagegen ist, und weil er es vor mir nicht zugeben möcht«, hat der Bichlmaier kurz zusammengefasst. »Stimmt's, Sanktus?«

»Ja, weil s' halt schwanger is!«, hat sich der Sanktus gerechtfertigt. »Da sind s' halt hormongesteuert, die Weibsn. Nix kannst recht machen und irgendeine ist dir immer beleidigt. Ramona! Noch ein Weißbier bitte! Und akkurat meine Schwester muss die Leiche von der Susi finden.«

Der Drengler und der Hanspeter jetzt sprachlos, aber mit einem gewissen Leuchten in den Augen. Abenteuerlust praktisch direkt sichtbar.

»Und warum bist du heut da, Bichä? Weil du wissen willst, ob ich mich wieder einmal in einen Fall von dir einmisch, oder was?«, hat der Sanktus wissen wollen.

»Ob wir *uns* einmischen«, haben die beiden anderen im Duett gesungen.

»Genau. Eigentlich eher, dass ich dir, also jetzt euch, klar mach, dass sich *keiner* einmischt«, hat der Kommissar mit forscher Stimme verkündet. »Wir haben es vielleicht oder sogar sehr wahrscheinlich mit einem Serienmörder zu tun, der äußerst brutal vorgeht. Das ist kein so ein Brauereikiller, oder so ein … äh … Dings wie die letzten beiden Male. Das ist ein psychisch gestörter Gewaltverbrecher!«

Die drei anderen Gesprächspartner haben sich gegenseitig angesehen und gegrinst.

»Ja, somit schaffen Sie das ja gar nicht ohne uns, Pichi!«, hat der Drengler festgestellt.

»Doch«, hat der Sanktus gelästert. »Der hat ja noch seinen Assistenten, den Herrn Demuth. Gell, Bichä, der ist dir eine große Hilfe.«

Der Hanspeter hat gegluckst, und der Kommissar hat ein verdrießliches Gesicht gemacht.

»Aff!«, hat er geschossen.

»Oiso, Bichä. Erzähl!«

Der Kommissar hat noch einmal geseufzt und mit den Schultern gezuckt, gelächelt und hat losgelegt.

»Bringt ja eh nix.«

»Des is jetzt aber schneller als erwartet gangen, Bichä«, hat der Sanktus gemeint.

»Halt, halt! Also dass wir uns verstehen. Ich plauder ein bisserl aus dem Nähkästchen, aber ermittelt wird nicht.«

Nicken seitens des Triumvirats. Jaja heißt ja bekanntlich »Leck mich am Arsch!«

»Also wir sind vor einer Woche nach Geiselgasteig gerufen worden. Ein Unfall am Set von dieser Serie da, des ›München bleibt München‹. Ein kompletter Schmarrn, wenn du mich fragst. Wie wir hingekommen sind, war dort heller Aufruhr. Wachpersonal, Hausmeister und andere Leute sind da umeinander gehüpft. Die haben an dem Tag eine Szene in einer Autowerkstatt gedreht, und da war ein Flaschenzug. So ein manueller, so eine Kette. An der Kette ist eine Frau, durch einen Scheinwerfer angestrahlt, mit dem Kopf nach unten gehangen. Unter ihr eine riesen Blutlache und darin ihre kompletten Innereien. Darm, Herz, Lunge, Nieren. Die war komplett ausgenommen, und ihre Kehle war sauber durchgeschnitten. Ein Anblick, furchtbar, ich kann's euch gar nicht beschreiben. Der Demuth ist fast ohnmächtig geworden. Der Geruch, wissts? Grausig. Der Mörder hat den Bauchraum vom Schambereich nach oben, also in dem Fall unten, bis zu den Rippen geöffnet. Wenn ein Metzger eine Sau absticht, öffnet er auch noch den Brustkorb. Dazu hat er aber anscheinend kein Werkzeug oder keine Zeit mehr gehabt. Wir haben alle am Tatort befragt. Das war eine ganze Portion, weil sie nebenan einen Film gedreht haben. Einen ›Tatort‹. Passt wie die Faust aufs Auge. Da hat die Dings, die eine da, mitg'spielt. Wisst's es schon, wen ich mein?«

Jetzt eher verwirrte Blicke.

»Na, die die früher immer in dene Serien mitg'spielt hat und jetzt im Alter groß rauskommt. Die mit dem Heilpraktiker.«

»Die Cornelia Sandmann? Die ist doch ständig in den Medien. Schirmherrschaft hier, Schirmherrschaft da«, hat der Sanktus gefragt.

»Ja, genau die. Und die Amelie Noelle und der Jörg Stadler. Also gute Besetzung. Die haben aber nichts mitgekriegt und haben sich gegenseitig ein Alibi gegeben. Vom Rest war auch nichts zu erfahren. Die Tote war die Jennifer Gold. Eine junge frisch entdeckte Schauspielerin. Hat eine ziemlich steile Karriere bei der Soap hingelegt und anscheinend einen Haufen Angebote für neue, gute Filmrollen gehabt. Jennifer Gold ist ein Künstlername. In echt heißt die Solveig Rindfleisch. Also, da hätt ich mir auch einen Künstlernamen zugelegt. Die Spurensicherung hat nicht viel gefunden. Anhand der Blutspritzer muss ihr die Kehle im Stehen durchtrennt worden sein, dann ist sie zum Flaschenzug geschleift und hinaufgezogen worden.« Jetzt hat der Bichlmaier erst einmal einen großen Schluck von seinem Bier genommen. »Mehr ist nicht herausgekommen, weil in einem solchen Studio sind so viele Leute unterwegs, das kannst du vergessen.«

Jetzt hat er in die Runde geblickt, aber der Sanktus, der Hanspeter und der Drengler völlig geplättet und kein Muckser. Noch ein Schluck seitens Kommissar.

»Also bis dahin wäre das halt ein mords Gewaltverbrechen gewesen, wenn nicht die Anna gestern die zweite Tote entdeckt hätte. Beim Anblick von dieser Leiche hat der Demuth sogar gekotzt. Ich hab die nicht so schlimm gefunden, aber na ja. Die Geschmäcker sind halt verschieden.«

Der Bichlmaier hat genüsslich eine Handvoll Erdnüsse, die am Tisch gestanden sind, in den Mund geschoben und gekaut. Der Rest vom Schützenfest sprachlos.

»Also wir sind in die Possartstraße gerufen worden. Eine Frau hätte eine Tote entdeckt. Da wirst du vorsichtig. Könnte ja die durchgeknallte Mörderin, die noch irgendwie am Tatort ist, sein. Also der Demuth, zwei Polizisten und ich klingeln, weil die Tür war zu, und da macht die Anna auf. Die war völlig aufgelöst. Warum, ist mir dann relativ schnell klar geworden. Mir ist der Name Niederreither schon so bekannt vorgekommen. Und dann ist sie so da gelegen, die Susi. Mei, war das früher ein fesches Madl. Ich hab sie ja gut gekannt, weil sie einmal mit meinem Bruder beinand war. Sauber war die! Die, wenn ein Dirndl angehabt hat, hat's ihr des Herzerl immer so raus … Aber jetzt schweif ich ab, gell. Also, na ist sie so da gelegen.« Der Bichlmaier hat jetzt ganz sentimental schniefen müssen.

»Ja, wie ist sie denn nun da gelegen, Menno?«, hat der Drengler durch das Lokal gerufen.

Inzwischen waren doch schon einige Leute anwesend, und es ist sofort komplett stad im Lokal geworden. Kopfschütteln seitens der drei anderen, und der Drengler fast beschämt. So gut es halt für einen vorlauten Gschaftlhuber gegangen ist.

»Ja so da halt. Also auf dem Bett, ihre Arme waren mit Handschellen an das hintere Bettgestell gefesselt. Der

Schlüssel dazu war im Nachtkasterl. Also haben die wohl der Susi gehört. Sie war ganz blass. Ihre Kehle war aufgeschlitzt, und die Füße waren gespreizt.«

»Füße oder Beine?«, hat der Drengler wissen wollen. »Weil in Bayern gibt's ja nur den Fuß und kein Bein.«

»Haxen halt, Depp«, hat der Sanktus gezischt, und der Hanspeter hat die Augen verdreht.

»Ja also die Beine«, hat der Kommissar weitergemacht, »gespreizt und dazwischen sind – und jetzt Obacht – ihre abgetrennten Schamlippen gelegen. Das Laken unter ihnen …«

»Wie? Ihnen? Waren es mehrere?«, hat der Drengler gefragt.

»Ja, sie und ihre Schamlippen halt. Also das Laken war getränkt mit Blut.«

»Klar! Drum war sie ja so blass! Ausgeblutet!«

»Jens!«, ist's von den zwei anderen gekommen, Blicke, kannst du dir vorstellen.

»Die Schamlippen hat der Demuth nicht vertragen. Geht der Volldepp zum Kotzen ins Bad und versaut mir dort die schönsten Spuren. So ein Depp«, hat der Kommissar geseufzt.

»Na ja, jetzt sind Sie mal ned so streng«, hat der Hanspeter beschwichtigt.

»Tja«, hat der Bichlmaier weitergemacht. »Und seit heut steht in jeder Zeitung groß: *Der Schlächter schlägt wieder zu.* Und dann schreiben sie: *Polizei ratlos. Wird er wie sein großes Vorbild Jack the Ripper nie gefasst?* Super, ha?«

»Na ganz toll«, hat der Sanktus geantwortet und den Kopf geschüttelt. »Und, wie geht's jetzt weiter?«

»Das wenn ich wüsst! Wir haben heut die Anna befragt. Morgen müssen wir im Privatleben der beiden Toten ein bisserl stöbern. Vielleicht kriegen wir ein paar Gemeinsamkeiten oder Anhaltspunkte raus. Sanktus, was hat eigentlich die Anna zu dir gesagt?«, hat der Bichlmaier wissen wollen.

»Ich soll den Mörder finden!«

Das Gesicht vom Bichlmaier musst du dir jetzt vorstellen. Verzweiflung gar nix.

»Naa, bitte ned«, hat er gewinselt und die Hand in Richtung Ramona gehoben. »Einen Obstler, bitte!«

»Also wir sind natürlich auch dabei!«, haben der Drengler und der Hanspeter bestätigt.

»Hatten wir ja schon vorher bemerkt, nö«, hat der Drengler bekräftigt.

Der Kommissar Verzweiflungsgesten.

Ich habe mich herausgeputzt. Heute wird mich niemand abweisen. Da bin ich mir ganz sicher. Ich werde Sex haben. Guten, auszehrenden und schmutzigen Sex. Ich kann mich diese Nacht ganz hingeben, denn ich bin frei. Ich könnte die ganze Welt umarmen, Bäume ausreißen. Ach, wie bin ich glücklich.

DONNERSTAG, 07.02.13, UNSINNIGER DONNERSTAG

Die Rache ist mein, denn ich will vergelten. Ich habe sofort gemerkt, dass irgendetwas nicht stimmt. Es war demütigend. Einfach niederschmetternd. Wer ist die Schlampe? Wo ist sie? Ich werde sie finden und töten. Sie, die mir alles genommen hat, werde ich vernichten. Ich muss sie suchen. Mein Werkzeug habe ich gereinigt, aufpoliert und bereit gelegt. Ich habe es in mein Mantelfutter eingenäht. Wer dieses Tagebuch später liest, wird mich verstehen. Alle werden mich verstehen. Vielleicht sogar …? Ich weiß es nicht. Es wird mir dann auch egal sein, denn die Rache ist mein, denn ich will vergelten.

Heute war es soweit. Der erste Abend des Geburtsvorbereitungskurses ist auf dem Programm gestanden. Dem Sanktus ist ad hoc schlecht geworden, als ihn die Kathi in der Früh, kurz bevor sie aus dem Haus gegangen ist, noch einmal erinnert hat, dass er sich ja nichts für den Abend vornehmen soll. Das hat sie noch ein paar Mal wiederholt, weil der Sanktus natürlich fieberhaft versucht hat, einen Ausweg aus seiner Misere zu finden. Wie der Monaco Franze, als der Opernbesuch mit seiner Frau Annette eigentlich schon nicht mehr zu verhindern war.

Nachdem beide Damen, also die Kathi und auch die Martina, aus dem Haus waren, ist der Sanktus wie ein Wahnsinniger im Flur auf und ab gelaufen und hat versucht, sich eine Ausflucht zurechtzulegen. Aber es ist keine Ausflucht des Weges gekommen. Nicht mal ein rettender Gedanke oder Ähnliches. Der Sanktus hat ein Weißbier getrunken, hat sich beim Metzger Weißwürste geholt, weil er gemeint hat, dass vielleicht mit einem vollen Magen und einer Halben …? Aber Pfeifendeckel. Nichts, einfach nichts. Weit und breit keine Ausflucht in Sicht! Vielleicht eine Ermittlung mit dem Bichä? Ja, schön wär's, aber leider schon gar nicht möglich, weil total kontraproduktiv. Nein, es war zum Kotzen. Leider. Er hat sich wohl oder übel seinem Schicksal ergeben müssen. Also hat er noch ein Weißbier getrunken und dabei den Münchner Ripper im Internet gegoogelt.

Da er aus Versehen »Jack the Ripper« eingegeben hat, sind auch gleich ein Haufen Ergebnisse aus der Suchmaschine sozusagen herausgesprungen. Geschichtliche Fakten, die Opfer, die Verdächtigen und so weiter. Dem Sanktus ist gar nicht klar gewesen, wie viele Theorien es zum Ripper gegeben hat. Neuerdings hätte man die Person sogar anhand einer Spermaspur auf der Schürze eines Opfers und einem DNA-Vergleich gefunden. Die Sperma-DNA ist im Laufe jahrelanger Suche mit der DNA der Nachfahren der Verdächtigen verglichen worden. Der Sanktus hat kein Wort geglaubt, hat sich aber vorgenommen, den Bichlmaier beim nächsten Treffen gleich nach irgendwelchen Spermaspuren bei der Susi zu fragen.

Bei den Suchworten *Ripper*, *Schlächter* und *München* sind sofort zwei Artikel von Rudolf Ligsalz auf dem Bildschirm erschienen. Das war tatsächlich der Ligsalz Rudi aus dem Luitpold Gymnasium. Der Ligsalz Rudi, der bei den Lehrern aufgrund seiner schleimerischen Art und seines Geschicks, sich tadellos zu verkaufen, stets angesehen und hoch gelobt war. Eine linke Bazille war er, ein Angeber, der trotz seiner erst 16 Jahre behauptet hat, er hätte alles, was nicht bei drei auf dem Baum war, ge…, na ja, weißt eh! Der Sanktus hat ihn richtig dick gehabt seinerzeit. Und nun war er Star-Klatsch-Reporter bei der Morgenpost. Ein »Baby Schimmerlos« für Arme. Na bravo. Hat nicht der Rudi immer so sadistische sexuelle Fantasien gehabt? Im Schullandheim hatte er stets damit angegeben. Die Buben waren ihm an den Lippen gehangen, aber später war dem Sanktus erst aufgegangen, was der Rudi für ein Mensch war. Und genau dieser Ligsalz Rudi ist beide Male anscheinend der Erste am Tatort gewesen. Komischer Zufall. Sehr komisch, jetzt Sanktus-Gedanke.

Beim Bild von der Susi hat der Sanktus noch einmal zu zittern angefangen. Mei, die Susi. Da ist ihm glatt eine Träne runtergelaufen. Das Bild von der Jennifer Gold ist auch gezeigt worden. Es war dasselbe wie in der Zeitung. Aufgenommen aus einem seltsamen Winkel. Es hat ausgesehen, als wäre es von einem Versteck aus fotografiert worden. Die Blutlache mit den Eingeweiden war deutlich zu erkennen. Der Mörder hätte doch über und über mit Blut bedeckt sein müssen und nach dem Ausweiden doch eine regelrecht blutige Fußspur hinterlassen müssen, weil er muss ja bei der Aktion, bildlich gesehen, knöcheltief im Blut gestanden sein. Hatte der Ligsalz da was gedreht oder vertuscht? Der Rudi war definitiv nicht ganz hasenrein. Das hat der Sanktus auf jeden Fall mit dem Bichlmaier bereden müssen.

Dann hat er die Sandmann gegoogelt. Sofort sind ihm die Schirmherrschaften angesprungen. Sogar den bayerischen Verdienstorden hat sie gehabt. Für ihr Lebenswerk.

Ein Interview von ihr war auch hinter dem Artikel angesiedelt. Sie hat sich ausgelassen, was für tolle Freundinnen sie und die Jennifer gewesen waren, dass sie zusammen für einen Film vorgeschlagen worden waren, und dass der Tod ein sehr großer Verlust für die Filmwelt sei, Blablabla … Schleimspur Dreck dagegen. Sehr traurig hat sie eigentlich nicht ausgesehen auf dem Foto, die Cornelia. Der Sanktus hat die Sandmann überhaupt nicht mögen, weil sie immer so affektiert gewirkt hat. Eigentlich war sie irgendwo aus Rosenheim, hat aber inzwischen auf hochdeutsch und mondän gemacht. Große Karriere. Einfach zum Kotzen. Pure Selbstverleugnung. So was hat den Sanktus wahnsinnig gemacht.

Auf einmal hat ihn das Telefon aus seiner Googelei gerissen. Der Kommissar war dran, und der Sanktus hat ihn gleich wegen der Fußspuren gefragt. Es seien keinerlei Spuren da gewesen. Ein paar Blutspritzer, aber sonst nichts. Da seien *schon* welche hineingetappt, aber das waren die Freunde der Toten. Die Eingeweide seien wie eine Insel im Blutsee gelegen. Praktisch Stillleben hat der Kommissar gemeint. Dem Sanktus war nun klar, dass der Mörder die Jennifer Gold wahrscheinlich erst in ein Gefäß ausbluten hat lassen, sie dann hochgezogen und ausgeweidet hatte. Dann muss das Blut wieder zur Szene hinzugefügt worden sein. Wie krank kann ein verwirrter Geist sein, hat er sich gefragt.

Der Kommissar hat sich die Argumentation angehört und hat dem Sanktus beipflichten müssen. Er würde die Kollegen anweisen, nach einem Gefäß zu suchen. Spermaspuren bei der Susi? Ebenfalls negativ. Aber eigentlich habe er wissen wollen, was der Sanktus am Abend vorhabe. Er habe herausbekommen, dass die Susi am Abend vor ihrem Tod, also am Montag, auf einem Faschingsball im »Bärenbräukeller« gewesen war. Man sollte sich da mal erkundigen, wer sie dort gesehen hatte und mit wem sie da zusammen gewesen sei. Am besten gleich heute.

»Bichä, du wärst eigentlich meine Rettung, aber wenn ich da mit dir hingeh, g'hör ich der Katz. Dann hast noch eine Leich, nämlich mich«, hat der Sanktus fast gewinselt.

»Öha!«, hat der Bichlmaier in den Hörer hineingerufen. »Kinderwagen anschauen?«

»Viel schlimmer!«, der Kommentar vom Sanktus. »Geburtsvorbereitungskurs.«

»Ah leck …«, war alles, was der Kommissar noch rausgebracht hat. »Und morgen?«

»Probier ma's, oder?«, hat der Sanktus geschlossen.

Der Sanktus hat sich also seinem Schicksal ergeben und noch ein bisserl gegoogelt, ohne aber auf nennenswerte Ergebnisse zu stoßen. Einen Artikel über den Glöckerl Willi hat er noch gefunden. Der Willi hat ausschweifend über sein Folterprogramm, die extrem naturgetreuen Wachsfiguren und über die »Jack the Ripper«-Ausstellung referiert. Der Rest der Ausstellung sei im Gegensatz zu den »Dungeons« in London und Hamburg zwar kleiner, aber viel detaillierter und geschichtlich auf Bayern zugeschnitten. Auch Aktuelles sei dabei. Er habe inzwischen sogar dem »München-Ripper« ein kleines Karree eingeräumt. Dies sei das I-Tüpfelchen der ganzen Thematik, und wer weiß, wie sich das noch entwickle, weil der Willi gehe von einem Serienkiller aus, und das Karree sei noch ausbaufähig. Drunter ein Foto mit dem grinsenden Glöckerl, und der Sanktus sofort aggressiv.

Da er an diesem Tag keine Führung gehabt hat, hat sich der Sanktus um den Haushalt kümmern können. Tisch ab-, Spülmaschine einräumen, Betten aufschütteln, und er hat sogar die Wohnung gesaugt. Es hat nur noch eine Schürze gefehlt und der Sanktus wäre die perfekte Hausfrau gewesen. Manchmal hat er wirklich mit sich gehadert. Das war nun, nach mehreren Versuchen, sein Leben in geregelte Bahnen zu kriegen, herausgekommen. Aber wenn du nichts fertigbringst und von einem Job zum anderen hechelst, kannst du halt auch mal Pech haben. Die Kathi hat einen Haufen mehr verdient als er, und er hat sich in dieser Familie pudelwohl gefühlt. Scheiß drauf! Bei ihnen war es eben umgekehrt. Er würde drüber stehen, also zumindest meistens.

Mittags ist die Martina dann heimgekommen. Der Sanktus hat Spaghetti Carbonara gezaubert gehabt. Und mal ganz ehrlich, kochen hat er viel besser können als die Kathi, was der Martina natürlich sehr gefallen hat, da nach der Schule was Gescheites auf dem Teller war.

Nach dem Essen hat sie die Hausaufgaben in einer Geschwindigkeit hingelegt, da sagst du Hallo, und ist anschließend mit dem Rad zu ihrer Freundin gefahren.

Der Sanktus hat kurz aufgeräumt und sich wieder an seine Internet-Recherche gemacht. Auf jeden Fall hat er die Jennifer Gold erst einmal etwas näher unter die Lupe genommen. Ihr wirklicher Name war tatsächlich Solveig Rindfleisch. In dem Haus, in dem er aufgewachsen war, hatte die Hausmeisterin auch Rindfleisch geheißen. Rosina Rindfleisch. Das war so eine dicke Matrone, die die ganze Woche mit Schürze herumgelaufen ist. Der Frau Breitwieser vom Hinterhaus, die immer die Tauben gefüttert hat, hat sie einmal eine Schaufel voll Taubendreck durch den Briefschlitz in die Wohnung befördert. Mobbing, wo es das Wort noch nicht gegeben hat. Aber Tauben hat die Breitwieserin nicht mehr gefüttert. Die alte Rindfleisch war auf jeden Fall berüchtigt. Wenn sie den Sanktus oder andere Nachbarbuben bei einem Streich erwischt hat, hat sie die Delinquenten am Ohrwaschl gepackt, das Treppenhaus hinauf bis zu deren Wohnungen gezerrt und bei der jeweiligen Mutter denunziert. Da die Mutter vom Sanktus alleinerziehend und selten daheim war, hat sie ihn meistens bei der Anna abgeliefert. Die hat dann ein ernstes Gesicht gemacht und der alten Rindfleisch versichert, dass sie sich für eine harte Bestrafung einsetzen werde. Hinter der geschlossenen Tür haben sich der Sanktus und die Anna dann kaputt gelacht. Eigentlich hatten die beiden eine schöne Kindheit gehabt trotz fehlendem Vater. Manchmal hat der Sanktus seine Mutter gefragt, was wohl aus seinem Erzeuger geworden war, aber sie hat sich immer ausgeschwiegen. Anscheinend war er zur Entwicklungshilfe nach Afrika ausgewandert. Komisch, wie sich die Geschichte wiederholt. Der Sanktus hatte ja auch einige Zeit in Afrika verbracht. Die Jennifer Gold jedenfalls war gebürtig aus Schladming in der Steiermark und war nach München gekommen, um auf die Filmhochschule zu gehen. Nach ein paar Nebenrollen hatte sie die Zusage für die Soap »München bleibt München« erhalten. Der Sanktus hat sich gefragt, ob es in Bayern nicht mehr genug Schauspieler gegeben hat, weil ständig auf Österreicher zurückgegriffen worden ist. Sogar in den Kinoverfilmungen der Provinz-Krimis. Kann eigentlich nicht sein, hat er sich gedacht. Aber das merkt ja keiner, weil eh kein Tourist oder Norddeutscher einen Bayern von einem Österreicher unterscheiden kann. Sonst war nicht viel über die Solveig zu erfahren. Der nächste Film, der geplant war, wäre eine Saga über eine bayerische Familie im Lauf der beiden Weltkriege gewesen. Die Solveig hätte die junge Hauptrolle gespielt, die Cornelia Sandmann die gereiftere.

Um halb vier ist die Kathi heimgekommen, und es ist unausweichlich geworden. Der Sanktus hat zum Männertag des Geburtsvorbereitungskurses müssen. Er hat noch einmal versucht, der Kathi mit einer kurzfristig entwickelten Argumentationskette zu verdeutlichen, dass es doch viel nützlicher wäre, eine ihrer Freundinnen mitzunehmen. Halt eine, die schon ein Kind habe, zum Beispiel die Elli, weil die hätte ja schon die notwendige Erfahrung und so weiter und so weiter … Wie du dir vorstellen kannst, hat es aber nichts geholfen. Die Kathi hat sein Gesicht in ihre Hände genommen, ihm ganz lieb erklärt, dass sie ganz gewiss niemand anderen als ihn dabei haben möchte, und es ja auch nichts bringen tät, da einzig und allein er, der Sanktus, bei der Geburt dabei sein werde und sonst keiner. So, jetzt war es ausgesprochen. Er bei der Geburt dabei! Der Schlauchgernot hatte ihm einmal erzählt, dass es bei einer Geburt wie in einer Metzgerei zugehen würde, und jeder, der was anderes sagt, lügt. Herr, steh mir bei in meiner großen Not, hat sich der Sanktus gedacht, und so sind die beiden in Richtung Max-Weber-Platz losgegangen. In diesem Februar war der Winter in München eingezogen, und die Gehsteige waren weiß beziehungsweise, schwarz-weiß, wenn du den dreckigen, auf die Seite zusammengeschaufelten Schnee dazugezählt hast. Die beiden sind vom Max-Weber-Platz eine Station mit der U-Bahn zur Haltestelle

Lehel gefahren. Der Sanktus hat natürlich mit der Trambahn fahren wollen, aber die Kathi hat ihn überzeugt, dass sie als schwangere Frau nicht ewig durch die glatten Straßen des Lehels marschieren würde, wenn die U-Bahn direkt vor der Hebammenpraxis anhält. Allein beim Wort »Hebammenpraxis« ist es dem Sanktus kalt den Buckel hinuntergelaufen.

Ihm war schwindlig, er hat geschwitzt und gleichzeitig gefroren. Ein Wechselbad der Gefühle und das alles nur wegen diesem Geburtsvorbereitungskurs. Da hat auch die sonst so beruhigende Wirkung der Pfarrkirche St. Anna und des dazugehörigen Klosters, die sich gleich bei der U-Bahn-Haltestelle Lehel befunden haben, nichts bewirken können. Majestätisch haben die Bauten auf den Sanktus herabgesehen, aber der Sanktus hat keinen Blick dafür entbehrt. Die Kathi hat ihm noch vor der Eingangstür zur Praxis versichert, dass so ein Kurs nicht schlimm sei, die Leute bestimmt ganz nett wären, weil alle hätten ja dasselbe Ziel, und sie könne das ja beurteilen, weil sie bei der Schwangerschaft mit der Martina bereits einen solchen Kurs mitgemacht habe. Der Sanktus hat das sofort als Argument angeführt, dass sie ja daher definitiv nicht noch einmal so einen Kurs brauche, weil sie ja eh alles weiß. Aber alle Thesen haben ihm nicht wirklich geholfen, weil sie den Kurs ja nur mache, dass der Sanktus für die Geburt präpariert sei. Na bravo!

Die Dame, die aufgemacht hat, hat der Sanktus sofort ins Herz geschlossen. Eine circa 25-jährige Brünette mit einem Lächeln, das den Sanktus wie bei der Ashwini dahinschmelzen hat lassen. *Leonie Reindl, Hebamme* ist auf ihrem Schild, das neckisch an ihrem Busen auf dem weißen T-Shirt festgesteckt war, gestanden. Der Blick runter zu den weißen Birkenstocks, und jetzt endgültig perfekt. Makellose schöne Füße in den durchsichtigen Seidenstrümpfen. Der Tag hat noch gut werden können. Sie hat ihm die Hand gedrückt und ihn in den in Apricot gehaltenen Praxisraum geleitet. Die Kathi hat schmunzeln müssen, weil sie jeden Blick seiner Musterung genau verfolgt hatte und sich sicher war, dass die erste Hürde genommen war.

Doch das grausame Erwachen hat nicht lange auf sich warten lassen, weil ganz einfach: Die Leonie war nicht für ihren Kurs zuständig, sondern eine Hebamme namens Liselotte Waldhauser-Gmeinwieser. Dem Sanktus jetzt schwarz vor Augen, weil Enttäuschung kein Ausdruck.

Die Liselotte war ungefähr 55 und dürr wie eine Weidengerte. Kein Gramm zu viel, und wie du weißt, macht schlank im Alter definitiv nicht jünger, also Vogelscheuchen-Syndrom. Sein anfänglicher Elan also wie weggeblasen. Völlige Desillusionierung. Aber da musst du durch. Hilft ja nichts.

Sie hat ihnen ihre Krähenhand hingestreckt, und der Sanktus hat sie mit Widerwillen ganz vorsichtig geschüttelt, nicht, dass er ihr den Flügel abbricht und die Krähe zu hacken anfängt. Dann hat die Hebamme ihren überdimensionalen Mund mit tiefrot angestrichenen Lippen aufgerissen und ein Zahnarzt-Grinsen zutage gebracht, dass du dich fürchtest. Der Sanktus hat bis zu den Stockzähnen hinter schauen können, und das war kein schöner Anblick, weil da irgendwas Grünes zwischen den Zähnen war. Vielleicht das Petersil von den Weißwürsten von heut in der Früh? Oder war da ein Zahn faul? Schon hat der Sanktus so einen unangenehmen Mundgeruch in seiner Nase gehabt, dass es ihn gehoben hat. Natürlich alles Einbildung, aber du kennst ihn ja. Die Liselotte hat sofort zu reden angefangen und beschworen, dass sie ja so froh ist, dass die Müllers da sind, vom Sanktjohanser leider nicht die Rede, und dass das ein ganz toller Kennenlernabend werden würde, weil, wenn sich die Männer erst einmal grün sind, sei das ja gleich eine »gemahte Wiesen«. Gemahte Wiesen? Blöde Urschel, hat sich der Sanktus gedacht. Entweder »gmahte Wiesn« oder gar ned, und grün war er sich mit niemanden schon gleich überhaupt nicht. Grün, so wie der Zahn-zwischen-Unrat? Da hat's ihn gleich gewürgt.

Die Kathi ist in das Gespräch eingestiegen und hat auch so halb hochdeutsch-bayerisch versnobt mit der Hebamme geredet. Der Sanktus hätte sie erwürgen können, alle zwei. Gott sei Dank ist die Tür aufgegangen, und die nette Leonie ist reingekommen. Zwar mit einem weiteren schwangeren Paar im Schlepptau, aber zumindest hat der Sanktus wieder dieses Lächeln … also dieses Lächeln und die dunklen Augen, der Wahnsinn! Jetzt hat er verstanden, was es geheißen hat, wenn sie die Augen wie ein Meer, in dem man ertrinken will, beschreiben. Die müssen die von der Reindl Leonie gesehen haben. Ein sanfter Rempler von der Kathi hat ihn aus seinem Meer wieder an die Wasseroberfläche befördert. Sie hat mit einem Nicken auf das ankommende Paar gedeutet. Der Sanktus hat die Kathi angeschaut und die ihn, und beide haben ganz leise vor Lachen hinter vorgehaltener Hand geprustet. Der Typ eine Kopie von Jerry Lewis und seine Frau ein Mauerblümchen. Beide in Hellbraun gekleidet wie am Vortag die Piepenheiners.

»Guten Tach«, hat der Jerry Lewis gesagt und seine Hand schlagartig vorgestreckt. »Junghans, Kurt Junghans.«

Seine Alte hat die Hand ein bisserl zögerlicher hergegeben und gemeint: »Und ich bin Mariechen Junghans. Guten Tag.«

»Servus«, die Kathi und der Sanktus unisono, Traumschiff Surprise Anfänger dagegen.

Jetzt haben sie am Boden auf Sitzkissen Platz nehmen müssen. Schneidersitz. Ob der Sanktus jemals wieder aufkommen würde? Sehr fraglich.

Nach und nach hat die Leonie andere angehende Eltern in den Raum gebracht, sodass am Schluss acht Paare anwesend waren. Der Sanktus und die Kathi haben in die Runde geschaut. Keine Gaudi. Diese Gesellschaft war vogelwild.

Nun hat sich die Liselotte vorgestellt. Sie sei schon seit 40 Jahren in ihrer Hebammentätigkeit unterwegs, und das sei ihr letzter Geburtsvorbereitungskurs. Sie lerne gerade die Frau Reindl an, weil die ihre Nachfolgerin sei und die Kurse in Zukunft halten werde. Da sind den Männern ringsum die Goschen runtergefallen. Pech praktisch Hilfswort. Aber die Leonie werde auch schon die späteren Hausbesuche teilweise übernehmen. Schon hast du die männlichen Anwesenden wieder lächeln gesehen. Jeder hat gehofft, dass der Kelch der dürren Alten an ihm vorbeigeht und die Meeresaugen zu ihnen heim kommen würden. Aber praktisch Zukunftsmusik. Die Liselotte hat jetzt erklärt, dass sie auch Yoga-Lehrerin sei und am Anfang eines jeden Kurses mit den Damen ein »Shanti-Shanti« singen würde und dass das die Männer bestimmt auch können. Jetzt alle Lätschen schlagartig wieder unten. Ein Auf und Ab der Gefühle im wahrsten Sinne des Wortes.

Alle haben jetzt ihre Hände falten und singen müssen. Dann haben sie ein tiefes »Ommh« herauspressen sollen, und schließlich waren sie alle in ihrer mentalen Mitte, laut der Weidengerten-Hebamme, und die Vorstellungsrunde hat beginnen können.

Die Junghansens waren die Ersten. Chiropraktiker waren sie und hatten in Harlaching eine Praxis. Das nächste Paar waren der Steve und die Chantalle. Beide haben Piercings im Gesicht und überall gehabt, dass dem Sanktus eine jede Stelle, an der er gemeint hat, dass sie vielleicht noch irgendwelche Ringerl aufweisen könnte, sofort wehgetan hat. Vor allem die Geschlechtsteile. Es wird ein Sohn, haben sie gesagt, und er soll Lenny heißen. Beruf anscheinend Fehlanzeige. Na bravo! Die Nächsten waren Rechtsanwalt und Gattin und hätten wunderbar zu den Englers gepasst, also zum Drengler und der Ulli. Das Kind wird ein Mädchen und heißt Irene Charlotte. Die schulische Laufbahn sei Gott sei Dank auch schon geregelt, denn man wohne in Bogenhausen in der Nähe der bekannten Gebeleschule, dann Privatgymnasium. Armes Mäderl, hat sich der Sanktus gedacht, und am Blick von der Kathi hat er erkennen können, dass sie das Gleiche gedacht hat. Dann sind ein paar normale Pärchen gekommen, aber anschließend wieder ein vogelwildes. Der Danilö und die Mändi aus Jena. Er arbeitslos, sie Friseuse. Und so haben sie auch ausgeschaut. Den krönenden Abschluss haben der Alise und die Monika aus dem tiefsten Niederbayern gebildet. Sie waren seit einem halben Jahr in München. Er war Busfahrer, sie Krankenschwester. Beide haben Kaugummi gekaut, aber verstanden hättest du sie eh nicht. Wenn du bis jetzt nicht weißt was »gschert« bedeutet, dann musst du mal die Moni und den Alise anschauen, dann weißt du's! Der Wahnsinn!

Die Liselotte hat dann erklärt, dass die Damen heute schon anfangen würden, das richtige Atmen zu lernen. Durch die Nase ein, niemals die Luft anhalten, außer beim Pressen und durch den leicht geöffnet Mund wieder aus. Bei Schmerzen ausatmen mit tiefen Tönen. Der Sanktus hat sich die Kathi wie einen röhrenden Hirsch vorgestellt und geschmunzelt.

Alle haben anschließend ihre voraussichtlichen Geburtstermine preisgeben müssen und, jetzt kommt's, haben erklären müssen, was sie sich von diesem Kurs erwarten. Super! Wie erklärst du jetzt der lieben Frau Waldwieser-Dingsbums, dass du dir gar nichts, aber rein überhaupt nichts erwartest und nur mitgegangen bist, dass du eine Ruhe von deiner Alten hast? Könnte schwierig werden. Diplomatischer Corps praktisch wieder Anfänger. Die Kathi hat die Frage natürlich ausführlich beantwortet, aber der Sanktus hat kein Wort gehört, weil seine Antwort noch nicht parat.

Plötzlich hat die ganze Runde auf ihn geschaut. Der Junghans hat die Nase gerümpft, dass ein Faltenbalg am Nasenrücken zu sehen war. Dabei hat er die Zähne gefletscht.

Der Sanktus jetzt völlig perplex und gedankenlos, Leere kein Ausdruck. Aber wenn du denkst, es geht nicht mehr, kommt ja bekanntlich von irgendwo ein Lichtlein her.

»Ich, ich … ich möchte halt alles wissen, äh, dass ich, äh, die Kathi, also meine Frau …«, da haben die Augen von der Kathi schon voller Stolz geleuchtet, »wo es geht, unterstützen kann und ihr möglichst viel Last und Schmerzen abnehme. Weil so soll's doch sein, oder?«, hat der Sanktus gestottert.

Dann war die ganze Runde still. Alle Augen auf ihn. Hatte er irgendetwas Falsches gesagt? Auf einmal hat die Gmeinwieserin zum Klatschen angefangen und gemeint: »Herr Müller, so schön hat das noch niemand hier und in meiner ganzen Hebammenlaufbahn gesagt. Sie haben es wirklich verstanden. Frau Müller, Sie können stolz auf Ihren Mann sein.«

Die Kathi hat Tränen in den Augen gehabt und hat gar nicht gewusst, was sie sagen soll. Der Rest der Runde ist in das Klatschen der Hebamme eingefallen. Der Sanktus hat die Faust geballt und ganz kurz zu einem »Strike« gezuckt. Ab und zu darfst du mal Glück haben, oder? Da war ihm sogar der Herr Müller egal. Die Leonie ist am Rand gesessen und hat den Sanktus mit ihren meertiefen Augen angehimmelt. Allein das war's schon wert.

Die Hebamme hat dann noch die Lage des Kindes anhand einer Puppe, einem Tuch und einem künstlichen Becken erklärt, und der Sanktus hat bei den anschließenden Atemübungen natürlich vorbildlich mitgemacht, weil er hat ja jetzt einen Ruf zu verlieren gehabt. Schwangeren-Versteher, weißt du? Selbst beim abschließenden »Ommh« hat er ganz wichtig mitgetan.

»Ich bin so stolz auf dich«, hat die Kathi auf dem Heimweg verkündet. »Des war so schön, was du gsagt hast. Du bist halt einfach der Mann meines Lebens!«

»Jaja, passt scho, Kathi. Danke. Aber kann ich jetzt der Anna bei der Mördersuche helfen? Scho, oder?«

Ich weiß, dass sie die Ermittlungen aufgenommen haben. Bichlmaier heißt der Kommissar. Ich habe mich verkleidet und in die Löwengrube eingeschlichen. Es war so einfach. Bravo, Münchner Polizei! Dein Freund und Helfer. Keiner hat mich erkannt. Niemand. Äußerst intelligent sieht er nicht aus, der Herr Kommissar. So teigig. Sein Gehilfe kommt mir da schon gefährlicher vor. Ein Streber, ein Emporkömmling. Allein schon diese Brille! Der Kommissar hat mit einem gewissen »Sanktus« telefoniert, mit dem er ermittelt. Verdeckter Ermittler. LKA? Sind sie mir auf den Fersen?

FREITAG 08.02.2013

Ich muss es noch einmal tun. Dieses Drecksstück. Mit ihr habe ich nicht gerechnet. Ein Exempel wird es werden. Der Schlächter wird wieder zuschlagen. Sie stilisieren mich schon zur Ripper-Ikone hoch. Danke, München! Herzlichen Dank. Du wirst noch lange an mich denken.

Normalerweise hätte die Kathi nach so einer krummen Tour dann doch noch gelächelt, und der Sanktus wäre fein raus gewesen. Aber was so eine Schwangerschaft aus Frauen machen kann, hormonmäßig! Die Kathi hatte auf der Heimfahrt nicht mehr mit ihm gesprochen und aus dem U-Bahn-Fenster in die vorbeirauschende Schwärze gestarrt. Der Sanktus hatte ihren gespiegelten Gesichtsausdruck im Fenster beobachten können. Freude war etwas anderes. Wortlos waren sie ins Bett gegangen.

Auch in der Früh war die Kathi verschlossen, großes Silentium praktisch Anfänger. Die Martina hat schon gemerkt, dass da was nicht gestimmt hat und war vorsichtshalber auch ganz still, weil dicke Luft regelrecht spürbar. Der Sanktus hat immer wieder versucht, die Kathi in ein Gespräch zu verwickeln, aber die hat sich komplett ausgeschwiegen. So eine spinnerte Gans, hat sich der Sanktus gedacht. Aber wenn sie will, na bitte!

Mit den Worten »Werd bitte endlich erwachsen«, hat die Kathi mit wässrigen Augen den Sanktus und die Martina am Tisch sitzen lassen. Die Martina hat den Sanktus fragend angeschaut, aber der hat abgewinkt.

»Ich bin heut Mittag ned da. Gehst du zur Anna wie ausgemacht, Martina?«, hat der Sanktus gefragt. »Die Mama holt dich am Nachmittag ab. Ich hab heut gleich zwei Führungen.«

»Und? Soll ich ihr sagen, dass du den Mörder suchst?«, hat die Martina neunmalklug gefragt. Woher sie das schon wieder gewusst hat? Miss Marple Anfängerin dagegen.

»Lieber ned, Martina«, hat der Sanktus geantwortet. »Lieber ned.«

Der Sanktus hat seine vormittägliche Führung eher lustlos absolviert. Eine Gruppe Iren. Tour Nummer drei: historisches München.

Mittags ist der Sanktus zum »Donisl« gegangen, wo er einen warmen Leberkäs mit Kartoffelsalat gegessen hat. Am Nebentisch sind zwei Chinesen gesessen. Der eine hat Weißwürste, der andere ein halbes Hendl gegessen. Jetzt hat der Sanktus in seiner Trübsal doch einmal kurz lachen müssen. Der erste Chinese hat die zwei Weißwürste aus der Schüssel genommen, samt der Haut geschnitten, zurück in das Weißwurstwasser befördert und sie mit dem Löffel als Suppe mit Einlage verspeist. In die Brezn hat er mit einer Kraft hineingebissen, dass du meinst, er muss sie noch erlegen, also umbringen. Aber der zweite Chinese hat den ersten noch getoppt. Der hat nämlich das Zitronentücherl, mit dem du dir die Hände nach dem Hendl-Essen reinigst, gleich am Anfang herausgenommen und hat damit das gegrillte Hendl abgerieben. Der Sanktus hat sein Weißbier in das Glas zurück geprustet, und es ist ihm aus der Nase rausgekommen vor Lachen.

Die Chinesen haben ihn entgeistert angeschaut. Der Sanktus hat sich lautstark die Nase geputzt und das Taschentuch wieder zurück in seine Hosentasche gesteckt. Die Chinesen haben angewidert weggeschaut, weil das kann er jetzt gar nicht haben, der Chinese. Ein Nasenloch zu und mit Karacho einen Hering auf den Boden schießen, gut, aber in ein Taschentuch und das dann zurück in die Hose, da graust's ihm dann komischerweise.

Kurz vor seiner zweiten Führung hat ihn der Bichlmaier auf seinem Mobiltelefon angerufen und gefragt, wie es heute mit einer kleinen Ermittlung beim Fasching im »Bärenbräukeller« aussehen würde. Der Sanktus natürlich unschlüssig, weil wie reagiert die Kathi? Auf der anderen Seite ist sie ja eh schon sauer gewesen. Also scheiß die Wand an und Zusage.

»Als was geh'n ma?«, hat der Kommissar noch wissen wollen.

»Ich als Herr der Sieben Meere und du als Leichtmatrose, wia oiwei hoid aa!«, hat der Sanktus den Monaco Franze zitiert.

»Is recht, Franze!«

»Was is denn überhaupt 's Motto?«

»Piraten der Karibik!«

»Na dann passt's ja, oder?«

Kurz nach dem Auflegen hat das Telefon schon wieder geläutet, und der Drengler war dran. Na bravo!

»Helau, Sanktus, helau!«, ist der traditionelle Drenglergruß während der Faschingszeit aus dem Handy gekommen.

»Und, wie isset?«

»Ha?«, hat der Sanktus geblafft. »Red amal Deutsch!«

»Oh, gleich *so* gut drauf, Sanktus. Welche Laus ist dir denn über die Leber gelaufen? Kann ich dich irgendwie moralisch aufmuntern?«

»Ja, wennst mir meine Ruh lasst!«

»Nee, nee, das scheidet aus. Hast du Lust, heute Abend einen draufzumachen?«

»Naa, koa Zeit. Ich muss mit dem Bichä im Fasching ermitteln«, ist es aus dem Sanktus herausgesprudelt, und schon hätte er sich in den Hintern beißen können. Was war er doch für ein blöder Trottel!

»Oh klasse. Braucht ihr noch Unterstützung? Da bin ich dabei, dat is pri-i-ma«, hat der Drengler geträllert, und dem Sanktus jetzt schwarz vor Augen.

»Halb acht vor dem ›Bärenbräukeller‹!«

»Wie ist denn das Motto?«

»Schabernackt!«, hat der Sanktus geantwortet.

»Nana. Da seh ich wohl besser mal selbst nach«, hat der Drengler kommentiert.

»Passt! Bis nachher«, abschließend vom Sanktus.

Auch die Nachmittagsführung ist am Sanktus eher wie ein Film vorbeigezogen. Nichts Dramatisches. Eine Schulklasse. Noch einmal historische Tour mit dem Pferdefuß des Teufels in der Frauenkirche. Nach der Tour ist der Sanktus heim und war eigentlich froh, dass er einen Zettel vorgefunden hat, auf dem *»Sind bei der Anna«* geschrieben war. Vielleicht würden sich die beiden Frauen aussprechen und zu einem versöhnenden Ergebnis kommen. Auf jeden Fall hat er sich in Ruhe maskieren können. Wie jedes Jahr schwarze Pumphose, Lederstiefel, weißes Hemd, ein rotes Piratentuch und eine Augenklappe.

Dazu einen Ohrring, einen angemalten Schnauzer und Koteletten. Einen Säbel hat er sich noch in den Gürtel gesteckt, und los ist's gegangen.

Im Foyer des »Bärenbräukellers« hat der Sanktus den Kommissar Bichlmaier getroffen, der in einem weißblauen Matrosenanzug wartend da gestanden ist. Donald Duck Scheißdreck dagegen. Nur das Oberteil hat an seinem Bauch ein bisserl mehr gespannt als bei seinem Zeichentrick-Pendant. Die zwei wollten sich gerade begrüßen, da hat sich das ganze Publikum in Richtung Eingang umgedreht und auf eine Gestalt, also eher einen Schatten, der in der doppelflügeligen Tür erschienen war, gestarrt. Die Gestalt war nur von hinten zu sehen, aber der braune Mantel, die Stiefel und der Dreispitz, unter dem verfilzte lange Haare und ein rotes Piratentuch zum Vorschein gekommen sind, sind dem Sanktus irgendwie bekannt vorgekommen. Die Silhouette hat sich umgedreht, und er war es wirklich. Der Spitzbart, die schwarz umrandeten Augen, so ist er vor dem Sanktus, der sich in seinem Null-acht-fuffzehn Piratenkostüm schon extrem deppert vorgekommen ist, gestanden. Niemand anderes als Captain Jack Sparrow, also praktisch der Depp Johnny. Dem Sanktus ist es eiskalt den Rücken runtergelaufen, die Leute ringsherum haben applaudiert und waren mehr als beeindruckt.

Plötzlich hat der Pirat dem Sanktus gewinkt und gerufen: »Und was sagt ihr? Cool, nö?«

Den Sanktus hat fast der Schlag getroffen. Im Jack-Sparrow-Outfit ist der Drengler gesteckt.

»Puh, da hab ich mich in 'ne Aktion gestürzt. Ich war zwei geschlagene Stunden im Kostümverleih. Da haben die 'nen original Filmmaskenbildner. Ich sehe genauso aus wie der Dings … nö?«

»Errol Flynn?«, hat der Sanktus gefragt, weil den Triumph hat er dem Drengler nicht gegönnt. Applaus am Fasching im »Bärenbräukeller«? Er? Ja wirklich ned. Das kannst du einmal komplett knicken.

»Nee, Sanktus. Probier es noch mal. Den musste doch kennen. Aus dem Kino. Pirates of the Caribbean! Na, klingelt's?«

»Walther Matthau? Piraten?«

»Geh, Sanktus«, hat der Bichlmaier die Situation gerettet. »Wunderbar schaust du aus, Jens. Wie der Zwillingsbruder vom Johnny Depp. So. Und jetzt is a Ruh. Also, jetzt gemma nauf.«

Der Sanktus hat an dem Deppen-Gewand gerochen und hat feststellen müssen, dass es wahnsinnig gemuffelt hat. Da wird die Ulli heute Abend eine Freude haben, und da hat er schon wieder grinsen können, der Herr der Sieben Meere.

Im großen Saal war noch nicht viel Remmidemmi. Eine Band hat den Red-River-Rock gespielt, und es haben schon einige Piraten, Piratinnen, Freibeuter, Korsaren, Admiräle, Seebären und sonstige Masken getanzt. Die drei Ermittler haben an einem Vierertisch in der Nähe der Tanzfläche Platz genommen und erst einmal eine Bären-Weiße bestellt. Hunger haben sie noch nicht gehabt. Der Sanktus hat das erste Bier wieder einmal viel zu schnell getrunken und hat sofort die Kathi in den Ohren gehabt, die ihm hineingesäuselt hat, zwischendrin auch einmal ein Glas Wasser zu trinken. Das war natürlich schon länger her, weil heute ja Funkstille.

Dem Säuseln zum Trotz hat sich der Sanktus recht bald ein zweites Bier bestellt.

Der Kommissar hat den beiden dann je ein Foto von der Susi in die Hand gedrückt und hat ihnen den Auftrag gegeben, bei den Schenken, den Bedienungen und auch bei den Klofrauen nach ihr zu fragen. Wichtig sei, ob sie die Susi gesehen hätten und ihnen irgendetwas aufgefallen sei. Egal wie unwichtig es denen vorkommen würde. Auf jeden Fall nachhaken.

»Als was ist denn die Susi gegangen?«, hat der Sanktus wissen wollen. »Weil auf dem Foto ist sie ja nicht verkleidet. Früher war sie gerne als Scheherazade unterwegs. Also so vor zehn Jahr.«

»Hollywood der 30er«, hat der Bichlmaier gemeint.

»Versteh ich ned?«, hat der Sanktus gefragt.

»Pichi meint, das Motto war die amerikanische Hauptstadt des Films in den 30er-Jahren des letzten Jahrhunderts. Wir haben also die Chance, dass sie in nur geringer Unkenntlichkeit anwesend war.«

»Soso. Also bloß a bisserl altertümlich«, hat der Sanktus gemurmelt.

»Stellt euch vor, es wäre Grimms Märchen gewesen Da wären wir verloren, Leute!«, hat der Drengler hinzugefügt.

»Aber so was von«, hat der Kommissar bestätigt. »Also ihr schwärmt's aus, und ich halt die Stellung.«

»Wie? Du machst nix?«, hat der Sanktus genörgelt.

»Ja wer wollt denn unbedingt ermitteln. Gemma, gemma, sonst überleg ich's mir noch anders. Auf geht's! Drehzahl!«

»Drehzahl! Jetzt red der scho wia i!«, hat der Sanktus entgegnet. »Auf geht's, Drenglerin, alte Wirtshaushupen!«

Und so sind die beiden losgezogen. Der Sanktus hat ein paar Bedienungen abgeklappert, aber keine von ihnen hat Zeit gehabt, sich mit ihm zu unterhalten, weil die ersten Gäste bereits ihr Abendessen bestellt hatten. Der Sanktus ist zu den Toiletten hinunter in der Hoffnung, er würde aus der vermeintlich vorhandenen und hoffentlich deutsch sprechenden Klofrau etwas herausbekommen. Als er nach der letzten Treppenstufe um die Ecke gebogen ist, ist plötzlich die Mali vor ihm gestanden. Die Wildgruber Amalie, ihres Zeichens Putzfrau vom »Sternbräu«.

»Äha! Wos duasdn du do? Äh, was tust'n du da, Sanktus?« Die Mali ist immer einen Tick in ein vornehmeres Münchnerisch gewechselt, wenn sie den Sanktus gesehen hat, weil ja »gestudiert«! Zumindest ein bisserl.

»Wir ermitteln wieder, aber sag niemand was! Host mi?«

»Freilich hob i di! Schad, dass d' nimmer beim Stern bist. Ich helf ja hier bloß aus. Aber drin ist's nimmer so wie früher.«

»Hab ich mir schon denkt, Mali. Hab ich mir schon denkt.«

»Was ermittelst denn?«

»Geheim, Mali. Streng geheim! Aber kennst du die Frau auf dem Bild? War die letzten Freitag amal bei dir beim Pieseln?«

»Lass amal schauen. Da brauch i mei Brillen. Wart amal.«

Die Mali hat ihr Brillenetui aus ihrem weißen Schurz geholt und die Spekuliereisen aufgesetzt.

»Mhm, jaja. Soso. Ja mei. Mhm.«

»Mali, könnt'st du dich bitte a bisserl präziser äußern und ned nur murmeln?«

»Jaja. Schoscho«, hat die Mali weitergemacht.

»Mali, ärger mich ned!«, hat der Sanktus geplärrt, weil wie immer gleich auf der Palme.

»Jaja. Scho! Die war letztens scho da. Eine hübsche junge Frau, ha? Sie hat so ein altmodisches Kleid angehabt. Sucht's ihr die?«

»Naa, die ist tot!«

Die Mali ist jetzt ganz weiß geworden und hat sich bekreuzigt.

»Herr im Himmel. Alle sieben Nothelfer stehen mir bei. Tot? Um Gottes willen. So a nette junge Frau. Was is denn passiert?«

Der Sanktus hat der Mali ganz leise ins Ohr geflüstert, dass die Susi ermordet worden ist. Sie hat sich daraufhin auf ihren hölzernen Stuhl neben dem Tisch mit dem Geldteller setzen müssen.

»War sie allein?«, hat der Sanktus wissen wollen.

Die Mali, langsam wieder bei Kräften, hat den Kopf geschüttelt.

»Nein, da war ein netter Herr dabei. So ein großer dunkelhaariger. Ein fescher Mann. Den hätt ich gleich mögen. Ein schönes Paar sind die … waren die. Aber irgendwas hat nicht gestimmt. Sie ist ganz verweint angekommen. Sie hat sich wieder zurecht g'macht, und er hat die ganze Zeit bei mir vorm Damenklo g'wartet. Sie ist dann wieder rauskommen, und er hat seinen Arm um sie g'legt und hat in sie eingeredet und irgendwas erklärt. Zwischen denen hat irgendwas nimmer g'stimmt. Das hab ich im G'fühl. Er war verkleidet wie der Dings … Na sag, dieser Lee.«

»Was für ein Li? Ein Chinese?«, hat der Sanktus wissen wollen.

»Na, der Dings, der Christopher Lee. Wie seine Paraderolle. Herrschaft, jetzt denk halt auch einmal mit. Der mit dem hohen Kragen. So einen hat er gehabt.«

»Der Dracula?«

»Ja genau. Der Fampür!«

»Ja, Vampir, aber hat der irgendeine Besonderheit gehabt, Mali? Weil hübsch, groß und dunkel. Da kommen wir ned weit.«

Aber die Mali hat den Kopf geschüttelt. Mehr hat sie zu diesem Fall nicht beizutragen gehabt.

Der Sanktus ist wieder hinauf in den Ballsaal, wo es inzwischen schon mehr zugegangen ist. Die versammelten Piraten der Karibik haben gerade die Polonaise von Blankenese gemacht. In diesem Moment ist eine Bedienung von vorhin am Sanktus vorbeigehuscht. Er hat sie an ihrem Bedienungs-Piratengewand kurz gezupft, woraufhin sie sich umgedreht hat.

»Was willst denn dü schon wiedo?«, hat sie gesächselt. »Kannst misch vleisch mal in Rühe lossn? Ich hab zü tün.«

»Haben Sie diese Frau gestern gesehen?«, hat der Sanktus gefragt.

»Geh leck misch döch«, war die einzige Antwort, und die Bedienung war wieder weiter.

Der Sanktus hat dann noch ein paar Bedienungen befragt. Die nächsten waren zwar ein wenig angenehmer als ihre ostdeutsche Kollegin, aber herausgekommen ist trotzdem nichts.

Zurück am Tisch, sind die drei Fragezeichen über ihrem Bier gesessen und haben sich gegenseitig aufgrund ihres schlechten Ermittlungsergebnisses bemitleidet. Keine verwertbaren Hinweise, aber auch rein gar nichts. Na ja, was willst du machen? Alle Bedienungen haben sie nicht erwischt gehabt, weil inzwischen wirklich der Bär gesteppt hat. Und so haben sie noch eine Runde und noch eine Runde bestellt. Der Sanktus hat erzählt, dass die Susi mit einem Dracula, der wie der Christopher Lee ausgeschaut hat, unterwegs war.

»Das kann nicht sein«, hat der Drengler sinniert. »Der Dracula-Film mit Christopher Lee wurde erst in den 50er-Jahren gedreht. Das muss Bela Lugosi gewesen sein. Jaja. Demnach bin ich mit an Sicherheit grenzender Wahrscheinlichkeit der Meinung, dass unsere liebe Susanne alias Susi als Helen Chandler unterwegs war, da sie ja wohl die Mina Harker verkörperte.«

»Ah so?«, der Bichä und der Sanktus gleichzeitig.

»Also suchen wir einen Dracula«, hat der Bichä bestätigt. »Aber nicht den Lee, sondern den Lugosi. Sauber!«

Sie haben sich dann noch einmal eine Runde Bier bestellt und sich zugeprostet, weil ja doch erstes Ermittlungsergebnis praktisch jetzt vorhanden.

Später hat ein Penelope-Cruz-Piratenverschnitt den Drengler zum Tanzen aufgefordert, und der Bichlmaier hat sich an eine Loreley mit vorstehenden Zähnen am Nebentisch rangemacht. Anscheinend hat er die Zähne nicht mehr gesehen, aber das hat eigentlich gar nicht sein können, weil so grauslich. Dem Sanktus ist nichts anderes übrig geblieben, als wie gewohnt in sein Bier zu starren und an die Kathi zu denken. Das würde wieder Ärger geben. Es war schon halb zwölf, und er war noch nicht daheim. Er hatte einen Zettel auf das Telefonkastl gepappt, auf dem gestanden ist: *»Bin mit dem Bichä und dem Jens unterwegs. Wartets nicht auf mich. Wird spät.«*

Dann noch ein Blick auf sein Handy, aber keine Nachricht. Kein Lebenszeichen. Na wird's schon passen, hat er sich gedacht.

Und wie der Sanktus vor sich hin denkend, also praktisch sinnierend und beobachtend so über den Rand seines Weißbierglases gespäht hat, ist ihm der Ligsalz Rudi ins Visier gekommen. Der war an einem Tisch mit ein paar Piraten, die etwas aufwändigere Gewänder angehabt haben, gesessen. Der Rudi hat seine Haare heute mit einer Schleife zu einem kurzen Schwanzerl zusammengebunden gehabt. Dazu ein weißes Pluderhemd. Ausgeschaut hat er wie einer in der früheren Vorweihnachtsserie mit diesem Jack Holborn. Er hat die ganze Zeit in so eine dunkel gelockte Piratenbraut hineingeredet. Die war auch schon ein wenig angetrunken und hat ihr nacktes langes Bein, das unter ihrem Rock hervorgeschaut hat und in einem beigen kurzen Stiefel gesteckt ist, herausgestreckt. Der Rudi hat seine Hand auf ihrem Oberschenkel gehabt. Auch er war nicht mehr ganz nüchtern. Als der Sanktus genauer hingeschaut hat, ist ihm aufgefallen, dass die Piratenbraut niemand anderes als die Schauspielerin Cornelia Sandmann war. Drum ist der Rudi so rangegangen. Der Klatschreporter und die beschwipste Schauspielerin. Neben ihr ist ein groß gewachsener schlanker Herr gesessen. Der hat ausgeschaut wie der Mozart, mit so einer weißen Perücke. Die Haare waren mit einem Samtband zusammengebunden. Weiße Strümpfe, kielange Hosen und Schnallenschuhe hat er angehabt. Dazu einen passenden Frack. Wahrscheinlich war er der Dr. Livesey von der Schatzinsel. Und so einen Schönheitspunkt hat er sich auf die Backe geklebt gehabt. Da hat's den Sanktus alias Herr der Sieben Meere gleich geschüttelt. Wahrscheinlich war der mit dem Drengler zusammen beim Maskenbildner gewesen. Geh leck!

Der Sanktus ist langsam auf den Tisch zu, weil die Gelegenheit, dem Rudi Servus zu sagen, hat er sich nicht entgehen lassen wollen. Wer weiß, was er von ihm im Fall des Rippers noch rauskriegen würde. Er ist also auf den Tisch zu und hat den Ligsalz Rudi leicht angestupst.

»Ja Herrschaftszeiten, Rudi!«, hat er angefangen und auf betrunken gemacht. »Der Ligsalz Rudi! Ha Rudi, wie lang is jetzt des scho her? Ja Sakrament, der Rudi!«

Gott sei Dank ist dem Rudi gleich ein Licht aufgegangen, und der Sanktus hat sein Bauerntheater schnell beenden können.

»Ja ich werd narrisch. Der Sanktjohanser Fredl. Griaß di nachher! Magst dich hersetzen? Hamma no an Schampus für an alten Freund?«, hat er in die Runde geplärrt. »Darf ich vorstellen. Das ist die Cornelia Sandmann.«

»Sehr angenehm«, hat der Sanktus gesagt und der Sandmann brav die Hand gegeben. »Ich bin ja ein großer Fan von Ihnen!« Sülzerei jetzt gar nichts dagegen.

Die Schauspielerin hat zurück gegrüßt, und es war ersichtlich, dass die schon sehr angetrunken war.

»Und das ist ihr Mann, der Holger Rosenwirth, ein bekannter Heilpraktiker«, hat der Rudi weitergemacht.

»Sehr angenehm«, hat der Dr. Livesey alias Rosenwirth den Sanktus begrüßt und brav gelächelt. Er war im Gegensatz zu seiner Frau anscheinend komplett nüchtern.

»Und Rudi? Bist recht dick drin mit dem Ripper? Dem Schlächter von München, ha? Das ist eine Gschicht. Der Wahnsinn. Was meinst?«, ist der Sanktus in die Vollen gegangen.

Der Rudi und die Cornelia sind schlagartig verstummt. Der Reporter hat den Sanktus angeschaut und hat gemeint: »Das wird die Story des Jahres, Sanktus. Da ist ein Serienmörder unterwegs, und ich bin ihm auf der Spur. Ganz dicht. Ich war durch Zufall schon zweimal der Erste am Tatort.«

Dabei hat er die Schauspielerin eindringlich angeschaut. Die ist vor Bewunderung geschmolzen. Der Heilpraktiker hat nur die Augen verdreht.

»Und die Polizei?«, hat der Sanktus gefragt. Inzwischen hat der Rest vom Tisch das Gespräch mitgekriegt. Anscheinend waren alle vom Film, weil der Fall gleich einen super Plot abgegeben hätte.

»Der Bichä?«, hat der Rudi gefragt. »Der kriegt doch nichts mehr auf die Reihe. Vor ein paar Jahren hat er mal diese Morde in der Brauerei aufgeklärt, aber seitdem war da nichts mehr. Nein, da bin ich schon weiter, das kannst mir glauben.«

Dann hat er weiter mit der Sandmann geschäkert, und der Sanktus hat nichts mehr aus ihm rausbekommen. Er hat seinen Schampus ausgetrunken und ist wieder zurück zum Tisch. Schad ums Geld, hat sich der Sanktus gedacht, weil vom Schampus kriegst du genauso einen schlechten Magen wie vom Billig-Sekt. Ist halt einfach auch nur ein »hupfertes Wasser«.

Der Kommissar und der Drengler waren, wie es ausgesehen hat, schon weg und hatten ihn zurückgelassen. Auf seinem Handy hat er dann je eine SMS von den beiden gefunden. Sie hatten auch des Öfteren probiert, ihn anzurufen. Na ja, wurscht. Weg waren sie auf jeden Fall. Er hat sich noch ein letztes Weißbier zum Ausklang bestellt, da hat er plötzlich einen Piraten mit Holzbein auf sich zukommen, also zuhinken sehen. Der Sanktus hat das auf das viele Bier geschoben, weil warum soll auf einem Faschingsball ein Original-Pirat mit Holzhaxn unterwegs sein? Der Pirat hat vor ihm angehalten und auf ihn heruntergeschaut, und der Sanktus hat zu ihm hinaufgeblinzelt. Verblendung Anfänger. Der Pirat war offensichtlich eine Piratin und niemand anderes als die Stangassinger Lena. Die Lena war auch mit ihm auf der Schule gewesen. Sie hatte bei einem Unfall ihr rechtes Bein verloren, daher Original-Holzbein-Piratin. Letztes Jahr bei den Ermittlungen zu den Altherren-Morden hatte er sie nach Jahren wieder getroffen, und irgendwie war die Lena damals sogar ein bisserl scharf auf ihn gewesen.

»Ja, griaß di Lena. Setz dich her. Das ist ja eine Überraschung. Wie geht's dir denn allerweil?«

Gut ist's der Lena gegangen. Der Sanktus hat die Lena schon seit ihrem letzten Treffen bewundert. Sie hat trotz ihrer Behinderung so eine Lebensfreude ausgestrahlt, das musst du erst einmal finden. Er hat sich noch genau an ihren knackigen Hintern erinnern können, wie sie im Sommer im »Sternbräu«-Biergarten in ihrer engen Jeans bei ihm vorbeigeschaut hat. Er hat nicht verleugnen können, dass er sich schon sehr zu ihr hingezogen gefühlt hat. Und die Biere, die er jetzt intus gehabt hat, haben dieses Gefühl nicht gerade vermindert.

Und wie es halt so ist, ist die Rede auf ihre Beziehungen gekommen, und der Sanktus hat von seinem Dilemma mit der Kathi, der Anna und dem Ripper erzählt. Auch, dass die Kathi schwanger war und so weiter. Die Lena hat ihn schon verstanden, hat aber auch Partei für die Kathi ergriffen, und so haben sie noch lange geredet. Der Sanktus, froh, dass er jemanden zum Aussprechen gehabt hat, hat vor lauter Erleichterung ein Weißbier nach dem anderen getrunken und daher nicht mehr gewusst, wie dieser schöne Abend mit der Lena ausgegangen ist.

Heute Nacht wird es passieren. Ich bin bereit. Sie wird sterben. Diese hinterfotzige, Haidhausener Schlampe. Ich werde ihr schmutziges, taktierendes Spiel beenden. Sie wirft sich an jeden ran. Sie ist ein Ekzem. Ein dreckiges Geschwür unserer Gesellschaft. Man muss sie ausmerzen. Ich werde meiner Aufgabe gerecht werden. Morgen werdet ihr wieder etwas zu reden haben. Ihr alle, die ihr glaubt, ihr seid so schlau und mir überlegen. Ihr wollt mich stoppen? Ihr seid mir auf den Fersen? Ha, ich bin euch meilenweit voraus. Ich beobachte euch und nicht ihr mich. Ich bin wie Jekyll und Hide. Freut euch nicht zu früh.

ELIZABETH

Elizabeth Stride, eine gebürtige Schwedin, wurde am 30. September 1888 um 01:00 Uhr in der Berner Street in Whitechapel ermordet aufgefunden. Sie war das einzige Opfer des Rippers, das keine Verstümmelungen am Unterleib aufwies. Aus diesem Grund wurde diese Tat zuerst nicht dem Ripper zugeschrieben. Da aber 44 Minuten später ein weiteres Opfer verstümmelt aufgefunden wurde, ging man schnell davon aus, dass der Ripper bei Elizabeth gestört worden war.

Es ist mystisch. Die schneebedeckten Straßen Haidhausens liegen ruhig vor mir. Die Dunkelheit. Die Kälte. Ich gehe an diesem alten Hof vorbei. Gespenstisch. Nur meine Spuren im frischen Schnee. Rote Spuren werden sie finden. Es ist kein Ton zu hören. Ich halte kurz an und atme die frische kalte Luft in meine Lungen ein. Die Hand sicher an meinem Messer. Ich biege in die Metzstraße ein und gehe bis zu dem Mietshaus, in dem sie wohnt. Heute hat sie Frühschicht. Es ist halb fünf. Gleich wird sie aus der Tür herauskommen.

Ich grüße sie. Sie ist erstaunt, mich zu sehen, aber ich tische ihr meine gut vorbereitete Lügengeschichte auf und locke sie in den kleinen nicht einsehbaren Hinterhof. Es dauert nur Sekunden und sie liegt friedlich im weißen Schnee. Der rote Fleck um ihren Hals breitet sich aus. Es ist Kunst. Es beruhigt mich. Schön ist sie. Aber sie ist ein

Luder, eine Hure. Es muss sein. Ich zerschneide ihre Kleider und will beginnen. Ich halte kurz inne und lausche. War da ein Geräusch? Ich muss mein Werk unterbrechen. Noch einmal sehe ich kurz auf das wunderbare Bild. Ich ziehe meinen Schal vor mein Gesicht, drehe mich herum und verschwinde in der Dunkelheit.

SAMSTAG, 09.02.13, FASCHINGSSAMSTAG

Leise Musik und brutales Stechen vom Hinterkopf in Richtung Vorderhirn. Skalpellstiche gar nichts dagegen. Bayerischer Defiliermarsch. Was hat der Defiliermarsch auf einem Faschingsball zu suchen gehabt? Ist der Franz-Josef Strauß als Ehrengast einmarschiert? Reitend auf dem Edmund Stoiber als bayerischer Löwe? Hat nicht sein können, aber warum sonst der Defiliermarsch?

Plötzlich hat es den Sanktus gerissen. Aber schon so! Natürlich nur soweit es sein Schädeldröhnen zugelassen hat. Wo war er? Auf jeden Fall einmal nicht daheim. Der Defiliermarsch war sein Handy-Klingelton, der gerade wieder verstummt ist. Herrschaftszeiten, wie viel Uhr war es? Kurz nach sieben. Hat zumindest die Digitaluhr auf dem Nachtkasterl behauptet. Der Sanktus hat sich ruckartig aufgesetzt, was er sofort bereut hat, da sein Kopf zu zerspringen gedroht hat. Auweh zwick! Wie war er hierhergekommen? Er hat sich nicht mehr an den gestrigen Abend erinnern können. Dass er mit dem Bichlmaier und dem Drengler auf dem Piratenball war, ist ihm schon noch präsent gewesen. Die Mali hat er noch im Gedächtnis gehabt, auch den Ligsalz und die Cornelia Sandmann. Der Heilpraktiker-Livesey war auch noch rudimentär vorhanden, aber dann? Leere. Sein Telefon war anscheinend in seiner Hose, und die ist mitten im Zimmer am Boden gelegen. Sein restliches Piratenkostüm auch. Seine

Augenklappe hat er auf dem Kissen entdeckt. Er hat sich im Zimmer umgeschaut. Kein Erkennen. Gar nichts. Hier war er noch nie gewesen. Ihm gegenüber ist ein Druck der Marilyn Monroe von Andy Warhol gehangen. Die Personen auf den Bildern daneben hat er nicht erkannt. Vielleicht hätte er doch einmal zum Augenarzt gehen sollen.

Grundsätzliche Frage aber noch nicht gestellt: War er allein? Wahrscheinlich nicht, wenn du in einer fremden Wohnung aufwachst. Also vorsichtiger Blick auf die rechte Seite des großen Betts. Pfeilgrad ist da eine Frau gelegen. Dem Sanktus ist jetzt der kalte Angstschweiß aus allen Poren geflossen. Hatte er etwa …? Er hatte die Kathi noch nie betrogen. Nie ein Gedanke in diese Richtung. Auch überhaupt kein Antrieb, weil alles ja perfekt. Gut, zurzeit war es schwierig, aber doch kein Grund! Der Sanktus hat die Frau neben sich nicht erkennen können. Er hat nur ein Haarbüschel zwischen Bettdecke und Kissen herausspitzen sehen. Am unteren Ende des Betts hat ein Unterschenkel herausgeschaut. Der linke. Er hat sich dem Bein langsam genähert und sich die rot lackierten Zehennägel angeschaut. Passable Zehen waren es, und sie sind ihm irgendwie bekannt vorgekommen. Irgendwo hat er die bereits einmal gesehen gehabt. Scheißdreck! Die hat er sogar schon in der Hand gehabt. Letztes Jahr im Prinzregentenbad. Er hat vorsichtig die Decke angehoben und das zweite Bein gesucht und – Bingo! Nicht da, nur ein kurzer Stumpf. Er war bei der Stangassinger Lena im Bett gelandet. Um Gottes willen! Sanktjohanser. Wie hast du das machen können? Da hätte sie normal noch so lange mit ihrem sexy Hintern auf ihrem einen Haxen vor dir herwackeln können … Zefix, zefix und noch einmal zefix!

Der Sanktus hat sich leise aus dem Bett geschlichen und hat sein Piratenkostüm angezogen. Alles bis auf das Kopftuch natürlich. Unter dem Wintermantel würde schon keiner den Rest sehen. Einen Blick in einen Spiegel hat er nicht riskiert, aber zum Pinkeln ist er noch gegangen. Er hat der Lena noch einen Zettel auf das Telefonkasterl gelegt. *Muss weg. Melde mich. Gruß Sanktus.* Dann hat er die Wohnungstür ganz leise hinter sich zugezogen.

Kurz darauf ist der Sanktus in der frischen Luft gestanden. Die Kühle ist ihm direkt befreiend vorgekommen, und der Druck in seinem leidgeprüften Schädel hat etwas nachgelassen. Kaum draußen, war der Bichlmaier im Display. Er ist auch der erste Anrufer gewesen. Der Sanktus hat abgenommen und sich melden wollen, ist aber gar nicht zu Wort gekommen.

»Mir ham a neue Leich, Sanktus. In der Metzstraß' in einem Hinterhof. Diese Nacht. Eine Nachbarin hat sie in der Früh gefunden, wie sie den Müll rausgetragen hat. Magst vorbeikommen?«

Der Sanktus hat sich überlegt, ob das seinem gepeinigten Haupt und seinem angeschlagenen Magen gut tun würde, so eine Ripper-Leiche? Außerdem war er eigentlich mehr beschäftigt, sich sämtliche Szenarien des Anrufs von der Kathi auszumalen. Der würde nicht mehr lang auf sich warten lassen. Er hat noch gar nicht richtig drüber nachdenken können, wie ihm dieser nächtliche Ausrutscher passieren hat können.

»Darf ich das überhaupt?«

»Ja schon. Die diensthabenden Polizisten kennen dich noch von früher, und der Demuth ist auch nimmer so …, Dings. Na weißt schon.«

»Gut, aber könnts ihr mich abholen?«

»Passt. Ich schick den Demuth gleich zu dir heim«, hat der Kommissar angefangen, aber der Sanktus hat ihn schnell unterbrochen.

»Das ist jetzt grad a bisserl blöd. Ich wär in der Lucille-Grahn-Straße. Kann er da hinkommen?«

»In der Lucille-Grahn-Straße. Bist du heut schon joggen?«, hat der Bichlmaier wissen wollen.

»Fast, Bichä. So ähnlich. Jetzt schick ihn her. Ich geh ihm in Richtung Einsteinstraße entgegen. Pfiat di!«

»Pfiat di, Sanktus«, hat der Kommissar etwas ratlos geantwortet.

Langsam ist der Sanktus durch den Schnee in Richtung Einsteinstraße spaziert. Kaum war er 30 Meter weit gekommen, hat sein Handy geläutet. Diesmal ist »Kathi« im Display gestanden, das Titanic-Lied am Spielen, und dem Sanktus ist postwendend schwarz vor Augen geworden. Er hat am ganzen Körper zu zittern angefangen, aber hingehen hat er müssen! So viel war sicher.

»Servus … Kathi«, hat er gestottert, aber zu mehr ist er nicht gekommen.

»Du wirst es ned glauben, was los ist. Dein Vater ist aufgetaucht. Er sitzt daheim bei der Anna. Du musst sofort kommen. Schick dich!«

Der Sanktus hat erst einmal gar nichts rausgebracht. Jetzt war es ihm endgültig schwarz vor Augen. Stechen im Hirn extrem vorherrschend. Sein Vater? Er hat sich an seinen Vater nicht erinnern können. Die Anna hat ihn als kleines Kind schon noch gekannt, aber auch da war die Erinnerung nicht die beste. Zumindest hat sie das immer behauptet. Eigentlich hat der Sanktus allen

Leuten gegenüber stets behauptet, sein Vater wäre früh gestorben. Er hat das seit seiner Kindheit einfach so am besten für sich verarbeiten können. Und jetzt soll der auf einmal wieder in München sein? Ihr Vater war im Frühjahr 1979 verschwunden, beziehungsweise hatte ihn ihre Mutter hinausgeworfen. Die Anna war da schon acht. Die Mutter hat immer nur behauptet, er sei zur Fremdenlegion, was natürlich nicht gestimmt hat. Es war eine schwere Zeit für die Sanktjohansers gewesen, weil ihre Mutter von da an allein für die Familie hat sorgen müssen. Die Anna und er sind oft bei der Oma gewesen. Die und vor allem die Anna hatten den Sanktus aufgezogen. Natürlich sind sie ihm nicht immer Herr geworden, aber das hat die Mama dann am Abend schon wieder eingerenkt und dem Herrn Sohn gezeigt, wo es lang gegangen ist. Geld haben sie eigentlich nie viel gehabt, und in den Urlaub waren sie auch selten gefahren. Vielleicht einmal Jugoslawien. Aber das war dem Sanktus wurscht, weil wenn du in der schönsten Stadt der Welt wohnst, warum willst du überhaupt wegfahren? Früher hat er nach der Schule als Erstes den Schulranzen ins Eck geworfen und ist zum Fußballspielen in den Hypopark an der Elsässerstraße gelaufen. Wenn die Oma da war, hat's natürlich was Gescheites zum Essen gegeben, aber das war leider nicht jeden Tag der Fall. Der Sanktus war fast nie krank, weil er Jahr und Tag draußen an der frischen Luft war, sprich Straßenkind. Kein Handy, kein Computer, nur Spielen im Freien. Kann sich heute ein Kind gar nicht mehr vorstellen. Sein Vater ist ihm nie abgegangen, weil er es nicht anders gekannt hat. Ja vielleicht am ersten Schultag oder bei der Erstkommunion, aber eher nur, weil die anderen Buben halt einen Vater dabei gehabt hatten. Sonst eigentlich nicht. Und jetzt soll der auf einmal da sein? Das Positive an der Sache war, dass ihn die Kathi gar nicht zusammengefaltet hatte wie eigentlich erwartet. Das war schon mal eine Basis, auf der er hat arbeiten können.

Sofort heimkommen? Ja von wegen! Jetzt war sein Vater 34 Jahre weg. Da würde es nun auf ein paar Stunden auch nicht ankommen.

In diesem Moment ist ihm auch schon der Demuth mit dem schwarzen Kripo-Fünfer entgegen gekommen. Er hat angehalten, und der Sanktus ist eingestiegen.

»Morgen, Demuth«, hat der Sanktus gegrüßt.

»Morchen, Herr Sanktjohanser. Wie geht's?«, hat der Demuth gefragt, während sich der Sanktus langsam und bedächtig in das Polizeifahrzeug gehievt hat. Ja keine ruckartigen Bewegungen machen. Ja nicht!

»Ich bin gestern arg versumpft.«

»Man riecht's. Sie stinken ja wie a ganzes Alkohollacher. Da dürft man sich kaa Zigaredde anzünden. Hoch exblosiv! Brudal.«

»'tschuldigung«, der Sanktus am Grummeln.

»So, Sie dürfen jetzt den Tatort besichtigen?«, hat der Demuth gefragt. Also »Dadord«, natürlich mit hartem »D«.

Dem Sanktus ist sofort wieder klar geworden, warum er den Demuth nicht mögen hat. Der Franke hat es nicht verstanden, dass der Bichlmaier ihn bei seinen Ermittlungen gern ein bisserl mitlaufen hat lassen. Ständig hat er versucht, den Sanktus bloßzustellen. Aber einmal ganz ehrlich, recht hat er gehabt, der Bichlmaier, weil die Aufklärungsquote vom Sanktus 1A, musst du zugeben.

»Darf er, der Sanktus, jawoll!«, hat dieser geantwortet.

Der Demuth hat erst einmal nichts mehr gesagt und ist links in die Seeriederstraße abgebogen.

»Eine riesiche Sauerei«, hat der Demuth angefangen, aber der Sanktus war gedanklich schon wieder bei seinem Erzeuger. Es hat ihm einfach keine Ruhe gelassen, warum der auf einmal wieder da war.

»… bin ich dem München-Ribber da eichentlich schon auf der Spur … nach dem Vorbild des Orichinals … aber ned ganz … gestern genau wie in London, hat er beim dridden Opfer nur die Kehle durchgeschnidden … ob er das nachstellt oder ob er wirklich überrascht wurde …«

Der Sanktus hat ihm nur mit einem halben Ohr zugehört.

Der Demuth ist dann schon in die Einfahrt des Altmünchner Mietshauses eingebogen, aber erst nachdem ein Polizist die Menge Schaulustiger auf die Seite geräumt hatte. Du glaubst nicht, wer am Samstag in aller Herrgottsfrüh schon unterwegs ist. Da waren ein dunkel gekleideter Gothic-Grufti, ein Gefreiter der Bundeswehr, ein feinerer Herr, vielleicht Banker, ein Punker mit Dobermann und ein paar ältere Frauen, wahrscheinlich alle mit seniler Bettflucht. Eine davon mit einer Sonnenbrille Marke »Puck die Stubenfliege«. Und das bei null Sonnenschein und trübem Wetter. Und zu guter Letzt der Ligsalz Rudi mit einem Fotografen im Schlepptau. Der Rudi hat vergeblich versucht, zum Tatort zu gelangen. Grad gerudert hat er mit seinen Armen. Dabei hat er sich am Polizisten vorbei drängen wollen, aber keine Chance.

Die ganze Metzstraße war von diesen dreistöckigen Altbauten dominiert. Jeweils rechts oder links war eine schmale Einfahrt, die zur Eingangstür und zum kleinen Hinterhof geführt hat. Das Haus hier war in einem altmodischen Dunkelgrün gehalten. Ab der seitlichen Haustür war die weitere Zufahrt mit einem rot-weißen Band abgesperrt worden, und von Weitem hat der Sanktus schon den Bichlmaier erkennen können. Er war mit einer älteren Dame im Gespräch, sprich, eigentlich hat sie lediglich auf ihn eingeredet. Der Kommissar hat nur genickt. Wahrscheinlich hat er sie gar nicht hören können, weil er wegen der Kälte seinen Mantelkragen bis über die Ohren aufgestellt gehabt hat. Der Demuth hat den Sanktus jetzt an den Polizisten vorbeischleusen wollen, indem er ihnen vorgeflunkert hat, dass der Herr ein wichtiger Profiler sei, den der Herr Kommissar Bichlmaier eigens für diese schwerwiegende Tat vom Allgemeinen Psychologischen Dienst angefordert habe. Der Polizist, ein lustig dreinblickender nicht allzu schlanker Kerl, hat zuerst verständnisvoll und verschwörerisch getan und dann den Sanktus lauthals mit »Servus, Sanktus! Wia geht's da oiwei?« begrüßt. Der Demuth hat grantig geschaut, saurer Apfel Scheißdreck dagegen.

So sind die beiden beim Kommissar angekommen. Der war immer noch in das Gespräch mit der älteren Hausbewohnerin im Zuhörmodus vertieft. Die Frau war in einen blaugrauen Daunenmantel gehüllt und hat einen dunkellila Strickhut, wie ihn manche auf der Klorolle haben, auf ihrem Kopf gehabt. An den Füßen waren so altmodische schwarze pelzbehaarte halbhohe Altweiber-Winterstiefel.

»Jaja, Frau Mitterwieser. Ist ganz klar. Aber schaun S', jetzt sind die Kollegen da und können das alles protokollieren. Wie ich's Ihnen gsagt hab. Jetzt müssen S' halt alles noch einmal erzählen. Aber das macht Ihnen ja nix aus, glaub ich, oder?«, hat der Bichlmaier die Frau unterbrochen.

Die hat ein bisserl geschmerzt getan, hat aber gleich darauf kurz Luft geholt und den Mund erneut aufgemacht. Gerade bevor sie loslegen hat wollen, hat sie der Bichlmaier unterbrochen. Sie hat mit einem lauten Schnaufer ausgeatmet, ihr Gesicht verzogen und dadurch ihren Unmut kundgetan.

»Von da ab, wo Sie zum Pieseln gegangen sind, bitte«, hat er angewiesen, hat sich abgewendet und war sichtlich froh, der Alten zu entkommen.

»Ja, Herr Kommissar«, hat sie mit ihrer durch Mark und Bein gehenden Stimme bestätigt und sich zu den beiden Neuankömmlingen gedreht. »Also ich bin um kurz vor halb fünf aufgewacht. Wissen S', in meinem Alter, da schläft man nimmer so gut …«

»Jaja, schlimm, gell«, hat der Sanktus eingeworfen.

»Ja, sehr. Also ich wohn ja im Parterre. Vis a vis von den Mehltretters. Seit 1968 wohn ich in diesem Haus und ich kenn ja praktisch jeden. Ich geh also grad an meiner Wohnungstür vorbei auf den Abort, da hör ich die Frau Kaufmann die Treppe runterkommen. Sie hat diese Woche Frühschicht in der Weisser-Klinik gehabt. Ich hör die Haustür zufallen, aber keine Schritte. Hab ich mir gedacht, wegen dem Schnee.«

Ja genau, hat sich der Sanktus gedacht, und das alles beim Vorbeigehen zum Klo. Die alte Spinatwachtel sitzt wahrscheinlich Tag und Nacht vor ihrer Wohnungstür und lurt durch ihr Guckerl, also Spion. Na das kann heiter werden.

»Also schau ich zum Fenster und hör Stimmen. Sie hat sich da mit einer Person leise unterhalten. Das Gespräch ist immer leiser geworden, und ich hab nichts verstehen können. Meine Jalousie hab ich ja nicht hochziehen können, sonst hätten die beiden das ja gemerkt, also hab ich nur zwischen den Zwischenräumen durchgespitzt. Ich hab die Frau Kaufmann gesehen, aber den anderen nur von hinten.«

»War das ein Mann?«, hat der Sanktus eingehakt.

»Ja, aber Sie wären guad! Jetzt hören S' einmal. Der hat sie ja dann wohl umgebracht. Das macht doch keine Frau. Groß war er, einen dunklen Mantel und Handschuhe hat er angehabt. Und einen Hut hat er aufgehabt. Ich bin sicher, dass er's war!«

»Wer, Frau Midderwieser?«, hat der Demuth sich eingemischt.

»Ja der Ripper Jackl! Der wo in alle Zeitungen steht!«, hat die Frau geschrien, dass sich rundum alle Polizeimitarbeiter umgedreht haben.

»Gut, Frau Dings, äh Mitterwieser«, hat der Sanktus gemurmelt. »Und wie ist es dann weitergegangen?«

»Die zwei sind dann in Richtung Hinterhof, und ich denk mir noch, was wollen denn die da hinten? Da stimmt doch was nicht. Schaun S', wie ich das im Gefühl ghabt hab. Ich hab mir schnell meinen Mantel übergeworfen und bin aus der Wohnung raus durch den Keller zum hinteren Hofaufgang. Da bin ich leider an dem Radl von dem Studenten, dem Herrn Siegfried, hängengeblieben und bin gstreckterlängs auf den kalten Boden gfallen. Das hat natürlich einen Schepperer getan. Wie ich dann hinten zur Kellertür raus bin, war niemand mehr da. Ich bin dann wieder rein und ins Bett.«

»Und die Frau Kaufmann haben Sie ned im Schnee liechen sehen?«, hat der Demuth wissen wollen.

»Nein, weil ich ja gar ned die Treppe rauf bin. Es war ja keiner mehr da.«

Die alte Schrapnelle hat also nur lauschen wollen. Das war dem Sanktus klar. Und ihre Beschreibung vom Ripper, na wer weiß?

Der Demuth hat sich bei der Frau bedankt und ist mit dem Sanktus um das Hauseck herum in den Hof, wo der

Kommissar schon auf sie gewartet hat. Dort ist die Leiche noch gelegen. Sie war mit einem golden glänzenden Tuch abgedeckt. Am oberen Ende war der Schnee um das Tuch herum rot getränkt. Das Rote ist aber schon etwas braun geworden. Der Bichlmaier hat das Tuch entfernt und mit ihm und dem Demuth die Tote begutachtet. Sie war blond, relativ groß und ist auf dem Rücken gelegen. Ihr Gesicht war ganz blass, fast schon ein bisserl ins Bläuliche tendierend und wie aus Wachs. Die Augen hatte man ihr schon geschlossen. Der Sanktus hat den Schnitt durch die Kehle genau sehen können. Kurzerhand hat sich der Demuth umgedreht und nach Luft geschnappt. Dem sonst so gescheiten Kriminalassistenten ist nämlich regelmäßig beim Anblick von Leichen schlecht geworden. Aber heute hat's ihn besonders gehabt. Vielleicht war er ja auch auf dem Fasching, hat der Sanktus gedacht und geschmunzelt. Hat ihn schon ein bisserl gefreut, dass es wem andere auch nicht besser als ihm gegangen ist, weil Übelkeit und Schädelweh immer noch dominant.

»Schau dir einmal das Gwand an«, hat der Bichlmaier zum Sanktus gesagt und die ganze Leiche aufgedeckt. Die junge Frau war in einen dunklen Lodenmantel gekleidet. Darunter hat sie einen Rock und einen Wollpullover getragen. Der Rock war hochgeschoben worden, und ihr Unterleib war daher entblößt. Die dunkelblaue Strumpfhose und der Slip darunter waren zerschnitten, sodass ihr Geschlecht zu erkennen war.

»Der wollt sie zurichten wie die anderen zwei«, hat der Sanktus gemeint. Der Demuth hat dem Sanktus und dem Kommissar inzwischen schon wieder ganz interessiert über den Rücken geschaut. Vom Geschlechtsteil einer weiblichen Leiche ist ihm anscheinend nicht übel geworden.

»Oder auch ned«, hat er konstatiert. »Wenn man von einer Kobie der orichinal Ribber-Daden ausgeht, darf na die Leiche heut gar ned verstümmelt sein, weil der Ribber bei der Ermordung von der Elizabeth Stride gestört worden ist. Also sollde das so zu seinem Plan gehören. Ich würd jetzt vorschlachen, wir gleichen die Münchner Morde mit denen aus London ab und ziehen Barallelen …«

»Ja, Demuth«, hat der Kommissar den Redeschwall des Franken unterbrochen. »Des machen S', wenn ma wieder im Präsidium sind. Sehr gute Idee.«

»Außerdem sollden wir die früheren Verdächtigen ansehen. Da gab's mannigfaltiche Sichtweisen.«

»Das prüfen S' auch gleich mit, Demuth. So machen S' das, gell«, hat der Bichlmaier geschlossen, und zum Sanktus hat er leise gemeint: »Der geht mir so was von auf den Sack mit seiner Gschaftlhuberei. Aber so was von, ich kann es dir gar ned sagen.«

»Ja mei. Lass ihn halt. Hat doch nix Böses«, hat der Sanktus den Kommissar beschwichtigt. »Sei froh, hast wen für die Recherchen und den Schreibkram. Dann kann man schon amal einen Franken verschmerzen, oder? Der weiß doch eh schon alles über den Ripper. Hat er bestimmt auswendig gelernt.«

»Meinst?«

»Mein ich!«

»Guad na!

»Ja eh, Bichä.«

»Wer hat die Leiche eigentlich gefunden?«

»Der Hausmeister. Der Herr Mehltretter. Haben wir schon verhört. Nix Neues!«

»Wie schaut's aus mit Fußspuren im Schnee?«, hat der Sanktus wissen wollen.

»Alles zertrampelt. Der Mehltretter hat seine Frau geholt, die Mitterwieser war am Spion und natürlich auch sofort draußen. Dann haben sie noch den Medizinstudenten geholt, und jetzt kannst du es dir ja denken.«

»Na bravo«, war alles, was dem Sanktus noch eingefallen ist.

Die Leiche ist wieder zugedeckt und vom Kommissar zum Abtransport in die Pathologie freigegeben worden. Als sie zur Hofeinfahrt zurück in Richtung Bichlmaier-Auto gegangen sind, hat die Frau Mitterwieser, die bereits zurück in ihrer Wohnung war, aus ihrem offenen Küchenfenster in die Hofeinfahrt geschaut, um auch rein gar nichts von dem abflauenden Geschehen zu verpassen. In diesem Augenblick ist der Leichenwagen mit der Aufschrift *Bestattungsdienst Hingerl* vorgefahren, und der Leichen-Seppi und sein chaotischer Vater sind gleich darauf mit einem Kunststoffsarg des Weges gekommen. Die Frau Mitterwieser hat sich bekreuzigt und ein Stoßgebet geflüstert.

»Hä, da Sanktus und da Bichä«, hat der Seppi gerufen, als er die beiden Ermittler erkannt hat. »Seids auf Mörderjagd? Da wern ma no a paar Fahrten ham, so wia i euch kenn! Wer geht heut mit?«

»A schöne junge Dame, Seppi. Ewig schad um sie«, hat der Kommissar erwidert.

»O mei. Des san die Tag, wo's Arbeiten koan Spaß macht«, hat der Seppi sinniert. Doch während er noch in Gedanken war, hat der Sanktus schon beobachten können, wie der Hingerl senior immer unruhiger geworden ist.

»Geh zua! Mir miassn zu de Weißwürscht!«, hat er

mit seiner heiseren Stimme von hinten geplärrt, und der Seppi ist sofort weiter gegangen. Der alte Hingerl hat den Bichlmaier mit einem verwunderten Blick angeschaut und gemeint: »Tät er mi da ausbremsen. Hob doch ned ewig Zeit«, und hat den Kopf geschüttelt.

»Dick und Doof sind a Scheißdreck gegen die«, hat der Sanktus konstatiert und gelacht. Er hat sich grad zum Gehen wenden wollen, da hat der Bichlmaier angehalten und sich zur Frau Mitterwieser gedreht.

»Sagen S' einmal«, hat er gefragt, »hat die Frau Kaufmann eigentlich einen Freund oder einen Lebensgefährten gehabt?«

»Ja freilich«, hat die sofort geantwortet. »Einen ganz einen feinen. Groß, schlank und dunkelhaarig war er. Ein netter Mann. So was von freundlich und …«

»Jaja, Frau Mitterwieser. Genauer beschreiben können Sie ihn nicht, oder?«

»Mei, ein eher aristokratisches Gesicht. Der hat eigentlich gar nicht zu ihr gepasst. Aber ich glaub, da war sowieso nicht mehr alles in Ordnung zwischen denen. Er war vergangene Woche zum letzten Mal bei ihr. Seitdem war sie sehr wortkarg und so traurig. Ich glaub ja, er hat sie verlassen.«

Der Bichlmaier hat den Sanktus zur Seite genommen.

»Denkst du, was ich denk?«

»Ja, Bichä. Das ist der Gleiche wie der von der Susi. Und er hat mit beiden Schluss gemacht, oder?«

»Genau. Beweisen können wir's nicht, aber ich fress einen Besen, wenn's anders wär. Äh, übrigens, was meinst? Geh ma auch noch auf Weißwürscht, Sanktus? Könntest mir erzählen, wie du gestern heimkommen bist.«

»Eben gar ned, Bichä. Und ich weiß auch nix mehr. Aber behalt's für dich, bitte. Ich bin heut in der Früh bei der Lena aufg'wacht.«

»Bei der Stangassinger Lena? Die mit dem einen Haxn?«, hat der Kommissar ausgerufen.

»Ja genau. Und wennst es noch lauter raus schreist, na wissen sogar die am Pariser Platz Bescheid.«

»'tschuldigung. Und die Kathi?«

»Weiß natürlich nix. Bin ja ned deppert. Ich müsst halt noch rauskriegen, ob was passiert ist zwischen der Lena und mir, aber Filmriss. Das macht mi fertig. Ich bin so ein Rindviech, der Wahnsinn! Und in der Früh ruft mich auch noch die Kathi an.«

»Oh, oh!«, ist es dem Bichlmaier entfahren.

»Naa, ned amal. Mein Vater ist wieder aufgetaucht. Der sitzt daheim bei der Anna in der Küche. So mir nichts, dir nichts. Das kann heut was werden. Mir graust's a so, Bichä. Ich kann's dir gar ned sagen«, hat der Sanktus gewinselt, und sein Kopf hat zwecks neu aufwallender Schmerzen wieder zu pochen angefangen.

Beim Verlassen der Einfahrt hat der Kommissar den Tatort nun auch für die Presse freigegeben. Was der Ligsalz dem Bichlmaier an den Kopf geworfen hat, darf hier keiner wiedergeben. Haidhausener Gschwerl Dreck dagegen. Unflätigkeit Anfänger.

Der Sanktus ist über die Wörthstraße in Richtung Johannisplatz los. In einer kleinen nicht allzu noblen Stehkneipe hat er sich dann doch noch ein Weißbier gekauft und hat die Ruhe genutzt, um sich eine adäquate Ausrede für die letzte Nacht einfallen zu lassen. Doch keine Idee weit und breit zu finden. Da hat's eindeutig ein zweites Weißbier gebraucht, und kurz darauf war er da, der rettende Gedanke. Er hat beim Bichlmaier übernachtet, da es spät und feuchtfröhlich geworden war. Er wollt in der eh schon schlechten Stimmung spät in der Nacht nicht mehr angeheitert bei der Kathi aufschlagen und so weiter und so weiter. Er hat den Kommissar gleich auf seinem Handy angerufen und ihm das Alibi aus dem Kreuz geleiert. Nach einigem Zögern hat der Bichlmaier dann doch versprochen, ihm zu helfen. So weit, so gut. Jetzt hat der Sanktus aber Farbe bekennen müssen. Die logische Konsequenz war nun, dass er seine Ermittlungsarbeiten zugeben hat müssen. Pest oder Cholera!

Der Sanktus ist mit flauem Magen vor Annas Haus gestanden. Eigentlich war ihm speiübel, wenn er ehrlich war. Über 30 Jahre hatte er seinen Erzeuger nicht gesehen, und nun hat er da oben in der Küche sitzen sollen? Hitze- und Kältewallungen beim Aufstieg im Treppenhaus. Kurz vor der richtigen Etage hat sein Handy geklingelt: die Stangassinger Lena im Display, und der Sanktus jetzt praktisch direkt kurz vor dem Speiben. Also Wegdrücken und langsam durchatmen.

Jetzt ist er vor der Wohnungstür gestanden. Vor knappen viereinhalb Jahren war er nach seiner Rückkehr aus Namibia kurzfristig bei seiner Schwester eingezogen. Viel hatte sich seither ereignet. Er hat inzwischen eine richtige Familie gehabt. Frau, Ziehtochter und bald einen eigenen Nachkommen. Zurück in München, hat er sich richtig wohl gefühlt. Auch ohne Vater. Den hätt's jetzt eigentlich nicht gebraucht.

Kaum hat er die Klingel gedrückt gehabt, ist die Wohnungstür aufgegangen. Die Anna hat ihn strafend angeblickt und den Kopf geschüttelt.

»Wo bist'n die ganze Zeit, Herrschaft. Wir warten schon ewig auf dich, aber der Herr Sanktjohanser hat's ja ned nötig, hier aufzuschlagen«, hat sie angefangen.

»Wer wollt, dass ich ermittle?«

Verzweifelter Gesichtsausdruck seitens Anna.

»Ja, is ja schon recht, aber jetzt komm. In der Küch' drin sitzt er.«

In dem Moment ist auch schon die Kathi aus der Küche rausgekommen und hat natürlich sofort mit Nachdruck und funkelnden Augen wissen wollen, wo der Sanktus die Nacht über gewesen ist.

»Sag ich dir nachher«, hat er nur kurz von sich gegeben und ist in die in Holz gehaltene Wohnküche hinein.

Am Tisch ist ein älterer Herr bei einer halben Bier gesessen und hat ihn frech angegrinst. Ausgesehen hat er ein bisserl wie der alte Schex aus der Serie »Der Kaiser von Schexing«, falls du den kennst. Also hohe Stirn, längere graue Haare und Dreitagebart.

»Griaß di Fredi«, hat er gesagt und ihm die Hand zum Gruß hingehalten. »Gell, da schaust!« Mehr nicht.

»Schau ich, ja«, hat der Sanktus entgegnet, hat ihm aber seine Hand nicht gegeben. So einfach würde er es ihm nicht machen. Die beiden Damen haben nur zugesehen und der Dinge geharrt, die da kommen würden.

»Und?«

»Was und?«

»Freust dich ned?«, hat er gesagt, ist aufgestanden und die Arme weit geöffnet wie ein Pfarrer beim Segen. Hat er gemeint, der Sanktus würde ihm jetzt in die Arme fallen? Wirklich nicht. Nicht bei dieser gefühlten Leere. Das

Bild des gesichtslosen Vaters, das er all die Jahre abgespeichert hatte, hat Konturen angenommen. Jetzt war er da und – und da war irgendwie nichts. Keine Freude, kein Hass, keine Aufregung, gar nichts.

»Und wie lang bleibst?«, hat der Sanktus seinen Vater gefragt.

»Weiß ned«, hat der geantwortet. »Eigentlich hab ich mir gedacht, für immer. Schau, ich werd ja auch ned jünger, Fredi, und im Alter wird man sentimental und möchte zu seinen Kindern.«

Der Sanktus und die Anna haben beide simultan geschluckt, und in der Stille hast du das Glucksen richtig hören können.

»Und wohnen tät ich erst einmal hier bei der Anna. Die ist Single und hat ja noch ein Platzerl frei, gell, Mädi?«

Die Anna hat nur verzweifelt geschaut, und dem Sanktus war klar, dass sie nicht gewusst hat, ob sie lachen oder weinen soll.

»Ja, wegen meiner halt«, hat sie gestottert und den Kopf hängen lassen.

»Das hast dir ja schön zurecht gelegt. Bravo, Papa! Du lasst uns 34 Jahre lang sitzen, meldest dich nie, und jetzt tätst du dich so einfach reinmogeln und wärst auf einmal wieder da. Ich weiß ned, wo du warst, woher du auf einmal kommst und was du willst, aber brauchen tu ich dich g'wiss ned. Und die Anna, schätz ich, auch ned.«

Die hat jetzt geweint, und die Kathi hat auch ganz verstört geschaut und den Kopf geschüttelt. Unverständnis kein Ausdruck, und der Sanktus hat schon gemerkt, Ansprache ganz nah.

»Aber Sanktus, das ist doch euer Vater«, hat sie versucht, beschwichtigend einzuwirken, und hat zu weiteren Ausführungen Luft geholt, was den Sanktus nur noch mehr auf die Palme gebracht hat.

»Gehts, machts doch, was ihr wollts«, hat der gerufen, hat sich umgedreht, ist raus und hat die Tür zugeknallt. Abgang in Richtung »Neue Kirche«. Drei ratlose Gesichter haben auf die geschlossene Küchentür geschaut.

Kaum ist der Sanktus in den Gastraum, dem Wetter angepasst sozusagen hineingeschneit, hat ihn auch schon der Bhupinder mit einem Lächeln begrüßt.

»Oh, de Sanktus. So fruh am Samstag. Macks du Wewebe?«

»Wewebe? Hanse, was soll 'n das sein?«

Der Sanktus hat den Bhupinder der Einfachheit »Hanse« genannt.

»Na, Weißenbier, Weißenwursch und Brese!«, hat der Bhupinder gelacht.

»So wird's gmacht, Hanse. Eins A! Tipptopp!«, hat er bestätigt.

»Sets du di sum Bischä?«, hat der Inder gefragt, und da ist dem Sanktus erst aufgefallen, dass der Kommissar Bichlmaier auch im Lokal war. Leider halt in Begleitung vom Demuth, aber du kannst ja bekanntlich nicht alles haben. Also Augen zu und durch. Zuerst Begrüßung. Seitens Demuth, Eiszeit gar nichts. Sobald er den Sanktus in seinem rudimentären Piratengewand gesehen hat, ist seine Stimmung etwas umgeschlagen. Der Bichlmaier hat wissend gelächelt.

Die »Neue Kirche« war gut besucht. Ein Schafkopf-Frühschoppen, mehrere Studenten, ein Tisch Alternativer in wallenden Strickpullis und ein paar ältere Herrschaften, die sich einzeln auf die verbleibenden Tische aufgeteilt hatten und in ihre Getränke oder Zeitungen vertieft waren. Der Demuth und der Kommissar haben über den Ripperfall diskutiert, wobei der Kriminalassistent sein ganzes Wissen und all seine Theorien preisgegeben hat.

»Also de Sach mit dem Ribber ist folchende. Wenn man jetzt die Dadhergänge in direkter Relation zum Motiv unter Berücksichtichung der Brudalität sieht, drängt sich kriminaldechnisch der naheliechende Verdacht einer historischen Verknüpfung und einer Imitation der orichinären Casi auf. Die Korrelation vom Modi operandi und Loci mortis sollten die psychologischen Grundmotive des Däders manifestieren. Ich bin der Meinung, dass die psychosomadischen …«

Jetzt lautes »Stoooooppppp!« und Protest von Bichlmaier und Sanktus.

»Demuth«, hat der Bichlmaier den Redefluss seines Assistenten beschwichtigt, »wir wissen, dass Sie fremdwortmäßig super sind, aber jetzt bitte noch einmal und vor allem verständlich. Ham S' mich?«

Der Demuth hat geschaut, sauer kein Ausdruck, und irgendetwas von Banausen gegrummelt, aber trotzdem nach einem kurzen Durchschnaufen von vorne angefangen.

»Also, der orichinal Ribber hat seinerzeit Ende des 19. Jahrhunderts in London im East End sein Unwesen gedrieben. Herr Sanktjohanser, Sie kennen des wahrscheinlich nur vom Film ›From Hell‹ mit dem Johnny Depp, hab ich recht?«

»Arschloch!«, seitens Sanktus.

»Danke, Herr Sanktjohanser«, hat der Demuth erwidert und geschmunzelt. »Wusst ich's doch. Also es sind von 1888 bis 1891 elf Morde an Frauen bassiert. Fast alle waren Brostituierte. Man spricht von den frühen Morden, den späten Morden und von den kanonischen Fünf in der Midde. Die werden eindeutich dem Ribber zugeschrieben. Wer der Ribber war, weiß man bis heut ned genau. Ich hab jetzt Barallelen von den kanonischen Fünf zu den Morden hergestellt. Bisher sind drei Mädla umgebracht worden. Das würde Mary Ann Nichols, Annie Chapman und Elizabeth Stride entsprechen. Also die Mary Ann Nichols, das Pendant der Jennifer Gold, war die Tochter eines Schlossers, Alkoholikerin und Mutter von mehreren Kindern. Keine Übereinstimmung. Beim Dadort gleich gar ned. Ihr wurde die Kehle durchgeschnidden und die Eingeweide freigelecht, aber keine Organe entnommen. Die Gold ist weitestgehend ausgeweidet und wie ein Schwein beim Metzger aufgehängt worden. Also auch keine Übereinstimmung. Die zweite Leiche war Annie Chapman. Ebenfalls Mutter und Alkoholikerin. Sie wurde in einem Hinterhof umgebracht, nicht wie die Niederreither im Bett. Es fehlte die Gebärmutter, die bei der Münchner Leiche noch vorhanden war. Ihre Gedärme wurden ihr über die Schultern drabiert. Bei der Niederreither fehlten ja nur die Schamlibben. Also wieder keine Übereinstimmung. Jetzt wird's aber interessant. Die Elizabeth Stride wurde im Dutfield's Yard in der Berner Street in einer Zufahrt ermordet. Fast wie bei der heudigen Leiche. Beide Leichen wurden nicht verstümmelt. Man geht davon aus, dass der Ribber gestört wurde. Also Zufall oder gewollt? War es die Midderwieser oder ein geplanter Abbruch? Dumm ist jetzt nur, dass die Stride ein Opfer des Double-Events war. Exakt 44 Minuten späder ist das nächste Opfer gfunden worden. Catharine

Eddowes. Dadort Mitre Square direkt auf der Straße. Es fehlten eine Niere und die halbe Gebärmutter.«

Irgendwo am Nebentisch haben die drei eine Gabel oder ein Messer laut auf einen Porzellanteller schlagen hören.

»Demuth, ein bisserl leiser«, hat der Kommissar seinen Assistenten zurechtgewiesen.

Der Demuth hat jetzt verschwörerisch mit heiserer Stimme geflüstert: »Nur, dann hätten wir jetzt ein Broblem. Die nächste Leiche müsste gleich auftauchen oder schon gefunden worden sein. Wegen dem Double-Event.«

Der Bichlmaier hat sofort sein Handy gezückt und ein kurzes Telefonat geführt, aber dann verneinend den Kopf geschüttelt.

»Also was folgern wir daraus?«, hat der Demuth in die Runde gefragt.

»Der München-Ripper stellt die East-End-Morde nicht detailgetreu nach«, hat der Sanktus geantwortet.

»Dann ist die Frage«, hat der Kommissar gemeint, »werden es fünf Morde, also wie bei den kanonischen, oder geht es unter Umständen sogar noch weiter?«

»Kann man überhaupt nicht sagen, oder?«, hat der Sanktus eingeworfen.

»Exakt«, hat der Demuth bestätigt. »Die Nächsten wären dann eben Catharine Eddowes und schließlich Mary Jane Kelly, die am brutalsten ermordet wurde. Da laachen die Organe verstreut im Raum, und sogar Muskelfleisch wurde abgedrennt. Das Herz ist entfernt und mitgenommen worden, oder es wurde im Ofen verbrannt. Ma waß es ned.«

»Hoffentlich entgehen wir dem«, hat der Kommissar geseufzt.

»Um Gottes willen«, hat der Sanktus geflüstert, weil völliges Entsetzen.

»Aber der Däder stellt die Morde ja nicht genau nach, und bisher ist der zweite Mord nach 44 Minuten nicht gemeldet worden. Es besteht also Hoffnung«, hat der Demuth doziert.

»Und was ist mit den früheren und späteren Morden?«, hat der Kommissar wissen wollen.

»Kann ich mir ned vorstellen«, hat der Demuth geantwortet. »Die sind alle zu verschieden. Da ist kein Muster dahinter. Da ist ein Torso, ein Kind und sogar eine Leiche in den USA gefunden worden. Nichts, was da bassen würde.«

»Und was wissen Sie noch so, Demuth?«, hat der Kommissar den Assistenten angestachelt.

»Beim nächsten Mord ist eine Schrift an einer Hauswand gefunden worden, die aber sehr umstridden ist. Sie nannten es das ›Goulston-Street-Graffiddo‹, also Graffito! Es sollten anscheinend die Juden mit dem Mord in Verbindung gebracht werden. Aber selbst das ist frachlich. Es hätte auch auf die Freimaurer hindeuten können.«

»Die Hüter des Eides waren's«, hat der Sanktus lächelnd eingeworfen, aber nur einen vernichtenden Blick von seinen beiden Tischnachbarn erhalten.

»Also müssten wir eichentlich auf den nächsten Mord warten«, hat der Demuth schlussgefolgert.

»Ja, Sie haben Ideen. Sauber«, hat der Kommissar getadelt. »Und Verdächtige?«

»Einen ganzen Haufen«, hat der Demuth ganz in seinem Element weitergemacht. »Also, betrachtet man das Vorgehen, war man sich dann doch einich, dass der Mörder keinerlei Erfahrung als Schirurch oder Arzt haben musste. Auch wenn man nach denen fahndete. Auch nach Metzgern übrichens. Die Verdächtigen waren Montague John Druitt, ein schwuler Anwalt, Aaron Kominski, ein polnischer Einwanderer, von dem man vor Kurzem schon geglaubt hatte, ihn mit Hilfe einer DNA Analyse als Ribber bestimmt zu haben. An der Schürze eines der Opfer, also genauer gesacht der Schürze von Catharine Eddowes, fand man Blutflecken und Kominskis Sperma. Jedoch höchst unglaubwürdich. Dann Michael Ostrog, ein Dieb, Francis Tumblety, ein Ire, wenn ich mich ned däusche, dann George Chapman, ein Giftmörder, Walter Sickert, ein Münchner Maler.«

»Ein Münchner?«, die beiden anderen im Duett.

»Ja, aber der war's dann auch ned. Dann war da noch James Maybrick, Sir William Gull, der Dichter Lewis Caroll, der Elefantenmensch Joseph Merrick, und es gab sogar Gerüchte über ein Mitglied des englischen Könichshauses, Prinz Albert Viktor.«

»Langsam, Demuth, langsam. Wie können Sie sich das denn alles merken?«, hat der Kommissar wissen wollen.

»Frankenbower halt«, hat der Demuth gegrinst. »Und es gab sogar eine weibliche Dadverdächtiche, Mary Pearcy. Sie ermordete die Frau ihres Geliebten in ähnlicher Weise, wie der Ribber mordete, und wurde gehängt. Abberline hatte sie starch unter Verdacht.«

»Abberline?«, Frage seitens Bichlmaier.

»Der Inspektor. Frederick Abberline, also der Johnny Depp, gell, Demuth?«, hat der Sanktus gefrotzelt. »Weiß ich vom Fernsehen. Das bist praktisch du, Bichä. Bichäleus Abberline. Frauenmörderfänger aus Leidenschaft.«

Jetzt hat sogar der Demuth einmal lachen müssen, und das über den Sanktus-Witz. Praktisch grobe Franken-

Oberbayern-Anomalie oder gar ein Funke von Verständnis?

»Jaja. Habts schon recht. Tut's mich nur verarschen. Werdet's es schon sehen, ihr zwei Gletzn.«

»Gibt's vom Ribber …«

»Ripper, ned Ribber«, hat der Kommissar den Assistenten unterbrochen, Revanche praktisch.

»Ribber, sach ich doch«, hat der weiter gefränkelt. »Haben wir irchendwelche Briefe erhalten? Es gab in London seinerzeit viele Briefe an die Bolizei. Viele Leute haben behauptet der Ribber, äh Ripper, zu sein. Es gab drei berühmte Briefe. Der erste war der »Dear Boss«-Brief. Darin war ausgeführt, dass der Mörder einer Dame die Ohren abschneiden werde. Das hat man erst belächelt, aber als dann bei Catharine Eddowes anscheinend deilweise die Ohren abgeschnidden wurden, wurde man sozusachen hellhörich.«

Über dieses Wortspiel hat sich der Demuth so gefreut, dass er eine Pause zum Grinsen eingelegt hat.

»Dieser Brief brächte auch den Namen *Der Ripper*. Dann gab's die »Saucy Jack«-Bostkarte, die auf das Double-Event hingewiesen hatte. Leider nachträchlich. Der dritte Brief ist der Brief ›From Hell‹. Bei dem Brief war eine halbe Niere in einem Päckla dabei. Der Verfasser behauptete, dass er die andere Hälfte gebraten und verspeist habe. Bei Catharine Eddowes hat ja dadsächlich eine Niere gefehlt. Aber auch dieser Brief hat nichts zur Aufklärung beigetrachen.«

Der Kommissar und der Sanktus jetzt sprachlos. Erstens wegen so viel Information, zweitens wegen Angst. Angst, dass so ein Brief in München auftauchen würde und dass das Morden weiter geht. Und sind wir uns einmal ehrlich, ausgeschaut hat es definitiv so.

Nach kurzer Sprachlosigkeit Auflösung seitens Kommissar. Es hatte bisher keinen solchen Brief gegeben. Also hat wirklich gar nichts auf eine direkte Kopie der Londoner Rippermorde von 1888 gedeutet.

Auf einmal hat der Demuth auf die Uhr geschaut und ist wie von der Tarantel gestochen aufgesprungen.

»Herrgott noch a mal. Ich muss wech. Hab heut Danznachmiddach. Mei Partnerin waddet bestimmt scho in der Kälte. Ade beinander. Bis Montach.«

Und weg war er. Kopfschütteln des verbleibenden Duos.

»Hamma wenigstens unsere Ruh«, hat der Kommissar gemeint.

»Na ja. So unkommod ist er gar ned, Bichä«, hat der Sanktus den Demuth verteidigt.

»Weiß ich auch, aber er ist halt so siebeng'scheit. Das geht mir so auf den Zeiger, des kann ich dir gar ned sagen. Der versucht mich bei jeder Gelegenheit zu übertrumpfen oder wie einen Deppen dastehen zu lassen. Aber gut, was haben wir bis jetzt?«

»Drei tote Frauen!«, hat der Sanktus angefangen.

»Korrekt.«

»Dreimal die Kehle durchgeschnitten.«

»Ja!«

»Die erste ausgeweidet, der zweiten die Schamlippen entfernt, die dritte nicht verstümmelt.«

»Weil der Mörder wahrscheinlich gestört wurde. Das ist die einzige Übereinstimmung zur Ripper-Serie 1888.«

»Korrekt«, hat jetzt der Sanktus bestätigt. »Verdächtige?«

»Der große dunkle Unbekannte, der sowohl bei der Susi als auch bei der Jasmin Kaufmann war.«

»Ja, und der Ligsalz?«, hat der Sanktus ergänzt.

»Der Ligsalz Rudi? Warum?«, hat der Kommissar wissen wollen.

»Weil der immer als Erster am Tatort war. Der war noch nie ganz hasenrein. Dem trau ich alles zu.«

»Sanktus, verrenn dich da in nix. Nur, weil du den noch nie mögen hast. Hat er dich in der Schule mal richtig verdroschen, oder?«

»Mhm. Ja schon, aber ich hab das so im Gefühl.«

»Also behalten wir ihn einmal im Hinterkopf. Wer ist noch verdächtig oder könnte im weitesten Sinn von den Morden profitieren?«

»Der Glöckerl Willi. Mit seinem gschissnen Folterdingsda.«

»Das Münchner Folterkabinett?«

»Ja, ›Munich-Dungeon‹ nennt er es. Wahrscheinlich nicht lang. Das werden ihm die echten Dungeon-Betreiber, das ist eine Gruppe, schon versalzen. Zu denen gehört der bestimmt nicht. Beim Glöckerl macht nur einer Profit, und das ist der Willi. Der hat seine Metzgerei-Verkäuferinnen ausgebeutet, das glaubst du nicht. Und wie der die angemacht hat. Unglaublich. Unterste Schublade. Beim Willi hast du außer Fleisch und Wurst als Jugendlicher alles kaufen können. Geschmuggelte Zigaretten, Kondome, Sexhefte, Gras, einfach alles. Der ist genau wie der Ligsalz Rudi. Beide dümmer als drei Pfund Salz, aber halt bauernschlau.«

»Und deswegen sind sie verdächtig?«

»Die schrecken vor nichts zurück, Bichä. Glaub's mir.«

»Gut, den Glöckerl hast also auch im Sinn. Metzger würde ebenso ins Bild passen, oder? Und sonst?«

»Ein Irrer!«

»Das ist die unbehaglichste Alternative.«

»Und jetzt?«

»Jetzt müssen wir versuchen, ob wir über Gemeinsamkeiten der drei Frauen irgendwie auf mögliche weitere Verdächtige kommen. Oder gar auf den großen dunklen Unbekannten«, hat der Bichlmaier doziert. »Hast du ausgetrunken? Jetzt pack ma's dann, oder was meinst?«

»Bichä, ich schwör's dir. Diese Sau bring ich zur Strecke«, hat der Sanktus – weiß Gott, was ihn da geritten hat – lauthals ins Blaue getönt, bevor er aufgestanden ist.

Rings um die beiden hat sich das Lokal langsam geleert, da die Gäste ihr mittägliches Mahl beendet gehabt hatten. Eine der älteren Damen, die in der Nähe der Detektive gesessen ist, ist mit einem Affenzahn in Richtung Ausgang geschossen.

»Die alten Schachteln sind besser beinand wie wir«, hat der Kommissar gelacht.

»Die auf jeden Fall. Hast du gesehen, wie die sich ihre drei Schoppen Roten reingewuchtet hat? Irgendwas machen wir falsch, oder?«

»Definitiv!«, hat der Bichlmaier gemeint, und beide haben sich vom Bhupinder und der Ashwini verabschiedet. Der Sanktus natürlich nicht, ohne einen kurzen Blick auf ihre schönen Zehen zu werfen.

Die zwei sind jetzt mit den Händen in den Hüften vor der Wirtschaft gestanden und haben ihren Atem in der kalten Luft kondensieren lassen. Der Kirchturm der alten Haidhausener Kirche hat in der Wintersonne geleuchtet. Postkarte praktisch Anfänger.

Das Sanktus-Handy hat geklingelt. Schon wieder die Lena.

»Gehst ned hin?«, hat der Bichlmaier gefragt.

Der Sanktus hat nur gegrummelt und den Kopf geschüttelt. Also wieder Klick und weg.

»Mir geht die Möglichkeit von einem Irren ned aus dem Kopf«, hat der Bichlmaier geseufzt.

»Mir auch ned. Aber was könnt das für einer sein?«

»Also die Originalfälle kopiert er nicht, laut Demuth. Aber das Muster schon. Da kann er mir erzählen, was er will. Der passt den Ripper an, sag ich dir.«

»Wie? Der passt den an?«, hat der Sanktus gefragt, weil jetzt spanische Dörfer. »Ich weiß ned, ob wir uns das mit dem Ripper nur einbilden.«

»Ach geh! Der nutzt den Ripper als Deckmantel für seine Taten. Der will von seinem eigentlichen Tun ablenken. Und dazu muss der eigentlich recht viel über die Whitechapel-Morde wissen. Das ist irgendein Fanatiker oder total Gestörter. Der hat einen riesen Hass auf die Opfer. Und wenn wir wissen, woher der Hass kommt, dann haben wir den Täter. So schaut's aus. Meine ganz persönliche Meinung«, hat der Kommissar geschlossen.

»Also Ripper-Adaption, Fanatiker, Hass, ein Gestörter. Vielleicht einer, der keine Frau erwischt, von Frauen ständig verarscht wird oder sich irgendwie an Frauen rächen will. Ein Einzelgänger mit einer Wut auf nette Damen, die ihn abweisen, oder? Weil es handelt sich ja auch nicht um Nutten.«

»Genau. Der sitzt daheim und plant den nächsten Mord. Wenn du mich fragst, weiß der alles über den Ripper. Der führt uns an der Nase herum.«

»Dann müsste er aber wissen, was du als Nächstes tust und das weißt eigentlich nur du – und der Demuth.«

Jetzt völlige Stille. Du hast nur ein Auto auf der

Straße vom ersten in den zweiten Gang schalten hören können.

»Der Demuth? Scheiße!«, hat der Bichlmaier gestottert.

»Du gehst einen Stock tiefer. Das ist wie beim Schlüsseldienst«, hat der Kommissar den Sanktus angewiesen und sich am Wohnungstürschloss seines fränkischen Assistenten zu schaffen gemacht. Von unten hat der Sanktus ein Klacken gehört, und die Tür war auf.

»Geht doch noch«, hat er den Bichlmaier murmeln hören.

Langsam und bedächtig sind die beiden in die Altbauwohnung hinein. Hinter der Eingangstür ist eine lange hohe, mit Parkett ausgelegte Diele gewesen. Die Einrichtung war eher spartanisch. Außer einem weißen Kasterl, einem Garderobenständer und einem Spiegel waren nur noch Poster von Jazzkonzerten an der Wand. Hat irgendwie zum Demuth gepasst. Die Diele war hell von Licht durchströmt, weil fast alle Türen geöffnet waren.

Die beiden Eindringlinge haben sich langsam und bedächtig nach vorne gearbeitet. Schritt für Schritt, wie wenn du dich durch ein Minenfeld bewegst. Das Parkett hat dabei leise geknarzt. Gleich links war das Schlafzimmer. Ebenfalls spartanisch. Sehr weiß. Weißes Bett, weißer Schrank. Kein Hinweis auf ein weibliches Wesen. Das nächste Zimmer muss ein Gästezimmer gewesen sein. Hier hat der Demuth anscheinend sein altes Kinderzimmer zwischengeparkt gehabt. Alte Regale in Buchenholzoptik. Schwedisches Möbelhaus sehr wahrscheinlich. Auf dem Einzelbett ist ein Teddybär mit Polizistenmütze gesessen. Auf den Schränken, die im gleichen Look gehalten waren, haben noch Duplobilder von der WM 1990 in

Italien geklebt. Der Rudi Völler mit Schnauzbart und Vokuhila hat dem Sanktus entgegengelächelt, und der Lothar Matthäus hat gestrahlt wie ein Honigkuchenpferd. Der Sanktus hat sich erinnert, wie ihm seine Oma einmal den kompletten Satz Aufkleber von der WM 86, den er auf die Seitenwand seines Kinderzimmerschreibtischs gepappt hatte, weggemacht hat. Der Ordnung halber. Da ist der Oma beim Blick vom Sanktus schnell klar geworden, dass sie kurz vor ihrer Hinrichtung gestanden ist. Er hätte sie erwürgen können.

Das nächste Zimmer auf der gleichen Seite war das Wohnzimmer. Ganz normal mit Couch wie jedes andere auch. Über dem Fernseher, der sich auf einem kleinen Tisch befunden hat, waren Fotos aufgehängt.

»Ui schau«, hat der Sanktus zum Bichlmaier gezischt, »der Demuth mit einer Freundin. Doch nicht androgyn, ha?«

»Pfeilgrad. Und eine nette Blondine auch noch. Respekt.«

»Glaubt man gar ned, ha?«, hat der Sanktus bestätigt und auf die schlanke junge Frau, die den Demuth mit den Armen umschlossen gehabt hat, geschaut.

»Die kommt mir bekannt vor. Irgendwoher kenn ich die«, hat der Kommissar gemeint.

»Mir auch. Aber halt einmal.« Pause. »Das ist sie, oder?«

»Pfeilgrad!« Wieder Pause. »Das ist sie tatsächlich! So und jetzt möcht ich wissen, was hinter den geschlossenen Zimmertüren ist.«

Die erste geschlossene Tür nach der Küche gegenüber des Wohnzimmers war das Bad, die zweite das Klo und die dritte war als einzige geschlossen und zugesperrt. Der Kommissar hat seinen Dietrich gezückt und sich ans Werk gemacht. Nach der Aktion mit der Wohnungstür war diese Zimmertür für den Bichlmaier nur noch die Kür seines öffnenden Schaffens.

Hinter der Tür hat sich den beiden Ermittlern ein chaotisches Büro eröffnet. Auf dem Schreibtisch, der links an der Wand gestanden ist, sind neben dem Laptop mehrere Bücher mit vielen bunten Einmerkern gelegen. *Wer war Jack the Ripper? – Porträt eines Killers*, *Jack the Ripper, die blutige Wahrheit 100 Jahre danach* und *Jack the Ripper – Anatomie einer Legende*. Der Demuth war also auch daheim fleißig. Der Sanktus und der Bichlmaier haben sich jetzt erst im Raum umgesehen. Auf einer Pinnwand hinter ihnen war ein Münchner Stadtplan festgemacht. Die Fundorte der beiden ersten Leichen waren eingezeichnet. Fotos der Ermordeten waren dem jeweiligen Fundort zugeordnet. Über dem Schreibtisch war ein Regal angebracht, auf dem drei Ordner neben weiteren Ripper-Werken gestanden sind. Die Ordner waren mit *Ripper-Artikel 1-3* beschriftet. Was hat der Kriminalassistent da gesammelt? Der Sanktus hat eine Klarsichthülle, die neben den Büchern gelegen ist, geöffnet. Darin waren mehrere Kopien, darunter auch die Ripper-Briefe, die ihnen der Assistent beim Weißwurstessen beschrieben hatte. Die Briefe waren von oben bis unten mit Kommentaren versehen. Auch die weiteren Dokumente der Hülle waren wirr beschriftet. Es war klar und deutlich, dass sich der Demuth schon einige Zeit mit dem Phänomen des Rippers beschäftigt hatte. Aber warum? Als Kriminologe? Oder …?

»Was sagst?«, hat der Sanktus wissen wollen.

»Nicht gut«, hat der Bichlmaier geantwortet. »Gar nicht gut. Ich weiß nicht … ich glaub … ich meine … ich … zefix, meinst er ist's?«

»Scheiße!«, hat der Sanktus fast gefleht. »Eigentlich nicht, aber in Verbindung mit dem Foto von der Blonden … Herrschaftszeiten. Er ist halt schon ein Fanatiker, also irgendwie.«

In diesem Moment haben sich die zwei umgedreht, und der Demuth ist in der Tür gestanden. Der hat ein fassungsloses Gesicht gemacht, von Sherlock zu Watson geschaut und Vollgas gegeben, also in Richtung Ausgang. Die zwei haben kurz gestockt und sind ihm postwendend nach. Leider nur bis zur Wohnungstür, weil die hat der Demuth hinter sich zugeknallt und geistesgegenwärtig, wie der Franke ist, von außen zugesperrt.

Eins zu null für den Kriminalassistenten. Holmes und Watson begossene Pudel, weil wie der Bichlmaier die Tür zum zweiten Mal aufgebracht hat, war er schon über alle Berge. Der Kommissar hat sofort die Fahndung nach dem Demuth rausgegeben. Danach hat er immer wieder auf das Foto, das er aus dem Wohnzimmer mitgenommen hatte, geschaut und gemurmelt: »Was hat der mit der Jasmin Kaufmann am Laufen gehabt? Himmel, Arsch und Zwirn.«

Der Bichlmaier hat sich vom Sanktus verabschiedet, um sich um die Fahndung zu kümmern, und dem Sanktus ist nichts anderes übrig geblieben, als nun endlich heim zu seiner Familie zu gehen. Auch wenn es ihn gar nicht dahin gezogen hat, weil alle bestimmt sauer und er immer noch schlechtes Gewissen wegen der Nacht mit der Lena. Bisher hatte sie Gott sei Dank nicht mehr versucht, ihn anzurufen. Wie hat er sich dazu hinreißen lassen können? Das hat er sich den ganzen Weg heim ständig gefragt. Er hat doch keine mehr geliebt als die Kathi. Auch wenn sie zehnmal wütend auf ihn war. Vor allem jetzt, wo er Vater werden würde. Wie hat er da mit der Lena ins Bett gehen können? Na ja. Die Lena hatte ihm schon im Vorjahr imponiert. Die wäre sicherlich eine Sünde wert gewesen, aber er hätte sich nie vorstellen können, dass er wirklich mit ihr schlafen würde. So einfach im Rausch nach einem Faschingsball. Mensch, war das schlecht. Und die Lena? War sich die nicht zu schade für diese Aktion gewesen? Er hätte sie nicht so eingeschätzt, aber er hat ihr ja wirklich keine Vorwürfe machen können. Ihr nicht. Sie war Single, er war vergeben. Er war sich jetzt nicht ganz klar, ob er überhaupt noch ein bisserl Selbstachtung vor sich haben hat können. Am liebsten hätte er gekotzt, die ganze letzte Nacht ausgespien. Den ganzen Dreck raus. Er hat immer Bammel gehabt, dass nach irgendeiner Sauferei einmal ein großer Scheiß rauskommen würde, aber so was? Nein. Die Frage, die ihn jetzt gequält hat, war: gleich zugeben oder aussitzen?

Für das Aussitzen hat er sich eigentlich dann doch recht schnell entschieden. Erst einmal abwarten, wie die Kathi überhaupt reagieren würde.

Und wie sie reagiert hat! Kurz darauf ist er zögernd vor seiner Wohnungstür gestanden und hat langsam den Schlüssel ins Schloss gesteckt und herumgedreht. Als er gerade leise öffnen wollte, ist die Tür schon aufgegangen, und die Kathi ist vor ihm gestanden. Der Sanktus hat gerade zu einer Erklärung ansetzen wollen, da hat sie ihn hineingezogen, ganz fest umarmt und abgebusselt. Der Sanktus hat die Welt nicht mehr verstanden, aber von einer Beichte war nun definitiv nicht mehr die Rede. Die Martina war noch mit der Anna und ihrem neuen

Opa in spe unterwegs, und die Kathi hat ihren Sanktus ins Bett gezogen. Als sie mit ihrem rundlichen Bauch auf ihm gesessen ist, hat sie der Sanktus besonders sexy gefunden. Vaterhormone wahrscheinlich. Kurz bevor er gekommen ist, hat er wieder an die Lena denken müssen und das hätte ihm fast das Vergnügen versaut, wegen akutem Zusammenfallen, aber die Augen auf und den Blick auf die Kathi, und schon ist sich's doch noch ausgegangen.

Hallo, Boss, ich war immer bei euch. Am Tatort und im Wirtshaus. Ihr Banausen. Ihr seid viel zu überheblich, als dass ihr mich erkennen würdet. Die Beweggründe wurden ausschweifend diskutiert, die Geschichte aufgerollt, aber glaubt mir, ihr seid auf dem Holzweg. Ihr werdet mich so auf keinen Fall identifizieren. Eins, zwei, drei, ich habe heute gesiegt. Grüße aus der Hölle.

ROSENMONTAG, 11.02.13

Der Sonntag war recht harmonisch verlaufen. Der Sanktus hatte mit der Kathi und der Martina einen langen Spaziergang durch den winterlichen Englischen Garten unternommen. Er war froh gewesen, wieder einmal einen richtigen Winter in München zu erleben. Er hat sich erinnert, wie er früher mit seiner Oma, auf dem Schlitten sitzend, durch das verschneite München zum Einkaufen gefahren war. Da war wirklich genug Schnee auf den Gehsteigen, glaubst du heute nicht mehr. In der Weihnachtszeit waren sie immer in die Fußgängerzone, also Neuhauser Straße, gegangen. Dort ist über dem Eingang des Kaufhaus »Oberpollinger« eine Hexe gesessen. Vor der hatte der kleine Fredi wirklich Angst gehabt, aber hin müssen hat er trotzdem eigentlich alle zwei Tage, was die Oma ohne Murren mitgemacht hatte, nur um ihren Enkel glücklich zu machen. Diese Geschichten hat er der Martina während der ganzen Schneewanderung erzählt, bis selbst sie die Augen verdreht und den Kopf geschüttelt hat. Ein Blick von der Kathi hatte ihm signalisiert, dass es nun gut war. Nur von seinem wieder aufgetauchten Vater hatten sie nicht geredet. Da hatte der Sanktus jeden Versuch von der Kathi abgewürgt. Über die Ermittlungen zum Münchner Ripper haben sie auch kein Wort verloren. Nicht am heiligen Sonntag. Harmonie heucheln kein Ausdruck, aber dem Sanktus war's wurscht.

Am Rosenmontag war die Susi-Beerdigung, also alles andere als Fasching. Der Sanktus, die Kathi und der Bichlmaier sowieso da, aber zusätzlich der Drengler in Trenchcoat, Hut und Sonnenbrille. Hat denn dieser Trottel immer freinehmen können? Und warum war er beinander wie der Inspektor Clouseau?

»Der Täter kommt immer an den Ort der Tat zurück«, hat der Drengler dem Sanktus gegenüber doziert.

»Daheim!«

»Wie, zu Hause?«

»Der Tatort. Da samma am Ostfriedhof! Kein Tatort!«

Der Drengler hat verschämt in den Boden geschaut, aber gleich wieder gegrinst.

»Beim Tatort im ›Ersten‹ kommen sie immer zur Beerdigung, nöch?«

Der Sanktus hat ihn reden lassen und in die Runde geschaut. Es waren viele Leute anwesend, weil wenn du jung stirbst, hast du ja bekanntlich noch recht viele Freunde und Bekannte. Die meisten der Anwesenden hat der Sanktus aber nicht gekannt, was ihm als Original-Münchner schon wieder zugesetzt hat. Wahrscheinlich Arbeitskollegen. Der Pfarrer hat seine Standardsprüche heruntergeleiert, und der Sanktus hat ihm nicht zugehört. Er hat in die Runde geschaut, aber ihm ist kein Verdächtiger aufgefallen. Dass er auch den Verdacht gehabt hat, dass der Täter zur Beerdigung kommt, hätte er dem Drengler gegenüber nie zugegeben. Da hätte er sich eher die Zunge rausschneiden lassen. Als sie die Susi hinabgelassen haben, hat es dem Sanktus die Kehle zugeschnürt, und er und die Anna haben Rotz und Wasser geweint. Die Kathi hat ganz fest seine Hand gedrückt. An diesem Punkt hat er sich geschworen, dass er den Ripper zur Strecke bringen würde. Für die Susi!

FASCHINGSDIENSTAG – 12.02.13

Er bringt mich Sau zur Strecke? Dass ich nicht lache …

Ende des 19. Jahrhunderts hat der Fasching in München Fuß gefasst. Es wurden große pompöse Bälle, Redouten genannt, gefeiert. Manche haben bei einem Faschingsumzug sogar von einer Lokomotive und einem Elefanten in der Innenstadt berichtet. Seit dem 20. Jahrhundert tanzen die Marktfrauen am Faschingsdienstag auf dem Viktualienmarkt. Früher haben sie direkt vor ihren Ständen getanzt, heute wird das Ereignis zum Event hochstilisiert, und die Damen führen ihre Show auf einer Bühne auf. Dieses Jahr hat die Roswitha Freisleder mitgetanzt. Doch es sollte ihr letzter Tanz sein.

In der Faschingswoche haben der Sanktus und die Kathi frei und die Martina Ferien gehabt, was das Ermitteln nicht unbedingt leichter gemacht hat. So hat der Sanktus tagsüber nicht aus und weiter zur Lösung des Falles beitragen können. Am Faschingsdienstag waren ein langes, ausgedehntes Frühstück und der unvermeidliche Besuch bei der Anna angesagt. Zwecks Vater, logisch. Der Sanktus hat eigentlich ganz cool bleiben wollen, aber er war, kurz bevor er in die Wohnung der Anna rein ist, so was von nervös, das glaubst du gar nicht. Schlottern Anfänger. Gott sei Dank war sein Vater gar nicht da, und die Anna hat sich tausendmal entschuldigt, dass sie umsonst hergekommen waren. Dem Sanktus hätte sie keine frohere Nachricht unterbreiten können, und so ist der Nachmittag doch ganz entspannt gewesen. Die Frauen samt Martina haben den Plan gehabt, am Abend bei der Engler Ulli einen Faschingsdienstag-Damenabend zu gestalten.

»Setzt's na eure Pappnasen auf und redet's über Kosmetik, oder wie?«, hat der Sanktus wissen wollen. »Oder Parfüms, oder naa, über uns Männer. Da wär ich ja gern dabei.«

Der Sanktus hat sich mit den Bierbrauern wie jedes Jahr im »Stern-Bräustüberl« treffen wollen. Maskiert hat er sich heute nicht, weil der Donnerstag im »Bärenbräukeller« hat für ein ganzes Jahr reichen müssen. Wieder einmal ist er vor den großen Schaufenstern der »Sternbrauerei« gestanden und hat auf die Kupferpfannen geschaut. Die Schaltwarte war dunkel, da die Brauer traditionell am Faschingsdienstag einen halben Tag frei gehabt haben, und es sich nicht rentiert hat, im Winter, wenn der Absatz eh nicht so hoch ist, das Sudhaus nur für den Rosenmontag anzuwerfen und dann gleich wieder abzuschalten. Er hat kurz die Augen geschlossen, und schon hat er den Bummerl vor den Rechnern sitzen sehen können. Da hat es dem Sanktus sofort einen Stich gegeben und er hat ganz fest schlucken müssen. Ganz schnell sind ihm die Bilder der Mordermittlung vor fünf Jahren durch den Kopf gegangen, und jetzt ist er schon wieder mitten drin gewesen in so einem Mist. Wie er es nur immer wieder geschafft hat, in so etwas hineingezogen zu werden? Ein Mysterium. Und wie er noch in Gedanken war, hat er von einem betrunkenen Passanten einen Rempler kassiert, dass es ihn fast zu Boden geworfen hätte. Der Sanktus hat noch etwas nachplärren wollen, aber vergebene Liebesmüh'.

Jetzt rein. Geruch wie immer, und die ganze Gesellschaft gleich lokalisiert. Alle plus Drengler. Wie hat das sein können? Gibt's doch gar nicht! Und alle maskiert. Alle außer dem Sanktus. Der Giovanni ist, so wie es sich als Italiener gehört, als alter Römer gegangen, wahrscheinlich als Cäsar. Eine Toga hat er angehabt, und ein Lorbeerkranz hat sein Haupt gekrönt. Seine kleine rundliche Statur hat gar nicht zum Imperator gepasst, aber für den Fasching hat es schon gereicht.

»Ave Sanktus. Moliburi te salutant, oder irgendwie so ware das«, hat er den Sanktus begrüßt.

»Sauber, Giovanni. Ich hab keinen großen Latinus. Mir kannst du viel erzählen.«

Der Giovanni hat gegrinst wie ein Honigkuchenpferd. Der Hanspeter hat seine lockigen Haare weiß gefärbt und einen aufgeklebten Schnurrbart im Gesicht gehabt.

»Angenehm, Einstein, Albert Einstein«, hat er den Sanktus empfangen und gelächelt.

Der Piefke hat eine Kapitänsmütze, ein dunkelblaues Sakko mit weißer Einsteckblume und einen weißen Rollkragenpulli getragen.

»Bist du der Hein Blöd?«, hat der Sanktus gestichelt.

»Ich bin Hans Albers, du Komiker«, hat ihn der Piefke getadelt, die Augen gerollt und an seinem Bier gezogen.

Der Schlauchgernot mit seinem Vollbart hat einen schwarzen Hut mit rotem Band aufgehabt und ist in einem heruntergekommenen Outfit gesteckt. Er sei »da Reiber Hotzenplotz«, hat er durch das ganze Stüberl geschrien und seine Pfefferpistole in die Höhe gestreckt. Der Ehrensberger Helmut ist wie immer still am Tisch gesessen und hat mit seinem Silberblick das Lokal gescannt. Was er dargestellt hat, hat der Sanktus als »um ein Fünferl ein Durcheinand« bezeichnet.

»Servus, Sanktus, Sanktus«, hat er gemurmelt.

Den Vogel hat wie immer der Drengler abgeschossen. Aus dem Ei gepellt Hilfsphrase. Definitiv! Er, der Preuße, war als König Ludwig II. von Bayern verkleidet. Grad er! Anmaßung. Frevel. Eklat. Unverschämtheit! Wie immer hat der Drengler nichts dem Zufall überlassen. Er war in bayerischer blauer Generalsuniform samt königlich weißem Krönungsumhang gekleidet. Frisur und Bart wie beim Original. Eigentlich bewundernswert.

»Kriasdi Sanktus. Heit bin i dein Kini«, hat er versucht, bayerisch zu reden.

»Is scho recht, Jens. Passt schon. Heut schaust das erste Mal gut aus, seit ich dich kenn«, hat der Sanktus geschossen. Der Drengler hat das Gesicht ein wenig angesäuert verzogen.

»Wieso bist du denn nicht maskiert?«, hat er wissen wollen.

»Ned so mein Fall, Jens. Der Donnerstag als Herr der Sieben Meere reicht mir wieder für ein Jahr. Dafür bist du ja umso schöner«, hat der Sanktus gesäuselt.

Mitten im Bräustüberl hat ein Alleinunterhalter sein Keyboard gequält. Das heißt, das Instrument hat eigentlich alles allein gemacht. Ausgeschaut hat er wie der Frank Zander in seinen besten Jahren. »Rumstschums und Tschintarassabumm« kein Ausdruck. *Rosamunde, Schützenliesel, Fürstenfeld, Mare, Mare, den Fisch, den mach'ma hi, Frau Meier hat gelbe Unterhosen an* und alle weiteren haarsträubenden Klassiker der grausamen Unterhaltung dabei. Zum Schlechtwerden, aber da musst du durch, zumindest im Fasching. Den Anwesenden, vor allem den älteren Leuten, hat's gefallen. Der Sanktus hat nur das Gesicht verzogen.

»Hä, Sanktus«, hat der Schlauch gerufen. »Schau ned a so! Sonst bleibt's dir. Altes Muhackl.«

»Jaja, is schon recht, Gernot«, hat der Sanktus erwidert. »Schee is's da. Wia jeds Jahr. Immer wieder a Klassiker.«

Der Piefke und der Hanspeter waren jetzt auch nicht gerade Fans dieser leichten Unterhaltung und haben genauso geschaut wie der Sanktus, aber der Drengler ist darin aufgegangen. Er hat mit einer Art Meerjungfrau im Glitzerbustier und einer vorne herabhängenden Fischflosse Rock'n'Roll getanzt. Wie der Lump am Stecken, hat sich der Sanktus gedacht.

Der Sanktus hat sich jetzt eine Halbe Dunkel bestellt und hat dann, wie für ihn üblich, erst einmal in den Schaum gestarrt. Der Hanspeter und der Piefke haben es ihm gleich getan, weil Unterhaltung bei dieser Lautstärke unmöglich. *Ich fahre jeden Tag nach Mendocino,* hat es geschallt. Bei dieser Stimmung waren inzwischen sogar der Schlauch, der Giovanni und der Helmut am Hüpfen und Zappeln.

Langsam und nacheinander sind alle wieder zum Tisch zurückgekommen, und der Frank-Zander-Verschnitt hat eine Verschnaufpause gemacht. Nun war endlich eine Unterhaltung möglich. Der Sanktus hat der Brauergesellschaft einen kurzen Überblick über die Mordlage gegeben. Er hat die Demuth-Theorien, so gut er es aus dem Gedächtnis hat können, dargelegt. Völliges Ohr der Zuhörer. Bewunderung kein Ausdruck. Aber dass der Demuth verschwunden war, hat den Vogel abgeschossen. Alle endgültig baff.

Zu Sanktus' Leidwesen hat das »baff« nicht lange angehalten, und die Brauer-Gang hat wie gewohnt sofort die waghalsigsten Theorien entwickelt.

»Na war's der Demuth«, die eine Hälfte einig.

»Muss doch ned sein«, der andere Teil.

»Dat ist 'n Trittbrettfahrer. 'n Irrer. Der will den Ripper von früher wieder aufleben lassen«, hat der Malte herausgeplärrt.

»Ja, aber der kopiert ihn doch gar nicht im Detail«, hat der Sanktus entgegnet.

»Natürlich«, wiederum der Malte. »Und deswegen hat das dritte Opfer auch keine Verstümmelungen aufgewiesen, Herr Sanktjohanser. Klar kann er doch nicht alles eins zu eins machen. Sonst muss sich Bichlmaier ja nur hinstellen und ihn verhaften. Wir müssen uns die Unterschiede angucken, dann sehen wir vielleicht klarer.«

»Hat was, die Argumentation«, hat der Sanktus einräumen müssen.

»Des is a Sextäter«, hat der Schlauchgernot hineingeplärrt. »Äh, Triebtäter, mein ich, hoaßt des. Des is so einer, der wo nachher sagt, wenn s' ihn fangen, dass er eine schlimme Kindheit ghabt hat, dass nie eine mit ihm vögeln wollt und dass des gar ned anders gegangen wär als so. Na kriegt er so a psychologisches Gutachten, ist bald wieder heraußen, und weiter geht's genauso wia vorher. Des sog da i. So!«

Die ganze Runde hat jetzt geschmunzelt, weil sich der Schlauch wieder einmal so in Rage geredet hatte, dass er fast keinen Schnaufer mehr bekommen hat und seine Halbe sofort wegen akuter Austrocknungsgefahr, weil lange Rede, auf ex hat trinken müssen.

»Also haben wir Trittbrettfahrer und Triebtäter. Noch weitere Theorien?«, hat der Sanktus in den Raum geworfen.

»Vielleicht ein Nachkomme von dem Sittler, Sittler. Wo du gsagt hast, der wär aus München. Dass der vielleicht irgendein Unrecht rächen will, äh will. Wer weiß, was man dem als Verdächtigen alles angetan hat. Aber ich weiß ned, ob's wirklich so z'sammpasst, passt. Des war jetzt halt a Dings-Storming, Storming.«

»Brainstorming meinst, oder?«, ist's vom Sanktus gekommen.

»Genau, genau.«

»Ike glaube, es war eine Frau!«, hat der Giovanni in die Diskussion gerufen, und alle waren auf einmal leise.

»A Frau?«, alle zusammen. »Aber der Demuth?«

»Ja, klingte komisch, isse aber so. Isse nur kleine Theorie, capisce? Morde sehen aus wie gemakt von einem Manne, aber donne tedesche, deutsche Frauen, alle riesig. Warum nicht könne maken solche Morde. Isse Frau, die hat keine Manne oder nix amore. So wie du vorher gesagt hast von die Mörder. Nur keine Mann, sondern Frau. Frauen könne sein so grausam.«

»Des glaubst ja selber ned. Ihn schau an. Die Ripperin vom Bodensee ist eine schöne Maid juhe«, hat der Schlauchgernot gesungen.

Die Runde am Zustimmen. Jetzt alle Augen auf den Drengler in der Hoffnung, weil studiert, jetzt kommt die große Lösung.

Der hat aber nur rumgedruckst und hat eigentlich gar nichts sagen, geschweige denn sich festlegen wollen.

»Jetzt, Jens«, hat der Sanktus ihn angespornt, »dein Auftritt! Sag was. Sonst hast den Mund auch allerweil offen. Auf geht's!«

Der Drengler hat sich innerlich gewunden. Das hast du richtig sehen können. Wohl war es ihm unter keinen Umständen, weil reden ja, aber fixieren eher nicht. Typisch Jurist halt. Nach einiger Zeit hat er sich doch überwunden.

»Nach einem Überdenken aller Theorien, denke ich, können wir mit Fug und Recht behaupten, es hier im übertragenen Sinne mit einer Kopie des Original-Rippers aus dem East End zu tun zu haben. Es gibt mehrere Theorieansätze, warum diese Morde in München begangen wurden. Die gilt es zu verifizieren. Auch die Hypothese einer Frau als Täterin sollte in Betracht gezogen werden.«

Da ist der Giovanni gleich einen Meter größer geworden.

»Aber auch der Triebtäter ist zu beachten. Ich denke, wir sollten das psychologische Gutachten der Kriminalpolizei abwarten, um definitive Aussagen machen zu können. Weiterhin dürfen wir nicht vergessen, den ›Casus Demuth‹ im Auge zu behalten. Ob er nun etwas mit den Morden zu tun hat oder nicht. Summa summarum ist alles offen. Ja, das wäre meine Theorie.«

»Bravo, Jens«, hat der Piefke gesagt. »Jetzt sind wir der Lösung sehr nahe gekommen.«

»Ja, aber mit dem Gutachten hat er ned unrecht, unrecht«, hat der Helmut den Drengler in Schutz genommen.

»Also i wois it«, hat der Hanspeter angefangen. »Ich glaub, mia sollda uns no ned uf oi Theorie feschtlega.«

»Ike versteh die Kerle gar nix«, hat der Giovanni geschrien. »Isse zu laute oder isse was er sagte. Ufo i lega? Was isse das für eine Sprache?«

»Schwäbisch!«, die Corona.

»Also i han gmeint ... Nein. Ich hab gemeint, wir sollten uns halt noch ned so früh feschtlegen. Hasch es jetzt verstanden, Giovanni?«

Der Giovanni hat jetzt nur gegrinst.

»Wir sollten halt no a bissle nachforschen und uns dann erscht ein Bild machen. Vor allem denk i, müssen wir den Herrn Demuth finden. Dann sehen wir klarer«, hat der Hanspeter abgeschlossen.

»Und nu? Wat willste nun tun?«, hat der Piefke gefragt.

»Na ermitteln. Wia oiwei hoit aa«, hat der Schlauchgernot geplärrt und einen riesengroßen Schluck aus seiner frischen Halbe genommen.

»Und wie sollen wir da helfen, helfen?«, hat der Ehrensberger gefragt und die Augen in seinem Kasperlgewand gerollt.

Komisch, dass der Drengler nicht einmal auf diese Frage eine Antwort gewusst hat. Woher hat der eigentlich gewusst, dass heute hier im »Bräustüberl« Brauertreffen war?

»Woher weißt du eigentlich, dass wir uns heut da herin treffen?«, hat der Sanktus gefragt.

»Ich rief bei dir zu Hause an, und Kathi meinte, ihr seid heute hier«, hat der Drengler geantwortet. »Da lud ich mich kurzerhand selbst ein, Sanktus. Ich hatte das schon so im Gefühl, dass hier Ermittlungen besprochen werden würden.«

Das war wieder so klar. Dieser Gschaftlhuber. Hat der in seiner Kanzlei eigentlich keine Arbeit gehabt?

»Aber wie ihr helfen könnt, überlegen wir uns jetzt. Also ermitteln wir wieder. Und? Seid's dabei?«, hat der Sanktus wissen wollen.

»Loooogisch!«, aus allen Richtungen.

»Also Aufgabenverteilung«, Ansage seitens Sanktus.

Große Augen seitens der Corona. Dieses Mal war es halt einfach kein Mord in der Brauerszene. Selbst bei den Morden im letzten Jahr war die Hilfe der Brauer schon schwieriger geworden, aber nun? Sehr diffizil.

»Na, ich könnt etwas beisteuern«, hat der Piefke gesagt. »Ein guter Freund von mir arbeitet in den Bavaria Filmstudios. Den könnte ich mal zu Frau Rindfleisch befragen. Was meint ihr?«

»Oh, eine gute Freunde«, hat der Giovanni gesäuselt und schwul mit seiner Hand gewinkt und sofort einen Schwinger vom Piefke kassiert.

»Und ich hör mich in Bogenhausen um. Die Susi hab ich schließlich auch kennt. Vielleicht krieg ich was über ihren Tschamsterer raus«, hat der Schlauchgernot getönt.

»Gut. Das ist schon mal ein Ansatz«, hat der Sanktus gemeint.

»Ich befrag die Literatur, Literatur«, hat der Helmut ergänzt. »Mehr fallt mir ned ein. Vielleicht find ich noch irgendeine Parallele, Parallele.«

»Wunderbar«, seitens Sanktus. »Kannst du auch bitte gleich schauen, ob du was über den Ligsalz Rudi raus findest?«

»Eh klar, eh klar«, hat der Helmut geantwortet.

Auf einmal haben sich alle Köpfe der Soko in eine Richtung gedreht, und der Kommissar Bichlmaier ist vor ihnen gestanden.

»Hab ich's doch gwusst, dass ich euch hier find. Und wie weit seid's? Habt's den Fall schon gelöst?«, hat der Kommissar provokant gefragt.

»Nein. Du?«, Antwort vom Sanktus.

»Noch ned. Keine Spur vom Demuth, aber ich hab was!«, hat der Kommissar getönt und gegrinst. »Der Niederreither Susi ihr Frauenarzt ist der Dr. Prokopetz.«

Blödes Geschau vom Rest.

»Der hat Belegbetten in der Weisser-Klinik.«

Immer noch Unverständnis.

»Und da hat die Jasmin Kaufmann gearbeitet. Schnackelt's? Vielleicht gibt's da einen Zusammenhang.«

»Bei diese Doktor isse mein Frau auch«, hat der Giovanni getönt.

»Na, dann haben wir für dich ja auch schon eine Aufgabe«, hat der Jens frohlockt. »Vielleicht kennen die da den großen Unbekannten.«

Okay vom Giovanni, also auch dabei.

»Sanktus«, hat der Kommissar gemeint, »wir statten am besten der Klinik morgen mal einen Besuch ab, oder?«

»Aye, aye, Sir«, hat der Sanktus bestätigt. »Wird gemacht! Und was macht der Jens? Der brennt doch drauf, dass er was zu unserer Lösung beitragen kann.«

Wenn du den Drengler gesehen hättest, hätte er dir wirklich leidgetan. Völlig ratlos war er, weil er einfach wirklich nichts hat beisteuern können.

»Ich könnte ja mit in die Klinik, oder?«, hat er kleinlaut gefragt.

»Sind wir ja schon zwei«, hat der Sanktus grinsend erwidert.

Niedergeschlagenheit kein Ausdruck. Aber auf einmal haben die Drengler-Augen hell aufgeleuchtet. Er hat den Hanspeter angestupst und laut herausgeschrien: »Bundesbruder Weidenfels. Ja, das ist's. Weidenfels!«

Jetzt wieder fragende Gesichter. Diesmal auch der Sanktus dabei.

»Weidenfels hat mit seinem Kreditinstitut einen Großteil der Münchner Folterkammer finanziert, bzw. finanziert sie. Wir geben uns als Kunden von Weidenfels aus. Wir wollen auch so ein Kabinett eröffnen und brennen natürlich darauf, die Folterkammer schon einmal zu besichtigen und uns mit Herrn Glöckchen über das Finanzierungsprojekt zu unterhalten.«

»Glöckerl, ned Glöckchen«, kurzer Einwurf vom Sanktus. »Aber die Idee ist super, Jens. Wenn ich einen Hut auf hätt', würd ich ihn jetzt vor dir ziehen.«

Großes Lob gar nichts dagegen.

Also waren die Aufgaben verteilt, und der Kehraus hat losgehen können.

Kurz vor Schluss hat der Bichlmaier den Sanktus zur Seite genommen und hat leise, so dass es die anderen nicht hören haben können, mit ihm gesprochen.

»Sanktus, pass auf. Die haben in der Ettstraße nach dem Mord an der Susi schon über eine Soko Ripper nachgedacht. Jetzt, wo wir den dritten Fall haben, ist die gestern gegründet worden. Das ist jetzt ned wild. Ich krieg einen Ersatz für den Demuth, anscheinend eine nette Dame, einen Profiler und noch ein, zwei Innendienst-Hanseln. Alles kein Thema, aber ich muss natürlich immer wieder berichten, LKA und so, verstehst? Und es tät, glaub ich, gar ned gut ankommen, wenn die merken würden, dass du und deine Brauerschergen da mitmischen. Host mi?«

»Hob di. Also Vorsicht. Krieg 'ma schon!«

Kurz nach Mitternacht ist der Sanktus nur leicht angeheitert mit der Trambahn heimgefahren. Er hat es genossen, die Mitfahrer der Linie 17 zu beobachten. Ihm gegenüber ist ein Pärchen gesessen. Sie war der Pumuckl und er der Meister Eder. Das war einmal eine Verkleidung mit Stil. Das würde der Sanktus daheim gleich der Kathi für das nächste Jahr vorschlagen. Aber er würde den Pumuckl darstellen. Das war schon einmal klar. Mitten im Gang ist ein Sheriff gestanden, der dem bayrischen Innenminister sehr ähnlich geschaut hat. Der Sanktus hat gleich zweimal hinschauen müssen, aber er war's doch nicht, und gestanden ist falsch ausgedrückt, eher gehangen. Nämlich mit einer Hand in einer Schlaufe, die zum Festhalten an den Stangen befestigt war, mit der anderen Hand am Sitz, in dem eine Indianerin, wahrscheinlich das Halbblut Apanatschi, gesessen ist. Der schwankende Sheriff hat der Dame unbedingt den Vorzug einer Beziehung zwischen Indianern und Cowboys vermitteln wollen. Die Apanatschi hat nur kurz geantwortet und immer gleich wieder zum Fenster in die Dunkelheit hinausgeschaut oder Hilfe suchend zum Sanktus geblickt.

Hinter dem Sanktus sind zwei Haremsdamen gesessen. Eine hat mit dem Kopf am Fenster geschlafen. Der Sanktus hat gar nicht gewusst, dass Frauen so schnarchen können. Die andere hat teilnahmslos vor sich hingestarrt. Ringe unter den Augen hat die gehabt, na bravo! Totaler Reset. Ein selten schiacher Nachtscherben, hat sich der Sanktus gedacht.

Die ganze Trambahn war eher ruhig, weil ja schon Aschermittwoch, und Fasching vorbei. Alle haben anscheinend nur noch heim ins Bett wollen. Der Sheriff halt nicht allein, sondern mit der Apanatschi. Da hat ihn auch der Aschermittwoch nicht abhalten können. Die Apanatschi jetzt wieder Hilfe suchender Blick zum Sanktus, und der Sanktus hat ihr entgegen gegrinst und mit einem Auge gezwinkert.

An der Haltestelle Maximilianeum am Bayerischen Landtag hat sich die Apanatschi dem Sanktus zugewandt und ihn angesprochen.

»Schatzi, simmer wieder gut? Ich will doch dem Dr. Bertzelmeier gar nichts. Glaub's mir halt. Der hat mich einfach abgebusselt.«

Der Sanktus war erst einmal perplex, hat aber die Lage gleich überrissen.

»Passt scho, Mausi. War ja Fasching. Hast recht. Simmer wieder gut«, ist der Sanktus eingestiegen.

»Komm, steig'ma aus und gemma heim«, hat die Indianerin gesagt. Sie ist aufgestanden, am Sherriff vorbei zum Sanktus hin, hat seine Hand genommen und ihm einen großen Schmatzer auf den Mund gedrückt. Dem Sanktus jetzt zweierlei, aber irgendwie hat ihm die Komödie gefallen. Der Sheriff hat saudumm dreingeschaut, weil er in dieser Nacht, so wie's ausgeschaut hat, allein durch die Prärie heimreiten hat müssen.

Also sind die zwei ausgestiegen. Der Sanktus halt eine Haltestelle zu früh.

»Merci für die Hilfe«, hat die Apanatschi dem Sanktus ins Ohr geflüstert. »Bis wo hättest denn du fahren müssen?«

»Grad eine weiter. Passt schon. Denk dir nix.«

»Mir war's schon unheimlich mit dem Kerl. Ich hab's direkt mit der Angst bekommen«, hat die Apanatschi gesagt und hat dem Sanktus einen intensiven Kuss verpasst. Der Sanktus hat gar nicht so schnell reagieren können, dass er irgendwie … Aber eigentlich war's sehr angenehm.

»Danke noch einmal und Pfiat di. Vielleicht treffen wir uns ja amal wieder.«

»Servus«, hat der Sanktus gesagt und dem Halbblut nachgewinkt. Er war wirklich froh, dass der Fasching jetzt aus war.

Kurz darauf war er daheim und bei der Kathi im Bett. Er hat eine kurze Zusammenfassung vom Abend im »Bräustüberl« gegeben und ihr gleich die Apanatschi gebeichtet, weil zwei Geheimnisse sind gar nicht gegangen. Overkill, verstehst?

»Ja mei«, hat die Kathi geflüstert, »ist doch Fasching. Da gehört so was dazu. Denk dir nix. Des passt scho.«

Der Sanktus hat fest durchgeschnauft, war sich aber nicht sicher, ob sie ihm die Lena auch so einfach verzeihen würde? War ja auch im Fasching. Wahrscheinlich eher nicht.

»Stell dir vor, was uns heut passiert ist. Die Martina und ich sind vom Weiberabend heim. So gegen zehn Uhr, weil ja alle mit ihren Töchtern da waren. Wir gehen also von der Inneren Wiener Straße in Richtung Wiener Platz, da hab ich mir gedacht, uns verfolgt wer. Ein Besoffener vielleicht. Der war wohl auf einem komischen Maskenball. Eine ganz dunkle Gestalt mit Hut und weitem Mantel. Fast so wie in den alten Sherlock Holmes Filmen. Der ist immer näher gekommen. Das war direkt gruselig. Am Wiener Platz ist uns dann der Herr Dobler, unser Hausmeister, entgegen gekommen. Da war der düstere Typ auf einmal weg. Was sagst?«

»Komisch«, hat der Sanktus gemurmelt. »Das war bestimmt ein Ang'soffener. Mach dir keine Gedanken. Wenn nächstes Mal so was ist, hol ich euch ab. Und der Fasching ist ja jetzt Gott sei Dank vorbei.«

Die Kathi hat dem Sanktus noch ein Gutenacht-Bussi gegeben und ist postwendend eingeschlafen. Beneidenswert.

Der Sanktus hat lang nicht schlafen können, weil ihm der düstere Typ noch einige Zeit in den Gedanken umgegangen ist. Wohl war es ihm nicht, aber der Ripper hat es auf keinen Fall sein können, oder etwa doch?

Ich lebe mich immer tiefer in meine Rolle ein. Wenn ich in der Dunkelheit draußen im Schnee stehe und die Augen schließe, kann ich die Geräusche des Londoner East Ends hören. Die Droschken, das Rufen der Einwohner, das Lachen der Nutten. Ich rieche den ranzigen Geruch ihrer Freier. Kann mich ganz identifizieren. Ich werde immer mehr zum wahren Ripper.

Er bringt mich zur Strecke? Warte, mein Heiliger. Du wirst ein böses Erwachen haben. Ich bin dir gefolgt. Ich weiß, wo du zu Hause bist. Ich weiß, wo deine Familie lebt. Auch ihnen bin ich gefolgt. Ich habe lange warten müssen, aber jetzt kommen sie gerade heraus. Mein Werkzeug ist parat. Ich hole immer mehr auf. Sie hat etwas gemerkt und treibt das Kind zur Eile. Die kalte Luft sticht in meinen Lungen, aber ich bin gleich da. Ich bin direkt hinter ihr, aber da taucht jemand aus dem Nichts auf. Sie kennt ihn. Ich muss abdrehen, aber ich habe sie riechen können. Sie duftet so gut.

ASCHERMITTWOCH, 13.02.13

Es war wahrscheinlich der erste Aschermittwoch in seinem Leben, an dem der Sanktus ohne Kopfweh aufgewacht ist. Kindheit natürlich ausgeschlossen. Die Kathi und die Martina haben noch geschlafen, und der Sanktus ist ganz leise aufgestanden. Nur niemanden wecken, weil anscheinend hat die Kathi ja seine Ermittlungen inzwischen toleriert, aber Vorsicht ist die Mutter der Weisheit, also piano.

Er hat sich angezogen und anschließend einen Becher Joghurt aus dem Kühlschrank geholt, eine Handvoll Müsli hineingeschüttet und hat das Ganze in gefühlten zwei Sekunden hinuntergeschlungen. Einen Schluck Wasser drauf, und schon war er zur Wohnungstür hinaus.

Unten hat schon der Kommissar im dunkelblauen Polizeifünfer gewartet. Er hat den Sanktus nur angegrinst und gesagt: »So gut hast schon lang nimmer an einem Aschermittwoch ausgeschaut, Sanktus. Respekt. Wirst auch schön langsam alt, oder?«

»Aff!«, war alles, was der Sanktus entgegnet hat.

Und schon ist's in Richtung Bogenhausen losgegangen. Vom Demuth hat laut Kommissar bislang noch jede Spur gefehlt. Seine Wohnung werde rund um die Uhr beobachtet, aber nichts. Handyortung auch Fehlanzeige. Wie vom Boden verschluckt. Dr. Kimble auf der Flucht praktisch auffällig dagegen.

Kurz darauf hat der Bichlmaier vor der Weisser-Klinik in Bogenhausen gehalten. Sehr nobler Bau. Kannst du glauben. Da ist das Geld, so wie's ausgeschaut hat, daheim gewesen. Die beiden sind also in die noble in Marmor gehaltene Eingangshalle eingetreten.

An der Anmeldung ist eine nette vollbusige Blondine Anfang 40 gesessen, die es dem Kommissar sofort angetan hat. Das war was für den Bichlmaier. Blond und Brüste, also BB wie die Bardot, da war er zur Stelle. Die Anmeldungsblondine hat vornehmerweise so getan, als würde sie nicht bemerken, dass dem Kommissar gleich die Augen rausfallen würden, genau in ihren Ausschnitt rein. Also peinlich kein Ausdruck.

»Gnädige Frau«, hat er angefangen, »meinen S', dass wir den Professor Weisser sprechen könnten? Bichlmaier, mein Name. Johann Bichlmaier. Kriminalhauptkommissar. Es wär sehr dringend.«

»Ja, um Gottes willen, Herr Kommissar«, hat sie geantwortet, »ist denn was Schlimmes passiert? Um was geht's denn?«

»Das kann ich Ihnen leider nicht sagen, Fräulein …?«

»Stillkraut, Brigitte Stillkraut.«

Na bravo, so ein Zufall. Jetzt heißt die auch noch Brigitte. Jetzt kommt's, hat der Sanktus gefürchtet. Er sagt's.

»Brigitte. Ein schöner Name. Stillkraut auch, aber Bardot, wie Brigitte Bardot wäre viel passender. Sehr angenehm, aber leider kann ich Ihnen den Grund meines Besuchs nicht mitteilen, da das der Geheimhaltungspflicht während den Ermittlungen widersprechen würde.«

Jetzt redet dieser Depp auch noch gestochenes Hochdeutsch, hat sich der Sanktus amüsiert. Er wäre am liebsten wie seinerzeit der Oberst Böckl bei der Sisi in einem Loch versunken.

»Ja, das versteh ich voll und ganz, Herr Kommissar. Aber der Professor Weisser ist leider im Skiurlaub. Ich könnte Ihnen den Dr. Söderbohm anbieten. Das wäre seine Vertretung. Wäre das genehm?«

»Da wäre ich Ihnen sehr verbunden, Fräulein Brigitte«, hat der Bichlmaier gesülzt.

Die Busenbrigitte hat die beiden Ermittler dann in ein Wartezimmer geführt, in dem schon einige Damen gesessen sind. Die meisten waren schwanger. Klingt logisch bei einer gynäkologischen Klinik. Die Frauen haben das Männergespann mit fragenden Blicken begrüßt. Der Sanktus und der Bichlmaier haben es sich also in den Stühlen bequem gemacht und zu den Magazinen auf einem Tisch gegriffen. Blöd nur, dass die Magazine auf die Damenwelt ausgelegt waren. Die beiden haben sich simultan durch die Fülle an glänzenden Heften durchgewühlt und auf einmal haben sie das einzige Motor-und-Sport-Heft gemeinsam in den Händen gehalten. Nach einem kurzen Gerangel, das von den anwesenden Patientinnen sehr genau beäugt worden ist, hat der Kommissar dem Sanktus die Zeitung mit einem heftigen Ruck entwendet. Kopfschütteln bei den Frauen. Dem Sanktus ist also nur noch so ein Altweiber-Klatschheft übrig geblieben. Na bravo! Er hat sich also mit Camilla, Charles und der Queen von England beschäftigen müssen. Sogar ein Artikel über die Cornelia Sandmann war drin. Ein Jugendfoto von ihr im Dirndl hat dem Sanktus sehr gut gefallen. Da war die Schauspielerin noch richtig knackig. Der Titel war »Zickenkrieg am Set«. Und pfeilgrad! Die Solveig Rindfleisch war auch abgebildet. Also natürlich unter ihrem Künstlernamen Jennifer Gold. Die beiden Damen, so hat es geheißen, würden im Herbst in einer gemeinsamen TV-Produktion zu sehen sein. Nach außen hin demonstriere man Harmonie, doch hinter den Kulissen gehe es heiß her. Schuld daran sei die Entscheidung des Produzenten, Jennifer für die Rolle der jungen Cornelia Sandmann, die die Hauptrolle in dem Familiendrama dargestellt hat, zu engagieren. Frau Sandmann wollte diese Rolle durchaus selbst spielen, was der Produzent als vermessen kritisiert und ihrem krankhaften Jugendwahn zugeschrieben hat. Es sollen sich wüste Szenen am Set abgespielt haben. So uninteressant sind die Hefterln gar nicht, hat sich der Sanktus gerade gedacht, als die Tür aufgegangen und das Detektiv-Duo aufgerufen worden ist. Der Bichlmaier hat grinsend sein Automagazin auf den Haufen gelegt. Der Sanktus hat nicht minder zurückgegrinst.

Das Büro des stellvertretenden Klinik-Chefs war nüchtern in Weiß gehalten. An den Wänden waren nichts als Bücherregale und Fotos, auf all denen der Dr. Söderbohm einen Preis oder eine Auszeichnung entgegengenommen hat. Handschlag das Mindeste. Der Arzt war circa 50 Jahre alt und hat den Eindruck eines Lebemannes gemacht. Braun gebrannt, blonde lange Haare, Goldkettchen und Ray Ban Brille.

»Wat kann ich für Se tun?«, hat er in einem Kölsch gefärbten Akzent gefragt.

Passt wie die Faust auf's Aug, hat sich der Sanktus gedacht. Der Bichlmaier hat ihm die Sachlage erklärt und den Arzt erwartungsvoll angesehen.

»Na lassen Se mich ma nachdenken«, hat der Söderbohm gemeint und seinen Blick zur Decke gewendet.

»Also die Frau Kaufmann hat hier jearbeitet. War ein nettes Mädchen. Die war im Kreißsaal als Hebamme tätig.

Dat is ’ne Schande, wat mit der passiert is. So ’ne jute Kraft find ich so schnell nimmer.«

»Ja, ewig schade um die Kraft«, hat der Sanktus geunkt, aber der Söderbohm hat schon weitergemacht.

»Aber die Frau Niederreither. Na lassen Se mich noch mal nachsehen.«

Jetzt hat er auf seiner Maus herumgeklickt und gescheit in sein Laptop hineingesehen. Allwissend kein Ausdruck.

»Ja, die war Patientin bei uns. Dat is richtich. Die kam von Dr. Prokopetz. Der werte Herr Kollege hat Belegbetten bei uns. Hatte mal ’nen kleineren Eingriff. Aber wat genau, da müssen Sie mir schon ’nen Schrieb oder wat bringen. Schweigepflicht, Sie verstehen?«

»Jaja. Freilich. Ganz klar«, hat der Bichlmaier gesagt. »Und die Frau Solveig Rindfleisch. War die auch Patientin bei Ihnen?«

»Rindfleisch? Wat is’n dat für ’n Name? Moment, lassen Se mich kucken. Nö! Die jibt’s nich in unserer Datenbank.«

»Jennifer Gold?«, Frage vom Bichlmaier.

»Gold?«, hat der Arzt gemurmelt. »Gold? Nö, also keine Schennifer. Auch keine Solveig Gold. Nö! Fehlanzeige.«

»Ist Ihnen am Verhalten von der Frau Kaufmann etwas Besonderes aufgefallen?«, hat der Sanktus den Söderbohm gefragt. »War sie irgendwie anders in der letzten Zeit.«

Der Frauenarzt hat lauthals gelacht.

»Ja, die war wohl anders. Dat kannste laut sagen. Die hat einer sitzen lassen. Ein paar Wochen vorher hat sie vor allen behauptet, dat se ihren Traumprinzen jefunden jehabt hatte. Und die Hochzeit sei nah. Und dann hat er sie sitzen lassen, dat dumme Luder. Herr Kommissar, die war so wat von naiv, dat glauben Se nich.«

»Aha. Ja, das deckt sich mit unserem Wissensstand«, hat der Bichlmaier bestätigt. »Aber wer ihr Bekannter oder Ehemann in spe war, wissen Sie nicht zufällig?«

»Nö. Dat interessiert mich auch nit, wat die Weiber für'n Liebesleben jehabt haben, so lange se jut jearbeitet haben. Und dat tat se immer.«

»Vielleicht, dass Kolleginnen …?«, hat der Sanktus eingeworfen. »Könnten wir die mal befragen?«

»Sicherlich. Aber nit heute, weil der Laden muss ja weiterlaufen. Da machen Se mal 'n Termin mit der Frau Stillkraut. So, und nun muss ich weiter. Hat mich jefreut und Tschö, nö.«

Dann hat der Frauenarzt kurz innegehalten und sich zu den beiden gewendet, den Zeigefinger gehoben und gefragt: »Aber warum wollen Sie dat eigentlich noch mal wissen? Da war doch jestern schon einer von eurem Verein da jewesen.«

Der Bichlmaier und der Sanktus jetzt fragende Gesichter. Saudumm kein Ausdruck.

»Wer war da?«, hat der Bichlmaier, aus seiner Erstarrung gelöst, gefragt.

»Na keine Ahnung. Der war bei Dr. Weisser. Aber der hat mir dat dann erzählt jehabt. Hab ihn nur kurz jesehen. So 'n Junger mit so 'ner modernen Brille und lockigem Haar.«

»Der Demuth!«, die zwei aus einem Mund.

Der Dr. Söderbohm hat den Sanktus und den Kommissar aus seinem Büro geleitet und war um die Ecke verschwunden. Die zwei haben sich ganz verwundert angeschaut, haben den Kopf geschüttelt und sind in Richtung Ausgang.

Als sie an den Kreißsälen vorbei gegangen sind, ist ihnen eine Führung mit schwangeren Pärchen entgegengekommen. Die haben anscheinend vorher begutachten wollen, wo ihr Nachwuchs auf die Welt kommen würde. Der Sanktus hat sich gleich auch schon bei so einer Veranstaltung mit der Kathi gesehen. Würde sich höchstwahrscheinlich nicht vermeiden lassen. Er hat sich die schwangeren Frauen angeschaut. Eine nach der anderen. Dabei ist ihm aufgefallen, dass eine Besucherin ohne Begleiter da war. Sie war äußerst attraktiv. Groß gewachsen, schlanke Figur, kastanienbraunes Haar und dunkle Augen. Ihm war jedoch nicht klar, ob sie überhaupt schwanger war. Wenn ja, hat sie noch nicht sehr weit sein können, da unter ihrem beigefarbenen Kaschmirmantel eigentlich nicht viel Babybauch zu erkennen gewesen ist. Im Vorbeigehen hat sie dem Sanktus tief in die Augen geblickt und gelächelt. Er hat ganz entzückt zurückgelächelt. Wahrscheinlich hat er dabei saudumm geschaut. Diese junge Frau wäre genau sein Typ gewesen. Aber da ist ihm gleich wieder sein Abenteuer mit der Lena eingefallen, und ihm ist selbst sein Schwärmen mit einem Schlag vergangen. Aber wenn dir eine junge Frau so nett zulächelt, da darfst du normalerweise schon ein bisserl ins Schwärmen kommen. Wenn der Sanktus gewusst hätte, dass er bald wieder in diese wunderschönen Augen blicken würde, aber bei welcher Gelegenheit, wäre es ihm sicherlich eiskalt den Buckel runter gelaufen.

Irgendwie hat der Sanktus schon den ganzen Tag das Gefühl gehabt, als ob er was vergessen hätte. Kennst du bestimmt, und so war es ihm ganz recht, dass er an diesem Tag rechtzeitig heimgekommen ist. Sicherheitshalber, verstehst?

»Schön, dass d' schon da bist«, hat ihn die Kathi mit einem Lächeln begrüßt. »Ich hätt drauf wetten können, dass du's vergisst.«

Mist, da war wirklich was! Beziehungsweise eigentlich nicht Mist, sondern Glück gehabt. Aber was?

»Ich hab schon alles hergerichtet. Die Anna und dein Papa passen auf die Martina auf. Ist egal, wann wir heimkommen.«

Der Sanktus muss so saudumm geschaut haben, dass die Kathi in helles Lachen ausgebrochen ist.

»Du hast es doch vergessen, gell? Gib's zu.«

»Kathi, was denn?«, hat der Sanktus gefleht.

»Herrschaft. Wir wollten doch zum Kinderwagen anschauen.«

Jetzt hat es dem Sanktus gedämmert. Das war's! Kinderwagen anschauen. Um Gottes willen. Den Termin hatte der Sanktus schon lang verdrängt gehabt.

Nach einer Dreiviertelstunde Fahrt durch München ist der Sanktus hinter der Kathi in das Geschäft »Baby Sauer« hinein und war bei der Auswahl an Babyartikeln, die ihn hier überwältigt hat, sofort komplett entsetzt. Wie lange würde dieser Shopping-Event dauern? Tage, Wochen oder gar Monate? Da waren nicht zwei, drei oder gar zehn Kinderwägen. Da waren Tausende und Abertausende. Kleine, große, bunte, Dreirädler, Vierrädler, Doppelwagen, Buggys, Undefinierbare und so weiter und so weiter.

»Wahnsinn, ha?«, hat die Kathi vor Freude gejauchzt

und die Arme wie ein Pfarrer auf der Kanzel bei der Predigt ausgestreckt.

»Ein Paradies«, hat der Sanktus klein beigegeben, weil Galgenhumor. »Fang schon amal an, ich häng mi derweil auf!«

Aber die Kathi war schon weg, also irgendwo inmitten der Gefährte. Am anderen Ende der Kinderwagen-Meile war ein Parcours aufgebaut, da sagst du »Sie«. Kopfsteinpflaster, Schotterwege, normales Pflaster, Anstiege und sogar ein steiler Bergpfad. Der Sanktus hat so was nur aus der Trekkingabteilung in einem Schuhgeschäft gekannt.

»Verkaufen die da Bergschuh?«, hat er die Kathi gefragt.

»Nein, Sanktus. Da kannst du die Wagen ausprobieren und testen, welcher der richtige ist.«

»Na bravo. Alle 1000?«

»Jetzt übertreibst aber, alter Miesmacher.«

Weiter ist sie nicht gekommen, weil eine überambitionierte Verkäuferin Marke Übermutter herangesaust ist und ihre beratende Hilfe angeboten hat. Ob sie schon präzise Vorstellungen haben würden, hat sie den Sanktus gefragt. Grad den Sanktus. Der hat es aber wieder einmal geschafft, durch einen extrem vergeistigten Blick den Eindruck vollendeter Inkompetenz zu vermitteln. Also hat sich die Angestellte dann doch der Kathi zugewandt, und so ist dem Sanktus sozusagen der Lead wieder genommen worden. Dem Himmel sei Dank.

Die Kathi hat jetzt, dem Sanktus seiner Meinung nach, den Fehler gemacht, anzugeben, dass sie noch nicht genau wissen würden, was sie wollten und sie gerne erst eine Grundberatung hätten. Die Augen der Angestellten haben geleuchtet, und sie hat kurz noch einmal tief Luft geholt und hat dann ihre Platte abgespielt.

Also der Erwerb eines Kinderwagens sei ja inzwischen schwieriger als der eines Neuwagens, das heißt, am besten kaufe man gleich beides zusammen wegen der Kompatibilität, weil er muss ja in den Karren reinpassen, der Kinderwagen. So, jetzt sei einmal das Haupteinsatzgebiet wichtig, weil erste Frage, drei oder vier Räder. Drei ist halt der »Jogger«, weil der mit *einer* Hand geschoben, also bedient werden kann. Problem halt das Kippeln. Wenn eher Berge oder Trekking-Touren, dann unbedingt vier Räder und zwar starr, natürlich auch das Beste im Schnee. Modell »Trekkster«. Und gute Handbremse wichtig, weil wenn du dem Kind den Berg runter wieder nachlaufen musst, suboptimal. Wenn eher Stadt, dann der »Cityflitzer« obligatorisch, das heißt vier Räder, die vorderen aber schwenkbar, wegen Einkaufen in engen Geschäften. Wendekreis und Durchkommen bei schmalen Türen zentrale Bedeutung. Bei Schnee in der Stadt würden die aber wieder blockieren. Auch beim Spaziergang im Unterholz. Dann mit feststellbaren Rädern. Also vier, auf keinen Fall drei, weil ja nur zum Sport. Zusätzlich bitte Gedanke über: Muss der Wagen ins Auto? Weil dann sollte er leicht zusammenklappbar sein! Also Modell »Multi-Jumper«. Muss der Sanktus ihn bis in die Wohnung rauftragen? Dann vielleicht mit Tragetasche oder gleich die Kombiversion, wo zuerst eine Schale drauf ist, und dann wird er ein Sportwagen. Die Tragetaschen haben natürlich auch mehrere Qualitäten und so weiter und so weiter und so weiter, gell, ja, ja, ja …

Dem Sanktus war jetzt endgültig schwindlig wegen so viel Information. Er hat sich erst einmal hinsetzen müssen. Die Kathi hat noch ewig mit der Übermutterverkäuferin diskutiert, aber der Sanktus hat ihnen nicht mehr folgen können. Die Kathi ist jetzt mit mehreren Modellen über den Parcours gerollt und hat immer wieder den Kopf geschüttelt und weiter diskutiert. Die beiden Frauen waren voll in ihrem Element. Die vielen Kinderwagen sind grad nur so im Sanktus-Hirn umher geschwirrt, und die Tragetaschen sind mitgekreist. Mei, wär jetzt ein Weißbier gut, hat sich der Sanktus gedacht, aber auf keine schnelle Lösung dieses Problems zu hoffen gewagt.

Irgendwann ist die Kathi gekommen und hat ihn gefragt, was *er* denn meint. Er sei ja auch irgendwie an dem Kind beteiligt und daher stimmberechtigt. Sie hat ihn angeschaut und dann erst einmal eine Flasche Cola aus ihrer Handtasche gekramt und ihm hingehalten.

»Geht's dir ned gut? Du bist so käsig.«

»Geht glei wieder. Stickige Luft da herin«, hat der Sanktus geschwindelt.

Nach der Cola war's aber wirklich besser.

»Was meinst?«, hat ihn die Kathi gefragt.

Der Sanktus hat während des letzten Cola-Schlucks seine Hand gehoben und vier Finger abgespreizt.

»Vier Räder«, hat er nach einem dezenten Rülpser gemeint. »Die sind schon immer gut gegangen. Tragetasche, weil na kömma den Wagen unten stehen lassen. Nix Neumodisches.«

»Simmer uns wie immer einig«, hat die Kathi bestätigt.

Heute hatte ich einen schönen Tag. Wir waren zusammen im Englischen Garten. Ein Traum-Spaziergang durch die verschneite Landschaft. Ich fühle mich glücklich. Leicht wie eine Feder, die von einer schwachen Brise über den Kleinhesseloher See getragen wird. Ach kann das Leben schön sein. So könnte es immer weiter gehen, aber ich traue der Sache nicht. Wenn der Druck wieder kommt?

DONNERSTAG, 14.02.13

Am Donnerstag in der Früh hat das Telefon den Sanktus aus dem Bett geläutet. Es war erst Viertel nach sieben Uhr, und er war gerade nach einem morgendlichen Toilettengang wieder eingeschlafen.

»Wer stört in aller Herrgottsfrüh?«, hat sich der Sanktus gemeldet.

»Wir ham scho wieder a Ripper-Leich. Ich bin in fünf Minuten bei dir unten. Gib Gas!«, hat der Sanktus den Bichlmaier durch das Telefon keuchen gehört und war mit einem Schlag hellwach. Er hat sich in null Komma nix angezogen, der Kathi ein Busserl auf die Backe gedrückt und war schon zur Tür hinaus.

Kurz darauf ist der Kommissar mit aufgestecktem Blaulicht an den Randstein gefahren, und der Sanktus ist in den Fünfer hineingesprungen.

»Wo?«, hat er wissen wollen.

»Am Viktualienmarkt«, hat der Bichlmaier geantwortet. »Eine Marktfrau.«

»Sauber. Xaver Bartl. München 7, oder?«

»Kommst doch noch zu deinem Traum, Sanktus. Heut bist du der Sheriff vom Viktualienmarkt.«

»Des bist scho du, Bichä. Oiso fahr'ma«, hat der Sanktus in tiefem Münchnerisch gesagt, weil immer, wenn er in seinen Träumen vom besseren bayerischen München geschwelgt ist, hat er den puren Dialekt verwendet.

»Na, bist du halt heut der Fechser, oder?«

»Der Felix Kandler. Genau. Du der Bartl, ich der Kandler. Einfach schön. Auf geht's!«

Und los ist's in Richtung Landtag gegangen. Am Max-Weber-Platz hat der Bichlmaier eine Trambahn geschnitten, dass es dem Sanktus Angst und Bang geworden ist. Dann bei Rot über die Ampel und über das Kopfsteinpflaster runter zur Isar. Rechts auf der Maximiliansbrücke hat der Sanktus kurz zur Pallas Athene geschaut, von der er ja Jahre lang geglaubt hatte, es handle sich um den König Drosselbart. Weißt ja eh! Der Bichlmaier ist über das Maxmonument geschossen und die Maximiliansstraße hinunter geprescht, dann links zum Isartor und hinein ins Tal.

Kurz darauf ist der Wagen auf dem Viktualienmarkt vor einem Obststand mit der Aufschrift *Früchtehaus Freisleder* zum Stehen gekommen. Also »vor« ist eher übertrieben, weil eine riesige Menschentraube den Zugang und die Sicht auf den Stand versperrt hat. Vor dem Eingang, also zwischen Früchten und Hütte ist breitbeinig ein Polizist gestanden und hat den Tatort abgesperrt. Auf dem Viktualienmarkt gehört zu jedem Stand auch eine kleine in dunkel- oder mintgrün gestrichene Hütte, die zur Lagerung der Waren dient. Der Sanktus und der Kommissar haben sich durch Hausfrauen, Rentnerinnen, Opas und andere Marktfrauen gekämpft.

»Hä, Sanktus! Bist wieder bei der Polizei?«, hat eine Frauenstimme aus dem Hintergrund gerufen, und der Sanktus hat sich umgedreht. Es war eine groß gewachsene blonde Marktfrau in den 30ern. Er hat kurz dumm geschaut, und dann ist es ihm gekommen. Die Loipeldinger Evi aus der Breisacherstraße. Die hat er aus dem

Kindergarten gekannt. Schon ihr Vater hat seinerzeit den Stand am Viktualienmarkt gehabt.

»He, Evi. Servus. Ich komm später bei dir auf einen Ratsch vorbei.«

Die Evi hat ihm zugezwinkert, und der Sanktus ist dem Bichlmaier in den Obststand gefolgt. Der Polizist am Eingang hat ihn mit einem Lächeln und einem »Servus, Sanktus« begrüßt.

In der Hütte war schon die Spurensicherung in ihren weißen Anzügen zugange. Der Bichlmaier hat den Sanktus zurückgehalten, weil ja keine Spuren verwischen. Gerade jetzt, wo es eine Soko gegeben hat. Auf einer schmalen Liege, die in einer Ecke des Raums gestanden ist, ist eine blasse Frau gelegen. Sie war mit einer Strickjacke und einem Schurz bekleidet. Auf dem Kopf hat sie ein buntes altmodisches Kopftuch gehabt. Wie ein Krenweiberl, hat sich der Sanktus gedacht. Früher hat es in der Münchner Innenstadt ältere Frauen gegeben, die Meerrettich, also Kren, und Kräuter verkauft haben. Die waren auch immer mit Schurz und Kopftuch bekleidet gewesen. Eine schöne Zeit, hat sich der Sanktus gedacht, ist aber beim Anblick der toten Frau schnell wieder aus seinem Tagtraum herausgeholt worden.

Das blasse Gesicht hat mit geöffneten ausdruckslosen Augen an die Decke geblickt. Die Wand, die Kleidung und die Decke auf der Liege waren über und über mit Blut bespritzt, das inzwischen schon eine rostbraune Farbe angenommen hatte.

»Und?«, hat der Bichlmaier einen weißen Anzug gefragt.

»Sie ist seit mehreren Stunden tot. Die Kehle wurde durchtrennt. Weiterhin mehrere Stichverletzungen am

Unterleib. Näheres nach der Obduktion.« Und weg war er.

»Die sind im Fernsehen auch immer grantig«, hat der Sanktus bestätigt.

»Der Dillinger? Dem ist seine Alte davon«, hat der Kommissar gesagt. »Hat's grad ned leicht. Aber ein Sonnenschein war der noch nie. Bei dem Beruf kein Wunder.«

»Wie alt wird die wohl sein?«

»Was meinst? Ende 40, Anfang 50?«, hat der Kommissar gefragt.

»Hmm. Älter als die anderen also«, hat der Sanktus gemurmelt.

»Roswitha Freisleder. Wohnhaft Implerstraße. Alter 49. Verheiratet mit Joseph Freisleder. Den versuchen wir gerade zu erreichen«, hat der Sanktus eine Frauenstimme aus dem Hintergrund gehört und sich umgedreht.

Vor ihm ist eine nette junge Polizistin mit halblangen hellbraunen Haaren gestanden.

»Das ist mein Ersatz für den flüchtigen Demuth«, hat der Kommissar bekundet und gelächelt. »Des Schönste an der Soko.«

»Die wär mir auch lieber als der Franke«, hat der Sanktus gesagt und gegrinst.

»Frau Schranner. Dann schauen S', dass S' ihn auftreiben, den Herrn Freisleder, gell«, hat der Bichlmaier angeschafft.

Die Kollegin hat genickt und war verschwunden.

»Ein sauberer Ersatz«, hat der Sanktus bestätigt. »Bichä, aber jetzt ohne Schmarrn. Glaubst du, dass das der Demuth war? Der Demuth und ein Mord am Viktualienmarkt. Also bei den anderen könnt ich's ja glauben, aber bei der Freislederin? Also ich weiß ned.«

Die beiden sind wieder vor die Hütte getreten. Die Zahl der Schaulustigen hat inzwischen sauber zugenommen gehabt.

»Ich kann's mir auch nicht vorstellen«, hat der Kommissar geflüstert. »Ich kenn mich überhaupt nimmer aus. Zefix. Den Demuth könnten wir jetzt fragen, ob's in das Ripper-Schema passt. Weißt du noch, was er bezüglich der vierten Toten gesagt hat?«

»Nur noch, dass die 40 Minuten nach der dritten ermordet worden ist. Ich mein, dass die wieder verstümmelt war. Ach, keine Ahnung, Bichä. Da müssen wir googeln. Wird nix helfen.«

»Schau dir die Leute alle an«, hat der Kommissar leise in Sanktus' Ohr hineingeredet. »Falls der Täter dabei ist. Vielleicht fällt dir was auf.«

Der Sanktus hat in die Runde geschaut, ihm ist aber nichts aufgefallen. Lauter normale Leute. Niemand ist ihm bekannt vorgekommen. Was der Sanktus jetzt erst bemerkt hat, war, dass der Ligsalz Rudi nicht da war. Bei den anderen Morden war er ja schließlich immer der Erste am Tatort. Die Evi war auch nicht mehr zu sehen.

»Ich schau noch schnell zur Evi«, hat der Sanktus informiert.

»Gut, ich nehm noch alles auf. Treff'ma uns wieder da. Dann fahr ich dich heim.«

Der Sanktus ist über den Viktualienmarkt geschlendert und hat sich erst einmal eine saure Senfgurke gekauft, weil bessere kriegst du nirgends. Bedächtig kauend ist er am Liesl-Karlstadt-Brunnen vorbei gegangen. Leicht hat sie's nicht gehabt, die Liesl im Schatten ihres Karl Valentin. Eine teils tragische Beziehung. Fast 35 Jahre waren die beiden gemeinsam aufgetreten, und die Zusammenarbeit war oft von Krisen gebeutelt. Nach einem Nervenzusammenbruch 1935 wollte sich die Liesl sogar durch einen Sprung von der Isarbrücke das Leben nehmen.

Selbst als original Münchner hat der Sanktus schon ein bisserl suchen müssen, bis er den Stand von der Evi gefunden gehabt hat. Die Evi hat südländische Spezialitäten verkauft. Oliven, eingelegte Zwiebeln, Pasten und einen Haufen anderes Zeug. Gut hat sie ausgesehen. Blonde Haare, braun gebrannt, schlank. Sie hat so eine Bistroschürze umgebunden gehabt, also keinen Schurz wie die Freislederin. Die Evi ist gleich zu ihm rüber gekommen, und die beiden haben sich umarmt.

Der Sanktus und die Evi haben sich schon seit mehr als 30 Jahren gekannt. Oft war der Sanktus bei den Loipeldingers beim Mittagessen gewesen, wenn weder seine Mutter, die Oma noch die Anna daheim waren. Er und die Evi waren ein Duo infernale, also nicht zum Aushalten geschweige denn zu bändigen. Der Horror in der Breisacherstraße. Was die beiden angestellt hatten, ist auf keine Kuhhaut gegangen. Im Winter hatten sie in jedes offene Fenster Schneebälle geworfen, den Rollsplitt vom Winterdienst in den Briefkästen verteilt, Haustürklinken mit Zahnpasta und Schuhcreme beschmiert. Die Schuhe vor der Tür von der Frau Herrmann, die im Hausgang immer so gestunken hatten, hatten sie an das Parkett festgenagelt. Dem Hausmeister hatten sie den Werkzeugkasten mit Wasser geflutet und so weiter und so weiter. Alle Kindergarten- und Schulkinder, die ihnen nicht zu Gesicht gestanden waren, hatten sie so lange geärgert, bis diese weinend aufgegeben hatten. Besonders hatte es ihnen der Hirnreiner Michi angetan. Der war halt leider rothaarig gewesen und daher klassischer Loser. Der hatte auch bei der Evi im Hinterhof in der Breisacherstraße gewohnt. Der Michi war ihr Opfer Nummer eins gewesen. Der hatte keinen Schritt machen können, ohne dass sie ihn verfolgt, ausgesungen oder sonst irgendwie getratzt hatten. Kinder können furchtbar grausam sein. Heute war der Michi bei der Kripo. Wenn der Sanktus jemals in die Verlegenheit kommen würde, vom Michi aus irgendeinem Grund verhaftet zu werden, dann gnade ihm Gott. Da würde er was zurückkriegen.

»Kannst dich noch an die Katzen-Mutter erinnern?«, hat die Evi gefragt.

»Die Frau Bachmann meinst?«

»Ja genau. Weißt noch, wie wir Fasching die ganzen Konfetti in der Straße und daheim zusammengekehrt haben und sie ihr in das offene Schlafzimmerfenster reingeschmissen haben?«

»Eigentlich waren wir furchtbar, oder?«, hat der Sanktus geseufzt.

»Schon. Ich würd uns heute extrem dick haben.«

»Aber mei, wir haben uns halt noch ohne Play Station und Handyspiele beschäftigt.«

»Genau. Wir waren noch draußen. Krank waren wir eigentlich nie, oder?«

»Zumindest sehr selten. Unsere Mütter haben uns auch keine Entschuldigungen von der Stange geschrieben. Ich hab mir mal den Fuß verstaucht und wollt nicht zum Sport, da hab ich den Gang rauf und runter laufen müssen, weil die Mama sehen wollt, ob ich mich wirklich mit dem Gehen schwer tu.«

»Ja, das waren noch Zeiten. Schön war's, oder?«

»Wunderbar. Einfach super.«

»Und du bist wieder bei der Polizei?«

Das hat der Sanktus natürlich verneint und der Evi die ganze Geschichte von seiner Nebentätigkeit aus Aushilfs-Sherlock-Holmes erzählt. Die Evi war relativ beeindruckt.

Sie haben sich noch über dieses und jenes unterhalten, und wie der Sanktus gerade von einer nächsten Episode anfangen hat wollen, hat er gesehen, wie sich eine Gestalt aus der Menschentraube vor dem Fruchthaus Freisleder gelöst hat. Der Sanktus hat gedacht Fata Morgana, weil wie käme der Demuth denn sonst auf den Viktualienmarkt? Kurzes Wundern und Augenreiben, aber der Gesuchte immer noch im Sichtfeld.

»I muaß weg«, hat er der Evi noch zugerufen und ist schon in Richtung Demuth losgetigert. Den Bichlmaier hat er von Weitem am Eingang des Stands stehen sehen. Er hat versucht, zu winken und dezent die Aufmerksamkeit auf sich zu ziehen, sodass es der Demuth halt nicht merkt, aber so ein Kriminalassistent hat anscheinend doch ein Gespür für Gefahrenlagen und knapp bevor der Sanktus bei ihm war, praktisch U-Turn und face to face. Dem Demuth ist ad hoc alle Farbe aus dem Gesicht herausgefallen, Wasserleiche gar nix. Den kurzen Moment des Triumphs seitens Sanktus hat er jedoch ausgenutzt und hat dem Sanktus eine betoniert, dass der die Sternderln am Firmament gesehen hat. Der Sanktus hat zwei, drei Sekunden gebraucht, bis er wieder klar war, und ist dem Delinquenten nach.

Der Kriminalassistent jetzt Vollgas in Richtung Heiliggeistkirche, und der Sanktus hechelnd hinterher. Mehrere Passanten sind plärrend zu Boden gegangen, aber dem Sanktus war das egal, weil Jagd eröffnet.

Bei der Kirche hat der 52er MVG Bus gehalten. Der Sanktus hat noch einiges an Weg aufzuholen gehabt. Die Chance hat der Demuth wahrgenommen, ist in den Bus hineingehüpft, der hat die Türen geschlossen und ist losgefahren. Der Demuth hat dem Sanktus aus dem hinteren Fenster zugewinkt und die Zunge herausgestreckt. Der Sanktus jetzt vor Wut am Kochen.

Zurück am Tatort hat der Sanktus dem Bichlmaier seine Erlebnisse brühwarm erzählt. Der Kommissar hat zuerst gemeint, der Sanktus würde ihn veräppeln, aber irgendwann dann doch Einsehen. Man hat es dem Sanktus definitiv auch glauben müssen, weil er gedampft hat, dass du meinst, der weiße Rauch geht auf und praktisch »habemus papam«. Der Kommissar hat jetzt auch noch so viel fragen können, der Demuth war weg, und außer dass er mit dem Linienbus in Richtung Tierpark gefahren ist, waren die Spuren eher absent.

»Woher weiß der Zipfelklatscher eigentlich, dass wir heut da eine Leich haben?«, hat der Sanktus eingeworfen.

»Polizeifunk. Der muss den Polizeifunk abhören«, hat der Bichlmaier geantwortet. »Aber definitiv nicht von seiner Wohnung aus. Ich lass das Haus beschatten.«

Daheim hat die Kathi alles über die Ereignisse des Tages wissen wollen, und auch die Martina hat sehr interessiert zugehört. Der Sanktus war glücklich, dass die Spannung weg war und die Kathi sich doch mit dem Ermittlungsgedanken hat arrangieren hat können. Es war sozusagen »ois easy«, bis sie ihm eröffnet hat, dass heute noch ein Besuch von der Anna und Sanktus' Vater zum Abendessen anstehen würde. Glücksgefühl jetzt weg, so schnell hat der Sanktus gar nicht schauen können. Aber eine Hand wäscht die andere, hat die Kathi gesagt, und wenn der Sanktus jetzt meint, er könnte bocken, dann würde sie sich das mit dem Ermitteln gleich noch mal anders überlegen. Eins zu null für die Müllerin!

Die Anna ist bald zum »Herrichten« gekommen und der Sanktus hat gemeint, heute ist noch einmal Weihnachten. Die zwei sind durch die Küche geschwirrt, dass ihm fast schwindlig geworden ist. Die Töpfe haben geklappert, das Geschirr hat gescheppert und es hat in der Küche gewurlt, dass du hast meinen können, die Queen von England kommt persönlich zum Gala-Diner.

Der Sanktus und die Martina haben am Küchentisch »Neunerln« gespielt, sind aber bald aufgrund der allgemeinen Hektik ins Wohnzimmer verschwunden. Er mit einem Weißbier, sie mit einem Almdudler. Ziel der ganzen Frauen-Aktion waren Leberspätzlesuppe, Schweinebraten mit Kartoffelknödel und Blaukraut. Als Nachspeise Kaiserschmarren. Alles, um den neu hinzugewonnenen Vater zu verwöhnen. Möchtegern-Familienidyll, ist es dem Sanktus durch den Kopf geschossen. Sofort ist ihm wieder sein Ausrutscher mit der Lena präsent gewesen. Vielleicht hätte er sie einfach anrufen und mal so dezent vorfühlen sollen, was oder ob überhaupt etwas zwischen ihnen beiden passiert war. Aber da musst du dich halt zuerst trauen. Und beim Trauen in so einem Fall war der Sanktus sehr schlecht veranlagt.

»Kommst jetzt raus oder ned? Mann, Sanktus, es ist fei schon einmal a ganze Kompanie beim Kartenspielen eingeschlafen«, hat die Martina gemeckert, woraufhin der Sanktus sofort den Eichel-Siebener, also »zwei nehmen« rausgelegt hat. Die Martina hat das mit einem weiteren Siebener beantwortet und der Sanktus hat gleich vier nehmen dürfen. Klassisch verloren.

Irgendwann um kurz vor sechs hat es dann geklingelt, und die Martina ist ganz freudig mit den Worten »Ui, der Opa!« aufgesprungen. Ein Dorn im Sanktus-Auge! Bisher war *er* der männliche Bezugspunkt, und die Martina und *er* waren ein Team. Die Butter würde er sich von seinem alten Herrn nicht so einfach vom Brot nehmen lassen.

Die Martina ist Hand in Hand mit dem alten Sanktjohanser in das Wohnzimmer, das direkt mit der Wohnküche verbunden war, hineingekommen. Der »Opa« hat gegrinst wie ein Honigkuchenpferd. Der Sanktus eingeschnappt. Dann ist er, ohne den Sanktus zu grüßen, in die Küche, hat geschnuppert und den Duft des Essens gelobt. Grad gefreut haben sich die beiden Köchinnen, und der Sanktus kurz vor dem Kotzen. Er hat sich auf die Couch gefläzt und demonstrativ den Fernseher angeschaltet. Nach gefühlten zwei Sekunden aber schon die Kathi auf dem Tableau. Sie hat ihm die Fernbedienung aus der Hand genommen, ihn mit einem todbringenden Blick abgespeist und ist zurück in die Küche. Der Sanktus jetzt eindeutig stinkig, also erst einmal taktischer Rückzug aufs Klo!

Da ist der Sanktus jetzt gesessen, ohne zu müssen, aber himmlische Ruhe. Er hat erst einmal die »ADAC Zeitung« vom Januar gelesen, zum 20. Mal, dann die vom Februar und dann das neue »München-Magazin«. Irgendwann hat die Kathi an die Tür geklopft und ihn gefragt, ob alles in Ordnung sei. Der Sanktus hat wahrheitsgemäß geantwortet, ihm sei plötzlich schlecht geworden. War ja nicht einmal gelogen.

Kurz darauf hat er sein Refugium wieder verlassen müssen. Sein Vater hat inzwischen das »Neunerln« übernommen gehabt und ihn ganz süffisant gefragt, ob es ihm mittlerweile besser ginge. »Wo warst'n jetzt die ganze Zeit?«, hat der Sanktus gefragt.

»Mei, Bua …«, hat der alte Sanktjohanser anfangen wollen, aber sie sind durch die Köchinnen, die zum Essen gerufen haben, unterbrochen worden. Also vertagt auf später.

Der Schweinsbraten war himmlisch. Der Sanktus hat voller Genuss auf die resche Kruste gebissen, dass es nur so geknackt hat. Eine Halbe »Stern Dunkel«, und er war wieder der Alte. Er hat unter dem Essen immer wieder zu seinem Vater geschaut. Der hat sich blendend mit den drei Mädels unterhalten und hat den Sanktus praktisch ignoriert. Ihm war das eigentlich wurscht, weil der Braten und das Bier waren gut, und er hat keinen Small Talk vortäuschen müssen. Aber wie es kommen hat müssen, ist die Sprache halt dann doch auf den etwas ausgedehnten Auslandsaufenthalt des alten Sanktjohanser gekommen. Der Vater hat also zu erzählen angefangen. Er hat ganz weit ausgeholt.

»Ende der 60er-Jahre bin ich als junger Bursch aus'm Tegernseer Tal nach München kommen. Ich war gelernter Zimmerer. Meine Eltern waren stockkonservativ. Ich hab einfach aus diesen verknöcherten erzkatholischen Verhältnissen raus müssen. Die große weite Welt hab ich mir in München erwartet. Eine Arbeit hab ich in dieser Zeit Gott sei Dank schnell gefunden. Beim alten Dolezel in der Kirchenstraße. Kurz nachdem ich angefangen hab, hab ich in Schwabing eure Mutter kennengelernt. Die

Maria war Verkäuferin beim ›Oberpollinger‹. Zu der Zeit war München voller Hippies. Die Uschi Obermeier, der Rainer Langhans, wissts. Da hat uns unser Drang nach freier Liebe bald mit der Anna eingeholt. Von da ab ist's bergab gegangen mit unserer Beziehung. Wir haben so viel vorgehabt. Wir wollten die Welt miteinander bereisen. Indien! Logisch, oder? Der Traum in dieser Zeit. Aber wir haben nimmer wegkönnen, weil du warst ja da, Anna. Mit meinen Eltern hab ich gebrochen gehabt, und die Münchner Oma, also die Mama von der Maria, hat auch noch arbeiten müssen. Wir haben also, so gut wie's gegangen ist, weitergemacht. Aber es war der Horror. Nie oberflächlich. Ich glaub, du hast es ned schlecht gehabt, Anna. Aber es war halt ein Gefängnis für uns. Die Maria hat sich irgendwie in die Mutterrolle eingelebt, glaub ich, aber bei mir ist der Drang nach Freiheit immer stärker geworden. Fredi, dann bist du gekommen, und ich hab mir gedacht, wenn wir ein zweites Kind haben, komm ich vielleicht in den Familientrott hinein. Der Maria hat's gut getan. Sie ist mit dir aufgeblüht, aber ich hab weder ein noch aus gewusst. Ich hab zum Saufen angefangen und war jeden Tag blau. Ich hab meinen Job beim Dolezel verloren. Der hat lange zugeschaut, aber irgendwann war sogar bei ihm Schluss. War ein feiner Kerl, der alte Dolezel. Ich war eine Gefahr auf dem Dach für meine Kollegen, also hat er mich rauschmeißen müssen. Und nicht nur der Dolezel, sondern auch die Maria. Nüchtern hab ich mich vor mir selber geschämt, aber wenn ich wieder voll war, bin ich mir als missverstandener Idealist vorgekommen. Also hab ich klassisch auf einem Schiff angeheuert und bin nach Afrika. Nach Abidjan an der Elfenbeinküste. Da bin ich dann gestanden in meiner unendlichen

Freiheit. Kein Geld, keine Familie, keine Freunde. Bravo, Sanktjohanser, hab ich mir gedacht. Ich hab dort die Jutta aus Hamburg kennengelernt. Sie war auf dem Weg in so ein Kinderdorf, und ich bin einfach mit ihr mit. Da sind wir beide bis 1985 geblieben. Es war eine schöne Zeit mit der Jutta, und ich hab gedacht, wenn ich den Kindern da helf, kann ich ein bisserl wieder gutmachen, was ich euch angetan hab. Die Jutta ist dann leider mit einem Franzosen davon, und ich bin weiter nach Äthiopien. Da hab ich mehrere Schulen mit aufgebaut. Ich war immer der Praktiker und Organisator. Die Planer waren andere. Irgendwann war's dann gut. Ich bin zurück zu meinen Wurzeln und hab in Südafrika eine eigene Zimmerei aufgemacht. ›Saint John's Carpentry‹. Guad, ha? Zimmerei Sanktjohanser. Ich hab dann dort die Suri, eine indische Lehrerin, kennengelernt. Ein Prachtweib. Wir waren fast 20 Jahre zusammen. Vor zwei Monaten ist sie gestorben.«

»Und da hast du dir gedacht, da sind ja noch meine Kinder in München, oder wie?«, hat der Sanktus jetzt emotional aufgewühlt gefragt. »Die nehmen mich auf meine alten Tage schon auf.«

»Ich kann's dir gar ned sagen, Fredi. Ich hab euch einfach verdrängt gehabt. Aber nach ihrem Tod war das alles wieder da. Die Maria, die Anna und du kleiner Bub.«

Der Sanktjohanser hat jetzt zum Weinen angefangen, und die Anna hat ihm über den Kopf gestreichelt. Der Sanktus nur Augenrollen, weil so einfach würde er ihm nicht davonkommen.

»Und jetzt? Was willst jetzt machen. Den verlorenen Opa spielen?«

»Sanktus!«, simultan von Frau und Schwester. »Jetzt ist's aber mal wieder gut.«

»Naa, er hat ja recht, der Bub«, hat der alte Sanktjohanser eingeworfen. »Ich hab mich Jahrzehnte nix um euch geschissen und brauch jetzt auch ned wieder damit anfangen.«

»Willst wieder heim nach Südafrika?«, hat die Anna gefragt. »Aber, wegen meiner kannst fei schon da bleiben.«

»Naa, nach Afrika geh ich nimmer. Nie wieder. Das ist vorbei. Ich hab mein Haus und meine Firma verkauft. Das Geld liegt auf der Bank. Ich möcht wieder an den Tegernsee. Da kauf ich mich in einem betreuten Wohnen ein, und am Arsch die Räuber. Back to the roots«, hat der Alte gesagt und ist aufgestanden. »So und jetzt Gut Nacht. Ich geh heim. Also zur Anna. Ich schau, dass ich schnell was find. Dann habt's mich los.«

Langsam ist er zur Wohnungstür geschlurft.

»Danke für den Braten. Der war spitze. Im Sommer machma dann einmal einen richtigen afrikanischen Braai.«

»Wart, Papa, ich komm mit«, hat die Anna gerufen und ist dem Vater hektisch nach. »Pfiat euch!«

»Servus«, ist's vom Sanktus gekommen.

»Hat's das gebraucht?«, hat die Kathi wissen wollen.

»Jepp!«, die Antwort.

»Warum eigentlich?«

»Weiß ich ned. Frag mich bitte auch ned.«

»Du bist und bleibst ein Büffel, Sanktus.«

»Weiß ich. Aber ist mir wurscht«, hat der Sanktus gesagt, hat sein Dunkles auf einen Zug ausgetrunken, hat der Kathi und der Martina ein Busserl auf die Stirn gegeben und ist zum Zähneputzen.

Ich bin verwirrt von der Meldung im Radio. Opfer Nummer vier. Die Polizei geht von einer neuen Tat des Münchner Rippers aus. Respekt, meine Herren! Dann bereitet euch mal auf das wahre vierte Opfer vor. Mir ist schlecht bei dem Gedanken, aber es wird sein müssen.

FREITAG, 15.02.16

Der Sanktus hat sich nach einem opulenten Frühstück von der Martina und der Kathi verabschiedet und ist in die Löwengrube gefahren. München war immer noch weiß, und er hat jeden Meter, den er mit der Trambahn durch die verschneite Stadt zurückgelegt hat, genossen. An der früheren Haltestelle Perusastraße ist er ausgestiegen und zu Fuß weiter in die Polizeidirektion.

Der Bichlmaier ist verzweifelt an seinem Schreibtisch gesessen, und am Demuth-Platz hat der Sanktus die Sabine Schranner, den hübschen Kriminalassistenten-Ersatz, vorgefunden. Sie hat ihm ein Lächeln geschenkt, dass der Sanktus am liebsten dahingeschmolzen wäre.

»Morgen, Frau Schranner«, hat der Sanktus die Polizistin begrüßt.

»Ach sagen S' doch Bine. Das sagen alle hier.«

»Gern, Bine. Ich bin der Sanktus.«

Beide haben sich angelächelt. Der Sanktus hat dabei ständig auf ihre wohlgeformten Brüste, die sich unter dem eng anliegenden Pullover gewölbt haben, schauen müssen.

»Seids jetzt dann fertig mit eurer Vorstellung?«, hat der Kommissar geknurrt und vom Tisch aufgeschaut.

»Samma schlecht drauf?«, hat der Sanktus wissen wollen.

»Extrem schlecht«, hat die Bine geflüstert und den Sanktus angezwinkert.

»Da sollst nicht kotzen!«, hat der Bichlmaier wütend geschrien. »Vier Leichen, ein Serienkiller, die ganze Stadt dreht am Rad, und wir haben überhaupt nix. Nix außer einem flüchtigen Hauptverdächtigen, der auch noch mein Kriminalassistent ist. Wir haben die Wohnung vom Demuth noch einmal auf den Kopf gestellt. Und weißt du, was wir in seinem Bad-Schrank gut versteckt gefunden haben? Ha? Was meinst?«

Der Sanktus hat mit den Schultern gezuckt.

»Ein Rasiermesser«, hat die Bine Schranner gelöst. »So ein richtiges, wie die Frisöre haben. Ist schon beim Untersuchen.«

»Na bravo«, hat der Sanktus nur noch herausgebracht.

»Also. Wir haben Bücher vom Ripper, Ordner mit Zeitungsartikeln vom Ripper, eine Karte, wo Morde eingezeichnet sind, die Beziehung zu Jasmin Kaufmann und jetzt kommt auch noch das Rasiermesser daher. Sanktus, mir bleibt jetzt bald nix mehr anderes übrig, als mich mit der Tatsache anzufreunden, dass der Demuth der Killer ist«, hat der Bichlmaier zusammengefasst, und seine Stirn ist voll Schweiß gestanden. Angstschweiß wahrscheinlich.

»Killer! Sauber«, hat der Sanktus geblafft.

»Ja, Killer. Kranker Serienkiller. Normal war der Demuth ja noch nie. Aber das! Das schlägt dem Fass den Boden aus. Ich möcht in Rente gehen. Ich mag nimmer. Das ist doch Scheiße«, hat der Kommissar gestöhnt und das Gesicht wieder in die Hände versenkt.

»Herr Bichlmaier«, hat die Bine angefangen, »ich kenn den Demuth jetzt auch schon lange, und ich kann's mir definitiv ned vorstellen. Im Zweifel für den Angeklagten. Jetzt versuchen wir erst einmal, dass wir ihn finden, und dann schauen wir weiter. Ich hab die Adressen von seinen Eltern, Verwandten und uns bekannten Freunden. Die klappern wir jetzt einmal ab, oder?«

»Ihr Wort in Gottes Ohr, Frau Schranner«, hat der Bichlmaier erwidert. »Und, Sanktus, was machst du heut noch?«

In dem Moment hat das Sanktus-Handy geklingelt. Der Drengler war im Display.

»Um Gottes willen. Das Rindviech schon wieder«, hat der Sanktus geflüstert, ist aber hingegangen.

»Zentrum des logischen Denkens, Sanktjohanser.«

»Zentrum des Wissens und der Macht, Jens Engler am Apparat. Hi, Sanktus. Was machste denn heute so?«

»Noch nix. Warum?«

»Magst du uns zu diesem ominösen Herrn Glöckerl begleiten? Bundesbruder Weidenfels konnte für heute Mittag einen Termin vereinbaren.«

»Aber der kennt mich ja von früher«, hat der Sanktus die Aktion bezweifelt.

»Ah wa! Da bekommst du ’nen Schnörres, und dann passt dat.«

»Einen was?«

»’nen Schnurrbart. Dann kennt dich dieser Willibald Glöckerl nie im Leben.«

»Okay. Bin dabei. Aber wer ist *uns*?«

»Weidenfels, ich und Hanspeter. Habe auch schon eine Strategie. Ich hole dich um elf ab. Bis denne. Tschö mi Ö!«

»Ja, Servus, äh, Jens!«

Der Sanktus hat sich noch mit einem ausgiebigen Lächeln von der Bine Schranner verabschiedet und ist durch die Innenstadt in Richtung Heimat. Die Münchner Innenstadt war wie immer voller Touristen. Irgendwie hat’s überhaupt keine Zeit mehr gegeben, in der keine Fremden da waren. München war anscheinend wirklich extrem in. Der Sanktus ist über den Marienplatz geschlendert und ist in Richtung »Dallmayr«. Da hat er sich früher immer mit seiner Oma die Krebse im Becken des Feinkostgeschäfts angeschaut. Vor dem Geschäft ist ein beigefarbenes Roll's Royce Cabrio gestanden. Ein Cabrio brauchst du bei diesem Wetter auf jeden Fall, hat sich der Sanktus gedacht. Es scheint zwar die Sonne, aber es ist ja saukalt. Aber wer auffallen will, muss halt leiden, oder? In diesem Moment sind auch schon die Besitzer, vollbepackt mit weißen Tüten, zum Ausgang herausgekommen. Eine dunkelhaarige vollbusige Dame begleitet von einem großen, dunkelhaarigen stattlichen Herrn. Der Sanktus hat zweimal hinschauen müssen, hat dann aber schnell erkannt, dass es sich bei der Dame um die Schauspielerin Cornelia Sandmann gehandelt hat. Die kenn ich ja vom Fasching, jetzt Gedanke vom Sanktus, und er hat gegrüßt. Die Sandmann hat ihn durch ihre Sonnenbrille betrachtet, ohne dass ein Funke des Wiedererkennens übergesprungen wäre. Der Heilpraktiker hat den Sanktus ebenfalls abfällig angeschaut, hat aber zumindest ein leises »Guten Tag« gehaucht.

Der Sanktus hat den Kopf geschüttelt, gelacht und ist einfach weitergegangen. Auf solche Leute war er wirklich nicht scharf.

Als der Sanktus heimgekommen ist, war niemand da. Ein Zettel hat ihn informiert, dass die zwei Damen mit der Anna und dem alten Sanktjohanser unterwegs waren und erst am späten Nachmittag zurückkommen würden. Er hat sich einen Leberkäs und eine Halbe aus dem

Kühlschrank geholt und erst einmal Brotzeit gemacht. Die Sache mit dem Demuth ist ihm nicht aus dem Kopf gegangen, aber einen Reim hat er sich auch nicht wirklich drauf machen können. Der Demuth ein verrückter Serienkiller? Ihm ist die Leiche der Jasmin Kaufmann ins Gedächtnis gekommen. Der Demuth hatte sich bei dem Anblick umgedreht, und der Sanktus hatte sich gedacht, jetzt kotzt er gleich. Das hätte der Demuth schon äußerst professionell spielen müssen. Und dass er auch noch die Susi gekannt haben könnte, hat auch so gar nicht zusammengepasst. Die Jennifer Gold vielleicht? Das hat er nicht genau beurteilen können. Nein. Sie haben definitiv jemand anderen suchen müssen. Also den Demuth zuvor auch, aber nicht als Mörder, hat der Sanktus beschlossen. Das passt nicht zusammen. Weder hinten noch vorne, und wenn sie den Flüchtigen erst einmal hätten, dann würden sie klarer sehen. Hoffentlich.

Kurz nachdem der Sanktus seine Zwischenmahlzeit beendet gehabt hat, hat es auch schon geklingelt, und der Sanktus ist das Treppenhaus hinunter gestürmt. Der Drengler hat mit seinem Jaguar X-Type an der Bushaltestelle Johannisplatz gewartet und hektisch Lichtzeichen gegeben. Auf dem Beifahrersitz ist bereits der Hanspeter gesessen, der nach seiner Aussage zufälligerweise schon in der Gegend war. Wer's glaubt, wird selig. Gscheithaferl-Vorbesprechung scheint's. Er ist also hinten eingestiegen, und der Drengler hat seine Fahrt zum Platzl aufgenommen. Wie immer rasant und Niki Lauda Vorbild. Der Sanktus hat das Fenster einen Spalt aufmachen müssen, weil frische Luft! Magen praktisch am Revoltieren. Vorne hat er die Drengler-Fahrweise gerade noch ausgehalten, aber hinten definitiv verloren. Das Geschehen vor der Frontscheibe ist wie ein Kinofilm auf der Leinwand vor ihm abgelaufen. So aus der Distanz, weil der Sanktus hat sich nur noch auf seinen Magen konzentrieren können. Im Tunnel beim »Haus der Kunst« in der Prinzregentenstraße hat der Drengler sein Nürburgring-Syndrom völlig ausgelebt und hat rechts, links und wieder rechts überholt. Tachonadel auf 120. Jetzt wenn sie ihn blitzen, schmeiß ich am nächsten Sonntag einen Zehner in den Opferstock, hat sich der Sanktus gedacht, aber leider kein Blitzer im Tunnel.

Kurze Zeit später sind sie mit dem Jaguar in die Parkgarage am »Hofbräuhaus« geschossen, und der Sanktus hat Gott sei Dank wieder festen Boden unter den Füßen gespürt. Der Drengler hat ihm noch einen falschen Schnurrbart angeklebt, aber das Teil hat furchtbar gekitzelt, und er hat sofort niesen müssen. Verachtende Blicke von Drengler und Hanspeter. Zusammenreißen also angesagt.

Vor der »Münchner Folterkammer« in der Münzstraße haben sie den Herrn Weidenfels, einen angenehm wirkenden Endvierziger, getroffen.

»Herr Weidenfels, also Sebastian, ist in unsere kriminologische Aktion vollends eingeweiht. Keine Notwendigkeit, jetzt schon den Investor zu mimen. Aber bei Herrn Glöckler müssen wir uns was einfallen lassen.«

»Glöckerl.«

»Ihr Bayern mit euren *RLS* und *FLS*. Mit *E* und ohne *E*! Nicht zum Aussprechen.«

»Also i kann alles außer Hochdeutsch«, hat der Hanspeter gesagt und gegrinst. »Sprachmäßig heischt das Schwäbisch und a bissle Englisch.«

»Okay. Sanktus, du warst in Afrika. Du musst Englisch können. Also bitte mach mich jetzt nicht schwach!«, hat der Drengler gefleht, und der Weidenfels hat gegrinst. Anscheinend war ihm die Drengler-Art, alles auf den letzten Drücker zu lösen, durchaus bekannt.

»Englisch fließend, Herr Doktor«, hat der Sanktus bestätigt.

»Gut, dann sprechen wir Englisch. Du, Sanktus, mimst den begeisterten Investor aus Dubai und Hanspeter deinen kritischen Kompagnon. Dann musst du nicht viel sprechen, Hanspeter. Du musst nur ein mürrisches Gesicht machen und stets den Kopf schütteln. Good Cop, bad cop, isn't it?«, hat der Drengler doziert.

Der Hanspeter hat genickt und gegrinst. So hat das Ganze etwas werden können.

Und schon sind sie vor der »Münchner Folterkammer« gestanden. Am Eingang war bereits ein Absperrband angebracht, das später die Besuchermassen hat bändigen sollen. Die große Eingangstür war offen, sodass die kleine Gruppe hat eintreten können. Im Foyer hat sie der Glöckerl Willi schon erwartet. Den Willi kannst du dir vorstellen wie den Volksschauspieler Hans Brenner, wenn er wieder einmal eine rechte schmierige unsympathische Rolle gespielt hat. Der Willi war ein durch und durch schmieriger und unsympathischer Typ. Er war höchstens zehn Jahre älter als der Sanktus, ausgesehen hat er aber mindestens plus 20. Seine dunklen grau melierten Haare haben vor Fett geglänzt. Sicherlich keine Pomade. Seine Zähne waren dunkel verfärbt, Zeige- und Mittelfinger der rechten Hand gelb. Die Haut im Gesicht hat ausgesehen wie Leder. Was er auch getrieben hat, der Glöckerl, gesund war es auf keinen Fall.

»Servus, Weidi, oide Wirtshaushupn. Ois klar?«, hat der Glöckerl mit rauchiger Stimme begonnen und dem Weidenfels die Hand gegeben.

»Alles klar, Herr Glöckerl. Danke, dass Sie uns die Möglichkeit gegeben haben, heute zu Ihnen zu kommen.«

»Freillä. Kein Problem. Wenn er helfen kann, ist er da, der Willi. Ganz klar. War schon immer so«, hat der Glöckerl geprahlt.

»Also darf ich vorstellen. Das hier ist mein Freund Jens Engler. Rechtsanwalt. Er vertritt die beiden Herren hier. Das sind Fred Chandler und Peter McKinley.«

»Nice to meet you. It's a pleasure«, hat der Sanktus auf Englisch gesagt und hat dem Glöckerl die Hand geschüttelt. Kein Zeichen des Wiedererkennens. Der Hanspeter hat wortlos und mürrisch blickend die Glöckerl-Hand geschüttelt.

»Sänk you, sänk you«, hat der Glöckerl entgegnet. »Sehr erfreut, also very happy. Wissen S', Englisch ist jetzt ned meine Stärke.«

»Kein Problem, Herr Glöckler«, hat der Drengler gesagt, »wir übersetzen gerne.«

»Glöckerl, ned Glöckler. Der Glööckler is a anderer«, hat der Willi gebrummt.

»Verzeihung«, hat der Drengler geflüstert.

»Gemma in mein Büro. In se office, ha?«, hat der Glöckerl gefragt.

»Die Herren würden vorher gerne einen Blick in die Kammer des Schreckens werfen. Ist das möglich?«, hat der Weidenfels gefragt.

»Eh klar. Die wollen ja wissen, von was wir reden, gell«, hat der Glöckerl gerufen. »Come on. Se show goes los … äh an … also on!«

»You have some special Munich gimmicks. Or is it just international stuff?«, hat der Sanktus ganz gescheit gefragt.

»Haben Sie die Ausstellung auf München ausgerichtet, oder eher allgemein?«, hat der Weidenfels übersetzt.

»Oh ja. Zentrale Frage. Zentrale Frage«, hat der Drengler allwissend getan.

»Ja, so und so«, hat der Glöckerl gemeint. »Wir haben so einen Rundgang durch alle Foltermethoden, also Zehennägel ausreißen, Kopfpressen, Ertränken, Garrotten, die Streckbank. Dann san da berühmte Folterer wie der Vlad Tepes, der Pfähler, also der, der ja der Dracula sein soll. Den Heinrich den VIII., der seine Frauen umbringen hat lassen, haben wir auch. Der Klassiker. Dann haben wir natürlich den Hitler und den Himmler. Als Hauptstadt der Bewegung ein Muss, oder? Und den Richter Roland Freisler, der das Todesurteil der Geschwister Scholl 1943 verkündet hat, hamma auch. In voller Robe mit Hitlergruß unter dem Hakenkreuz.«

Jetzt hat der Glöckerl von seinem Lachen in null Komma nix auf betroffenes Gesicht umgeschaltet.

»Also sozusagen zur Abschreckung, versteht sich, und im Gedenken an diese schlimme Zeit in München.«

Und schon hat er wieder zurückgeschaltet.

»Das leitet dann sozusagen den München-Teil ein. Da haben wir Szenen aus der Zeit der Pest. Dann mauern wir einen im Isartor ein. Wir haben die ›Hauptstatt‹ also den Münchner Galgen, wo bis 1861 noch hingerichtet worden ist. War draußen gegenüber vom Augustinerkeller. Hinrichtungen gibt's heut nur noch beim ›Schichtl‹ auf der Wiesn. Der haut dir noch den Schädel runter.«

Jetzt hat der Glöckerl dreckig gelacht und gehustet. Kommt vom Rauchen, hat der Sanktus gedacht und sich erinnert, dass der Glöckerl vor seinem Laden oft eine filterlose Roth-Händle durchgezogen hatte.

Der Drengler hat für den Sanktus übersetzt, und der hat so getan, als würde er sehr genau zuhören. Der Hanspeter hat seine negative Aura weiterhin wunderbar verbreitet.

»Und jetzt kommt unser Schmankerl. Als Abschluss nach dem München Teil. Die Jack-the-Ripper-Ausstellung. Wir haben die bekanntesten fünf Opfer nachgestellt. Fragen S' mich ned, wie die geheißen haben. Die haben so a spezielle Bezeichnung. Wir haben Szenen aus dem alten Londoner East End. Die Nutten sind besonders gut gelungen.« Wieder ausgiebiges Raucherlachen. »Überall hört man Geräusche, Schreie, und sogar Kohlengestank kann man riechen. Ratzen laufen über den Boden. Also alles bewegt sich und ist animiert. Der Ripper huscht als Schatten durch die Ausstellung, und man sieht ihn auch sein Mordwerkzeug vorbereiten. Ich sag's Ihnen, da kommt sogar mir noch das Fürchten.«

»Ja genau. Grad dir. Arschloch«, hat der Sanktus geflüstert. Der Hanspeter hat geschockt in Richtung Sanktus geschaut. Also nicht wegen dem Arschloch, weil das hat er auch sofort im Gedanken gehabt, aber zwecks Auffliegen jetzt strafende Blicke.

»Wa moanst? Äh what you say?«, hat der Glöckerl gefragt.

»Anyhow, oh yeah, gosh«, ist dem Sanktus grad noch eingefallen. Hat sich zumindest so ähnlich angehört.

»Ah. So. Entschuldigung. Mein Englisch is halt ned bsonders. Ich hab was anders verstanden.« Wieder schmieriges Lächeln.

Grad noch einmal gut gegangen, hat sich der Sanktus erleichtert gedacht, und der Weidenfels und der Drengler haben erleichtert ausgeatmet.

»That's really great. Isn't it magnificent?«, hat der Sanktus geheuchelt.

»Wos sogt er?«, hat der Glöckerl gefragt.

»Ihm gefällt es ganz ausgezeichnet«, hat der Weidenfels geantwortet.

»Sauber! Guad«, hat der Glöckerl gerufen. »Aber passt's auf. Jetzt kommt's. Now it comes! Wir haben seit ein paar Tagen in München einen Nachahmungstäter. Der bringt irgendwelche Weiber um. Genauso wie der Tschäck se Ripper seinerzeit. Des is bombig. Also für mein Geschäft. Wir haben das Ripper Eck schon angefangen. Das muss bis zur Eröffnung fertig sein. Wir haben die vier Morde fast schon nachgestellt. War ja wunderbar in der Zeitung. Für Opfer 5 haben wir schon einen Platz gelassen. Geil, ha? Was sagts?«

Die Besucher waren sprachlos. Dass der Glöckerl ein geldgieriges Schwein war, ist ja allen klar gewesen, aber so schlimm? Der Sanktus hat vollkommen recht gehabt. Dieser Typ würde für Geld über Leichen gehen. Eindeutig ein weiterer Verdächtiger. Er hat zwar seine Zweifel gehabt, ob der Willi persönlich diese Grenze überschreiten würde, aber dass er womöglich die Finger in dieser Sache gehabt hat, hätte durchaus sein können.

Der Glöckerl ist jetzt mit ihnen durch die Ausstellung gegangen. Ohne besondere Beleuchtung und Lichteffekte haben die Wachspuppen nicht sehr Angst einflößend gewirkt. Wie bei Madame Tussaud's ist der Wachs-Hitler am Eingang der Folterkammer gestanden. Hier allerdings begleitet von Himmler, weil ja Münchner. Bei den allgemeinen Foltermethoden ist dem Sanktus zwischendrin schon der eine oder andere Schmerz durch den Magen gefahren. Besonders bei der hübschen blonden Magd, der man gerade die Zehennägel ausgerissen hat.

Der Ripper-Teil war spektakulär. Du hast gemeint, du bist wirklich im alten London. Wahrscheinlich ist es daher gekommen, weil es sich der Glöckerl nicht hat nehmen lassen, den Ton der Ausstellung einzuschalten. Überall waren historische Bilder und Dokumente aufgehängt, und die Wachsfigurenleichen der Prostituierten waren erstaunlich echt. Über jedes der Opfer war der Ripper gebeugt, der in Zylinder und schwarzem Umhang bekleidet gerade an sein Werk gegangen ist, oder es in diesem Moment beendet hatte. Eine Straße in Whitechapel zeigte hohe Herrschaften, Zeitungsjungen, Mägde, die Prostituierten und alles, was dazugehört hat. Sogar Sherlock Holmes und Dr. Watson sind um eine Ecke gebogen.

»Ein kleiner Scherz meinerseits«, hat der Glöckerl eingeworfen, der dem Sanktus-Blick in Richtung Detektive gefolgt war. »Only little joke from me! Und da haben wir dann einen kleinen Film. Ah der läuft eh grad Probe. Schaun S' da! Da kommt der Ripper zur Hur«, hat der Glöckerl gesagt und dreckig gelacht.

Der Ripper ist gerade auf die Prostituierte, die mit angsterfülltem Blick in die Kamera gestarrt hat, zugeschritten.

»Was soll das? Lassen Sie das!«, hat sie ihm zugerufen. Der Ripper hat sein Messer gezogen, und es ist ein entsetzlicher Schrei gefolgt. Dann war wieder Ruhe. Der

Ripper hat sich über sie gebeugt und kurz danach einige Eingeweide in die Höhe gereckt. Donnernde Musik ist ertönt. Dann war Stille.

Der Sanktus hat gelächelt und »Great!« gerufen. Im nächsten Raum ist die kleine Gruppe in einer Autowerkstätte gestanden. Eine Kamera ist in einer Ecke gewesen. Eindeutig die Bavaria-Filmstadt. An einem Haken hat der Sanktus die Jennifer Gold hängen sehen. Detailgetreu dem Zeitungsfoto vom Ligsalz Rudi nachgestellt. Den Sanktus hat es gefröstelt. Dem Drengler war unwohl. Der Hanspeter jetzt wirklich sprachlos.

»Die Puppe ist gerade fertig geworden«, hat der Glöckerl stolz verkündet. »Hat einen Haufen Geld gekostet. Super Nachbildung, ha?«

»Awesome«, hat der Sanktus gesagt und *Arschloch* gedacht. Dabei hat es ihn geschüttelt, weil im nächsten Raum würde ja jetzt logischerweise die Susi erscheinen.

Mitten auf einem Bett ist eine Wachspuppe mit den Händen am Bettgestell angekettet dagelegen. Die Beine gespreizt, und auf dem Betttuch sind tatsächlich die abgetrennten Schamlippen gelegen. Wieder einmal die eins zu eins Kopie des Ligsalz-Fotos. Gott sei Dank war das Gesicht nicht dem der Susi nachgestellt.

»Die Puppe haben wir nicht anfertigen lassen müssen. Wir haben drüben beim Ripper sowieso eine Nutte zu viel gehabt. Die hat von der Pose her gepasst. Die haben wir einfach hernehmen können. Wir haben nur die Muschi anpassen müssen. Hamma ein Massel ghabt, mein lieber Herr Gesangsverein«, hat sich der Glöckerl gefreut und gebellt vor Lachen. Jetzt hat er sich eine Zigarette angezündet und seine fettigen Haare aus dem Gesicht gestrichen.

Der Sanktus hat sich schwer zusammenreißen müssen, dass er dem Wachsfigurenkabinettsbetreiber nicht an die Gurgel geht, so hat es in ihm gebrodelt. Beim Gedanken an die Susi Aggression jetzt gar nichts. Dem Drengler und dem Hanspeter hast du die Angst ansehen können. Die Angst, dass es den Sanktus gleich zerreißen würde.

»Daneben bauen wir gerade den Hinterhof, wo das dritte Opfer gefunden worden ist, auf. Leider gibt's kein Foto von der Leiche. Da müssen wir a bisserl improvisieren. Aber das merkt schon keiner. Da bin ich mir sicher. Und mit der Leich vom Viktualienmarkt fang 'ma morgen an. Und dann Warten aufs Christkind, also auf die fünfte Tote. Ich sag's euch. Allein durch die Münchner Ripper Morde bin ich praktisch fast auf ein Jahr ausverkauft. Brutal! Äh, mögt's an Kaffee? Oder a Schnapserl?«

Eine halbe Stunde später sind die vier in einer Wirtschaft am Platzl gesessen und haben eine Halbe Bier getrunken. Auf den Schock sozusagen. Sie waren nach dem Rundgang noch im Glöckerl-Büro gesessen und hatten das Finanzierungskonzept durchgesprochen. Der Glöckerl hat definitiv noch andere private Investoren gehabt. Die hat er aber auf keinen Fall nennen wollen. Es waren anscheinend mehrere kleine Teilhaber und ein großer Partner. Auch den hat der Glöckerl verschwiegen, weil er ihn erst zur Eröffnung hat preisgeben wollen. Da hat der Sanktus noch so bohren können. Nach dem Kaffee hatte man sich schnell verabschiedet, weil keiner der Besucher den Glöckerl länger als notwendig vertragen hatte können. Irgendwann ist Ende Gelände. Herausgefunden hatten sie eigentlich nicht viel. Aber alle waren sich einig, dass der Glöckerl durchaus über Leichen gehen würde. So viel war sicher. Und die Sache mit dem Teilhaber hat noch genauer untersucht werden müssen. Der Weidenfels hat versprochen, sich da noch einmal eingehend schlau zu machen. Für den morgigen Samstag war ein weiteres Treffen in der »Neuen Kirche« festgesetzt. Der Weidenfels hat auch dazukommen wollen.

Am frühen Nachmittag ist der Sanktus heimgekommen. Gott sei Dank war sein Vater nicht anwesend, und so hat er der Kathi in Ruhe die Geschichte vom Glöckerl und seinem Folterkabinett erzählen können. Die Kathi jetzt völlig Ohr und schockiert über so viel Kaltblütigkeit. Keine Rede mehr von »Du wirst jetzt Vater« und »Ermittelt wird da nicht«. Ganz im Gegenteil. Sie hat mit dem Sanktus ein jedes Für und Wider durchdiskutiert. Sogar ins »Bräustüberl« hat sie am nächsten Tag mitwollen. Jetzt hat sich der Sanktus wirklich nicht mehr ausgekannt, aber manchmal musst du die Sachen einfach so hinnehmen, weil hinterfragen bringt bei einer Frau da überhaupt nichts.

Plötzlich hat sein Handy geklingelt, also Bayerischer Defiliermarsch. Der Sanktus ist wie ein Vergifteter an seine Jacke und hat das Gerät herausgezogen. Lena ruft an, hat das Display gezeigt, und dem Sanktus ist sofort das Herz in die Hosentasche gerutscht. Er hat sie wieder einmal weggedrückt und das Handy ausgeschaltet. Herzklopfen jetzt kein Ausdruck.

»Wer war's, Sanktus?«

»Aufgelegt, Kathi. Die Nummer hab ich ned kennt.« Alle Sieben Nothelfer stehen mir bei, hat er sich gedacht. Ein Plan hat hermüssen und zwar schnell. Das würde auf lange Zeit in die Hose gehen. Da war er sich sicher.

Diese Pandora! Er hat ihre Büchse geöffnet und die Plagen sind über uns gekommen. Ich habe ihr heute Nachmittag ins Gesicht gesehen. Abschätzig hat sie mich angeblickt mit ihrer jungen Larve, das Frauenzimmer. Der Hochmut war ihr förmlich ins Gesicht geschrieben. Aber warte, du kleine Nutte. Dir werde ich's heimzahlen. Der Zufall will's. Noch heute Nacht wirst du sterben.

CATHARINE

44 Minuten nach Elizabeth Stride wurde die Alkoholikerin Catharine Eddowes, genannt Kate Kelly, am Mitre Square tot aufgefunden. Ihr wurde der Unterleib geöffnet und die linke Niere entnommen. Die halbe Gebärmutter fehlte. Ihr Gesicht war durch mehrere Schnitte entstellt worden, und die Gedärme waren auf ihrem Körper verteilt.

Lange muss ich hier sitzen. Es ist schon kurz nach zwölf, aber das Lokal ist zum Brechen gefüllt. Ich trinke alkoholfreie Getränke, denn mein Kopf muss klar bleiben. Die Papardelle mit Filetspitzen waren eine Zumutung, aber ich hab es fast nicht bemerkt. Meine Perücke kratzt, doch der Gedanke an die Erlösung beruhigt mich. Ja! Erlösung! Der Ober lächelt mich schon wieder an und fragt, ob alles in Ordnung sei. Ich lächle zurück, blicke jedoch durch ihn hindurch zwei Tische weiter. Da sitzt sie mit ihrer Freundin. Sie ist wunderschön mit ihrem blassen Teint und den kastanienbraunen langen Haaren. Ihre dunklen Augen! Ich verstehe jeden Mann, der auf sie hereinfällt. Doch das hat heute ein Ende. Die Freundin ist ein gewöhnliches Weib. Blonde Locken, dummes Gesicht und rot lackierte kurze Fingernägel. Wenn sie lacht, gackert sie, und man kann ihr bis zu den Stockzähnen sehen. Glücklicherweise sehe ich mein Opfer nur von hinten. Sonst würde ich sie ständig anstarren, und das fällt auf. Die andere ist es gewohnt, dass Leute sie beobachten und den Kopf schütteln.

Jetzt steht sie auf und geht zur Toilette. Ich folge ihr. Bevor sie in den Abort hineingeht tippe ich ihr auf die Schulter. Sie dreht sich um und sieht mich fragend an. Erst dann erkennt sie mich. Ich erkläre ihr mein Anliegen. Wie geplant, möchte sie nicht in der Öffentlichkeit diskutieren. Neben der Toilette ist die Tür zum Hinterhof. Sie folgt mir widerwillig. Ich habe mein Werkzeug parat. Ich beuge mich nach unten. Sie fragt, ob mir schlecht ist. Mit einem Ruck drehe ich mich um und durchtrenne ihr die Gurgel. In ihrem Blick sehe ich Angst und Überraschung. Sie geht zu Boden. Ich ziehe sie hinter die Mülltonen und trenne ihre Kleidung auf. Halb nackt liegt sie vor mir. Ihre blasse Haut schimmert in der Dunkelheit. Ich kann nicht umhin, ihre Brüste zu berühren. Sie fühlen sich fest an. Jung. Ihr Schamhaar ist rasiert. Nicht anrüchig, nur aufreizend. Knapp über dem Ansatz hat sie eine Rose tätowiert. Man erkennt ihre Schwangerschaft bereits. Ihr Bauch ist schon gewölbt. Der Anblick ist fast zu schön, um ihn zu zerstören. Aber ich muss es tun. Ich öffne ihren Unterleib und entnehme ihr die Gebärmutter sowie eine Niere. Den winzigen Fötus lege ich ihr an die Brust. Ihre Hände falte ich zum Gebet. Das Kind kann ja nichts dafür. Ich bringe es nicht übers Herz, ihr Gesicht zu entstellen. Es würde die ruhige Atmosphäre stören. Ich versehe ihre rechte Wange lediglich mit einem kleinen Schnitt. Sie liegt perfekt hinter den Tonnen, sodass sie nicht gleich gefunden wird. Nun spähe ich durch die Tür ins Lokal. Keiner sieht mich vom Hof kommen. Ich mache mich kurz frisch, gehe zurück an meinen Tisch und bezahle. Bei ihrer Dumpfbacke von Freundin sitzt ein

Mann und gräbt sie an. Sie wird noch länger nicht merken, dass ihre Begleitung nicht von der Toilette zurück kommt. Ich mache mich auf den Heimweg. Ihre Jacke nehme ich vom Garderobehaken mit. Die Niere habe ich gut verstaut in einer Kunststoffbox bei mir. Ich brauche dringend Schlaf.

SAMSTAG, 16.02.13

In dieser Nacht hat der Sanktus mehrere Male geträumt, dass er von der »Neuen Kirche« heimgekommen ist, und er hat die Kathi als Ripperleiche nackt und geschändet im Hinterhof gefunden. Immer wieder derselbe Traum. Es war eine schlaflose Nacht, und er hat dreimal sein T-Shirt wechseln müssen.

Um kurz vor sieben hat das Telefon geklingelt, und dem Sanktus ist irgendwie sofort klar gewesen, dass das nur der Bichlmaier hat sein können. Irgendetwas war passiert. Nur zu logisch nach diesem Traum.

»Guten Morgen, Sanktus. Es wär wieder so weit«, hat der Bichlmaier annonciert.

»Schon wieder, Bichä?«

»Ja. Barer Straße, Brasserie Dostojewski's. Die Frau Schranner ist auf dem Weg zu dir. Die ist schneller wie der Demuth. Also zieh dich rasch an und geh schon einmal runter. Bis gleich. Pfiat di.«

Nach den Träumen dieser Nacht war der Sanktus nicht einmal überrascht. Er hat die Kathi kurzerhand aufgeweckt und ihr die Lage erklärt. Sie hat ihn verschlafen angeschaut und mit dem Kopf genickt. Er sollte sich später einfach melden, hat sie gemurmelt.

»Ich fahr aber mit einer jungen netten Polizistin. Dass du's weißt«, hat der Sanktus gewarnt.

»Ist recht, Casanova. Zisch ab und fang deinen Ripper«, hat sie erwidert und die Bettdecke über den Kopf gezogen.

Kaum ist der Sanktus vor der Tür gestanden, ist auch schon die Schranner Bine vorgefahren. Er ist wie ein junger Hupfer hineingesprungen, und die Bine hat aufs Gaspedal gedrückt.

Kurz nachdem sie aus dem Tunnel am »Haus der Kunst« rechts rausgefahren sind, waren sie schon in der Theresienstraße. Vor dem Dostojewski's sind sie am »Ballabeni« vorbeigekommen. Hierher sind der Sanktus, die Kathi und die Martina oft geradelt, weil eine der besten Eisdielen Münchens.

Die Bine hat das Auto vor dem Dostojewski's auf dem Gehsteig abgestellt und ist mit dem Sanktus in das Lokal hinein. Der Wirt, ein Tscheche, war völlig außer sich. Sein Problem war natürlich weniger die Leiche als die schlechte Publicity. Mittags würde er öffnen und da dürfte kein *Policista* mehr da sein, hat er vehement gefordert. Der Bichlmaier hat ihn angelächelt, ihm zugestimmt und den hysterischen Tschechen einfach stehen lassen. Der hat nur noch einen Schrei getan und hat sich einen *Slivovice* eingeschenkt. Und das um halb acht in der Früh.

Der Kommissar hat dem Sanktus und der Bine zugewinkt und sie in den Hinterhof gelotst. Hinter den Mülltonnen ist mit goldener Folie zugedeckt die Leiche gelegen. Der Bichlmaier hat den Sanktus noch gewarnt, dass der Anblick keinesfalls schön sein würde, und hat daraufhin die Folie langsam entfernt.

Den Sanktus hat der Blitz getroffen, als er in die Augen der jungen Frau, die er in der Weisser-Klinik getroffen hatte, geschaut hat. Es ist ihm kalt den Buckel runtergelaufen. Genauso kalt, wie ihn jetzt die toten Augen angesehen haben. Jetzt akuter Magenkrampf. Auf ihrer Wange hat sie einen kleinen Einschnitt gehabt. Die Tote war nur mit Jeans und Bluse bekleidet. Beide Kleidungsstücke waren mit einem scharfen Gegenstand aufgeschnitten worden. Ihr Hals hat einen tiefen Schnitt aufgewiesen. Eindeutig die Handschrift des Rippers. Ihr Unterleib war geöffnet. Ein grausiger Anblick. Ihre Hände waren wie zum Beten gefaltet, und irgendetwas war auf ihre Brust gelegt worden. Der Sanktus hat näher zu der Leiche hingehen müssen, um zu erkennen, um was es sich gehandelt hat. Kaum hatte er erkannt, dass es sich um ein ungeborenes Kind gehandelt hat, ist ihm ein eigenartiger Geruch von der Leiche in die Nase gestiegen. Er hat sich umdrehen müssen und hat es gerade noch geschafft, ein Blumenbeet zu finden, in das er sich erbrochen hat. Das war eindeutig mehr, als ein gewöhnlicher Mensch ertragen hat können. Seine Gedanken waren sofort bei der Kathi und seinem ungeborenen Kind, und es hat ihm postwendend die Tränen in seine Augen gedrückt. Als angehender Vater wirst du ein Weichei, zumindest was Familie betrifft. Wahrscheinlich genetisch.

»Die hab ich in der Weisser-Klinik gesehen«, hat der Sanktus dem Bichlmaier gesagt, nachdem er ausgewürgt hatte. Zwecks fehlendem Frühstück eh nur Galle, aber ihm hat's auch so gereicht.

»Die Frau heißt Jana Gruber und war gestern mit einer Freundin hier beim Essen. Heute in der Früh um sechs ist sie aber erst gefunden worden.«

»Hä?«, hat der Sanktus gerufen. »Wie soll denn das zusammenpassen?«

»Keine Ahnung. Wir wissen nur, dass sie mit einer Freundin da war. Sie ist laut ersten Untersuchungen bereits vier bis sechs Stunden tot. Der Wirt hat bestätigt, dass sie mit einer blond gelockten Frau zu Abend gegessen hat. Irgendwann ist die Frau Gruber verschwunden. Zu der Blonden hat sich ein junger Herr gesetzt, mit dem sie dann das Lokal um kurz vor eins verlassen hat. Die beiden haben die Rechnung des Opfers beglichen. Wahrscheinlich ist sie zu diesem Zeitpunkt schon tot im Hinterhof gelegen.«

Der Sanktus hat überlegt und überlegt.

»Der Ripper muss auch im Lokal gesessen sein«, hat er angefangen.

»Weil er die Jana Gruber hat abpassen müssen«, hat die Bine Schranner den Satz vollendet.

»Ihr seid's gar ned so blöd, wie ihr ausschaut's«, hat der Kommissar mit einem Lächeln konstatiert.

»War der Ligsalz Rudi schon da?«, hat der Sanktus wissen wollen.

»Naa, hab ich no ned g'sehen«, hat der Bichlmaier geantwortet.

»Wie san mir eigentlich verständigt worden?«, hat die Bine gefragt.

»Der Wirt hat sie gefunden, wie er in der Früh zu den Mülltonnen raus ist. In der Nacht hat sie in der Dunkelheit hinter den Tonnen anscheinend niemand gesehen«, hat der Kommissar geantwortet.

»Dieses Mal ist die Szene aber wirklich dem Londoner Ripper nachgeahmt, oder?«, hat der Sanktus gefragt. »Will sich der Ripper jetzt auf einmal in Szene setzen?«

Die Bine hat ihr Smartphone aus der Tasche gekramt und gegoogelt.

»Viertes Opfer«, hat sie gemurmelt. »Catharine Eddowes, Schnitte im Gesicht, Kehle durchtrennt, eine Niere und Teile der Gebärmutter fehlen. Bingo, tät ich sagen, ha? Alles vorhanden. Nur die Gedärme hat der unsere ihr nicht über die Schulter gehängt. Aber sie müsste eigentlich das vierte Opfer sein. Catharine Eddowes war das vierte. Die Frau Gruber ist ja das fünfte.«

In diesem Moment ist der Wirt in den Hinterhof hinausgekommen.

»Herr Kommissar, Herr Kommissar, prosím, wann sie bittschän schauen mächten. Steht schon alles in der Zeitung. Mit Bild von meim Lokal drin. Bin ich ruiniert.«

»Verhaftet's den Ligsalz, sofort«, war alles, was der Bichlmaier daraufhin zu den Polizisten gesagt hat. »Wir suchen derweil die Freundin.«

Die drei haben noch kurz den Wirt verhört. Die Jana war öfters mit ihrer Freundin im Dostojewski's zu Gast. Stammgäste waren sie nicht direkt, sind aber regelmäßig vorbeigekommen. Auf die Frage, ob sie auch einmal einen Mann dabei gehabt hatte, hat der Wirt, wie soll's auch anders sein, einen großen, dunkelhaarigen eleganten Herrn beschrieben.

Die Freundin heiße Elvira Seyfried, hat der Lokalbetreiber noch zu Protokoll gegeben. Wo sie wohne, wisse er leider nicht und es gehe ihm auch »bittschän am Arsch vorbei«, wo das dumme Luder leben tät, weil so ein Trampel sei ihm Wurst. Der Sanktus und der Kommissar haben beide die Augen verdreht.

Der Wirt solle sich zur Verfügung halten, und Abgang Ermittler-Trio.

Kurz darauf sind die drei Ermittler vor dem Wohnhaus der Frau Seyfried aufgeschlagen. Betonblock am Hasenbergl. Vogelwild kein Ausdruck. Die Bine hat das Auto direkt vor dem Eingang des gefühlten 200-Parteien-Hauses abgestellt, und die Bine und der Sanktus haben das Klingelbrett nach Seyfried durchforstet.

Oben im siebten Stock haben die drei bei der Frau Seyfried geklingelt. Ein blonder zerzauster Mann, nur in Boxershorts bekleidet, hat geöffnet und verwundert dreingeschaut, aber nachdem der Bichlmaier seinen Ausweis vorgezeigt gehabt hat, sind sie doch eingelassen worden.

In dem Zweizimmer-Apartment hat es ausgesehen, als hätte ein Blitz eingeschlagen. Im Gang sind die Kleidungsstücke gelegen, die, so wie's ausgesehen hat, während des Entkleidens zwischen Tür und Bett einfach liegen geblieben waren. In der Küche hat sich dreckiges Geschirr im Spülbecken gestapelt, und die rote Spaghettisoße hat an den Wandfliesen geklebt. Ein Blick ins Wohnzimmer hat erahnen lassen, dass dort auch seit Tagen nicht mehr aufgeräumt worden war.

»Was wollen Sie denn hier?«, hat der Blonde jetzt den Kommissar gefragt.

»Wir möchten die Frau Seyfried sprechen. Ist das möglich?«, hat die Bine geantwortet.

»Elvi, Besuch für dich«, hat der Blonde durch den Türspalt ins Schlafzimmer gerufen.

»Komm gleich«, hast du eine belegte Stimme gehört.

Der Blonde hat sie ins Wohnzimmer gebeten, wo er erst einmal Kleider, Magazine und Zeitungen von den Sesseln und der Couch hat entfernen müssen, damit sich der Besuch hat setzen können.

Nun ist auch die Elvira Seyfried im Bademantel in das Wohnzimmer gewankt. Der Sanktus hat den Eindruck gehabt, dass sie noch sichtlich alkoholisiert gewesen ist. Ihre Fahne hat ihm das dann bestätigt. Sie hat ausgesehen, als ob sie die ganze Nacht durchzecht und sich gerade ausgekotzt hätte. Gar nicht schön, der Anblick.

»Frau Seyfried?«, hat der Kommissar angefangen.

»Ja, das bin ich«, hat die Elvira gelallt.

»Sind Sie mit Frau Jana Gruber befreundet?«

»Ja. Eigentlich schon. Warum?«

»Was heißt eigentlich?«, hat die Bine wissen wollen.

»Dass wir gestern miteinander weg waren, sie mich aber im Lokal sitzen hat lassen.«

»Ja, also ganz so schlimm war's ja auch nicht«, hat der Blonde gemeint. »Hätte sie dich nicht sitzen gelassen, wären wir nicht ins Gespräch gekommen.«

Die Seyfried hat verliebt gegrinst, so gut es in ihrem Zustand gegangen ist, und hat ihrem blonden Lover ein Bussi gegeben. Allein beim Gedanken an die Fahne hat's den Sanktus gehoben.

»Wo hat Sie die Frau Gruber sitzen lassen?«, hat der Sanktus wissen wollen.

»Ja im Dostojewski's. Ist nach dem Pinkeln nicht mehr gekommen und hat mich mit ihrer Zeche zurückgelassen.«

»Frau Seyfried, wir müssen Ihnen mitteilen, dass Frau Gruber einem Gewaltverbrechen zum Opfer gefallen ist. Sie wurde im Hinterhof des Lokals ermordet. Sie hat Sie also keinesfalls böswillig sitzen lassen«, hat der Kommissar aufgeklärt.

Die Seyfried ist mit einem Schlag blass geworden und hat zu zittern angefangen.

»Was? Wie? Wieso? Was ist passiert?«, hat sie wissen wollen.

Der Sanktus hat ihr auf die Frage hin die Zeitung mit dem Artikel vom Ligsalz Rudi gereicht. »*Münchner Ripper schlägt erneut zu.*« Sofort erneutes Röhren.

»Frau Seyfried, wie es aussieht, ist die Jana Gruber dem Serienmörder, der als Münchner Ripper oder Münchner Schächter zurzeit Schlagzeilen macht, zum Opfer gefallen. Sie ist grausam verstümmelt worden. Ihr wurde ihr ungeborenes Kind entfernt und auf ihrem Körper drapiert. Können Sie sich irgendeinen Reim auf diese Aktion machen? Können Sie irgendeine Verbindung zu ihrem Mörder erkennen?«, hat der Bichlmaier gefragt.

Aber die Seyfried hat vor lauter Heulerei erst einmal gar nichts erkennen können, so verweinte Augen hat sie gehabt. Der Boxershort-Blonde hat sie tröstend in seinen Armen gewiegt.

»Können Sie sagen, um wie viel Uhr die Frau Gruber auf die Toilette gegangen ist?«, hat die Bine wissen wollen.

Die Elvira hat sich jetzt langsam wieder gefangen.

»Es war so ungefähr Viertel nach zwölf. Wir waren ja miteinander beim Abendessen, weil sie mir von ihrer Schwangerschaft und ihrer Zukunft erzählen wollte. Sie ist dann ewig nicht mehr aufgetaucht, und der Joe ist an meinen Tisch gekommen. Wir haben geredet und getrunken. Ich hab auf der Toilette nachgeschaut, aber sie war weg. Ihre Jacke ist auch nicht mehr da gewesen. Da hab ich mir gedacht, sie ist sauer wegen dem Joe. So was hat sie schon öfter gemacht. Wenn sie nicht der Mittelpunkt war oder ihr irgendetwas gegen den Strich gegangen ist, ist sie einfach verschwunden.«

Wieder Heulkrampf.

»Erzählen Sie, was Sie mit ihr, bevor sie auf die Toilette gegangen ist, gesprochen haben«, hat der Sanktus die Elvira gefragt.

»Sie war glücklich. Sie hat ein Kind erwartet und ihren Traumprinzen gefunden gehabt. Sie wollten heiraten. Also er, der Holger, war noch verheiratet, hat aber vorgehabt, sich scheiden zu lassen. Er war deswegen schon beim Anwalt. Sie wollten im März zusammenziehen. Sie waren so verliebt, und er war so stolz, dass er Vater werden würde. Seine Ehe ist kinderlos und muss ein Horror sein. Jana war erst bei der Kontrolle in der Weisser-Klinik, und alles war perfekt. Sie hat sich schon die Kreißsäle angeschaut. Da gibt's einen hellblauen für Buben und einen rosafarbenen für Mädchen. Sie war so glücklich.« Jetzt totaler Weinkrampf.

»Frau Seyfried«, hat sie der Bichlmaier unterbrochen. »Wissen Sie den Nachnahmen von diesem Holger?«

»Klar. Rosenwirth. Der Mann von der Cornelia Sandmann, der Schauspielerin.«

Als der Sanktus am Abend mit der Kathi in die »Neue Kirche« eingetreten ist, hat er schon das Tohuwabohu, das er gefürchtet hatte, hören können. Am lautesten waren wie immer der Giovanni, weil praktisch genetisch, und der Schlauchgernot mit seiner karrenden etwas zu hohen Stimme. Der Sanktus hat die Augen verdreht, und die Kathi, die seine Mimik hat deuten können, hat seine Hand ein bisserl fester gedrückt und ihm zugezwinkert. Das hat den Sanktus dann schon etwas beruhigt. Alle bis auf den Drengler, was zu erwarten gewesen ist, waren bereits anwesend.

Der Giovanni hat lautstark doziert und ganz italienisch mit seinen Fingern gedeutet und gefuchtelt. Der

Schlauch hat den Giovanni, der laufend beim Erzählen aufgestanden ist, weil Kleinster der Combo, immer wieder an dessen Hemd auf den Stuhl hinuntergezogen und auch versucht, zu Wort zu kommen. Der Malte Rosen hat ständig seine Brille auf der Nase hochgeschoben und probiert, einen Einwurf zu machen. Den hat aber der Ehrensberger gleich wieder durch Handauflegen in die Schranken verwiesen. Also waren nur Halbsätze seitens Malte die Folge. Der Hanspeter hat ständig mit einem lauten »Leute seid mal still! So geht des doch ned!« versucht, Ruhe einkehren zu lassen, und der Weidenfels ist vor seiner Halben gesessen, hat sich gekringelt vor Lachen und den Kopf geschüttelt. Er hat auf einmal das Glas erhoben, und alle haben es ihm gleich getan.

»Prost, Männer! Auf euer Wohl!«, hat er gerufen und auf einmal war die schönste Stille im Lokal. Direkt himmlisch. »Leute, bevor ihr wieder weiter schreit. Wir haben neuen Besuch bekommen.«

Jetzt unisono Umdrehen und großes Hallo. Die Kathi, die alle schon lange nicht mehr gesehen hatten, ist besonders herzlich begrüßt worden. Der Sanktus war fast ein bisserl eifersüchtig, hat sich aber eigentlich doch riesig darüber gefreut. Nachdem beide gesessen waren, ist die Tür aufgegangen und der Drengler ist mit der Ulli erschienen. Weil so ein Drengler kommt nicht einfach, er erscheint.

Jetzt schreit er gleich wieder Hallihallo, hat sich der Sanktus gedacht.

»Hallihallo«, hat der Drengler mitten durch das Lokal geplärrt. »Sind wir etwa zu spät?«

Die Runde hat einfach abgewinkt, und der Ulli hast du ansehen können, dass sie am liebsten im Boden versunken wäre, weil ihr Mann das ja nun nicht zum ersten

Mal gebracht hat. Anscheinend war er bei jeder Veranstaltung der Letzte. Na ja, jeder braucht seinen Auftritt.

»Und seid ihr schon weitergekommen? Was gibt's Neues? Na sagt mal an!«, ist's aus dem Drengler nur so herausgesprudelt. Brunnen am Stachus Anfänger gegen den Herrn Advokaten.

»Die Herren sind noch zu keiner Einigung gekommen«, hat der Weidenfels geantwortet und hat gegrinst.

»Also Burschen«, hat der Sanktus angefangen. »Wir haben bisher zwei weitere Leichen. Eine Marktfrau vom Viktualienmarkt namens Roswitha Freisleder und eine Jana Gruber, Werbekauffrau oder so ähnlich. Die Freislederin passt aber irgendwie nicht ins Muster. Da stimmt was nicht.«

»Ike habe gesehe in die Zeitunge«, hat der Giovanni gegrölt. »Habe verglicke mit de Ripper. Nixe übereinstimmte!«

»Das war ja eigentlich mein Part, mein Part«, hat der Ehrensberger Helmut eingeworfen, »die Literaturrecherche, Recherche. Und der Giovanni hat recht. Die Jana Gruber passt mit dem vierten Original-Ripperopfer zusammen. Das mit der Marktfrau muss der Bichä noch gesondert anschauen, anschauen.«

»Okay, jetzt lasst mich aber erst weitererzählen. Der Bichä und ich waren in der Weisser-Klinik. Rausgefunden haben wir da eigentlich nichts, aber wir haben die Jana Gruber getroffen. Und jetzt haltets euch fest. Die war schwanger, und ratet's amal, von wem? Ha?«

»Na ja. Vom Sandmännchen wohl eher nicht, Sanktus Gambrinus«, hat der Drengler neunmalklug eingeworfen.

»Nein, aber vom Holger Rosenwirth, dem bekannten Heilpraktiker und Mann von der Sandmann Cornelia.«

Bei dem Namen Holger Rosenwirth sind der Drengler und seine Ulli zusammenfahren.

»Bei Herrn Rosenwirth ist Betty-Lou seit Jahren in Behandlung. Wegen ihrer Allergie«, hat die Ulli gesagt. »Oh Gott, welche Abgründe tun sich denn hier auf.«

»Ach Liebes«, hat der Drengler gemeint, »man kann halt in niemand hineinsehen. So ein Seitensprung ist nun wohl das Niederträchtigste, das man seiner Frau antun kann.«

Beim Sanktus Gedanke sofort an die Lena, Puls rauf und Blick aufs Handy, aber Gott sei Dank kein weiterer Anruf von ihr. Der Sanktus-Puls wieder runter, aber der kritische Blick von der Kathi jetzt eher suboptimal.

»Aber hier war's wohl mehr als ein Seitensprung, da die gute Dame ja schwanger war. Da sollten wir die Verhältnisse wohl noch etwas genauer unter die Lupe nehmen. Schatz, hast du nicht am Montag mit Betty einen Termin? Da könntest du doch dann gleich …« Dabei hat der Drengler so mit seiner Hand gerödelt, was wohl ermitteln heißen hat sollen. Die Ulli hat zustimmend genickt.

»Und mir waren ja no bei dem Glöckerl Willi. Des isch ein halbseidener Typ«, hat der Hanspeter weitergemacht. »Also da könnt ma wirklich meinen, dass der für Geld älles tut und sogar die Mädle umbringt, nur dass sei komisches Etablissement a bissle besser läuft. Für mi isch der höchscht verdächtig. Vielleicht hedd der einen Killer bezahlt. I könnt mir des gut vorstellen.«

»Da müssten wir auch noch den privaten Investor rausfinden, meine Herren. Bitte nicht vergessen. Ich muss mich da an der eigenen Nase fassen«, hat der Weidenfels zugegeben.

»Weiß man den schon etwas vom Kriminalassistenten Demuth?«, hat der Piefke wissen wollen.

»Naa, no gar nix«, hat der Sanktus geantwortet.

»Und was haben unsere weiteren Ermittlungen noch ergeben?«, hat der Drengler gefragt.

»Also ich hab mich ja in der Possartstraße wegen der Susi umschauen sollen«, hat der Schlauchgernot erzählt. »Ich hab mich mit ein paar Bekannten unterhalten. Die haben sie ab und zu mit einem Herrn spazieren gehen sehen. Die Beschreibung war wieder groß, dunkelhaarig und schlank. Mittleres Alter. Circa fünfzig Jahre alt. Aber jetzt kommt's. Er hat sie einmal mit dem Auto abgeholt. Ein dunkelblauer Volvo-SUV. Die Nummer war irgendwas mit M-HR oder M-RH. Mehr hab ich ned rausgekriegt.«

»Is ja eh schon super!«, hat der Sanktus den Schlauch gelobt. »Piefke, du?«

»Tja«, hat der Malte angefangen. »Also ich war, wie aufgetragen, meinen Bekannten, der in der Bavaria Filmstadt arbeitet, interviewen. Die Jennifer Gold hat auch einen groß gewachsenen Dunkelhaarigen zum Mann. Aber der scheint jünger zu sein. Dürfte also nicht übereinstimmen. Am Mordabend war es schon spät, und es sind keine unbekannten Fahrzeuge eingelassen worden. Also muss sich der Täter eingeschlichen haben, oder er war jemand vom Set. Für meinen Bekannten die wahrscheinlichere Alternative.«

Einstimmiges Nicken allseits rundherum.

»Die Jennifer Gold war an diesem Tag wie immer. Sie ist mir als ein sonniges Gemüt beschrieben worden. Immer freundlich, keine Starallüren so wie Herrn Rosenwirths Gemahlin, Frau Sandmann. Die hat mir mein Freund explizit als affektierte Schnepfe beschrieben. Konnte auch nicht mit der Jennifer. Ist aber logisch, nöch. Jung, gut aussehend, umgänglich, beliebt, gegen alt, nicht mehr so knackig wie früher, zickig, unbeliebt. Es hat einfach gar nichts darauf hingedeutet, dass Jennifer unter Stress stand oder Ähnliches. Einfach ein ganz normaler Drehtag. Tja, das war's auch von mir.«

»Giovanni?«, hat der Sanktus gefragt.

»Ike ware bei diese Frauenarzte. Diese Prokopi, oder wie heisste. Isse ein unsympathischer Kerl. Isse nix nette. Immer murrische und schleckte zu verstehe. Rede so wie Kaugummi ziehte.«

»Österreicher, wahrscheinlich«, hat der Sanktus bestätigt.

»Ike habe mite der Sprekestundehilfe geflirtet, aber nix viel rausbekommen. Habe sie gefragt, ob viele von Zeitunge komme, weil alle Opfer von de Ripper waren bei de Doktor Prokopi. Sie sagte, komme keiner wegen der ärztliche Schweigepflickte. Nur von de ›Morgenposte‹.«

»Der Rudi!«, ist's aus dem Sanktus herausgeschossen.

»Und jetzt, wo ihr sagte von diese Rosene Wirt. Von diese Mann ist gehangen ein Plakate bei de Prokopi, und diese Cornelia Schene … wie sage Schenepfe auch. Hatte so ein Bild an de Wand mit prominente Patiente.«

»Der Rosenwirth und seine Frau hängen beim Prokopetz«, hat der Sanktus geflüstert. »Da muss ich mit dem Bichlmaier noch einmal vorbei. Laufen da die Fäden in der Weisser-Klinik zusammen? Weil da war die Jana Gruber. Wir müssen rausfinden, ob die auch Patientin beim Prokopetz war. Jetzt wird's schön langsam spannend. Kathi, was sagst?«

»Mir wird's unheimlich«, hat die Kathi gesagt, und der Sanktus hat gemeint, sie hat ein bisserl gezittert.

»Diese Ripper ist bestimmte de Prokopi. Isse Doktor,

also kann schneide Hals und make raus Organe. Und isse so ein mieser Type. So wie in Fernseh-Thriller.«

»Der wieder mit seinem Driller«, hat der Schlauch gerufen und schon war wieder die schönste Diskussion im Gange.

»A Ruah is!«, hat der Sanktus geplärrt, dass sich die anderen Gäste im Lokal umgedreht haben.

»Helmut, was spricht die Literaturrecherche?«, hat der Sanktus gefragt.

»Also, alles was euch der Demuth erzählt hat, stimmt, äh stimmt. Es schaut wirklich so aus, als würde jemand den Ripper aus Whitechapel kopieren. Die ersten beiden Toten passen aber nicht richtig zusammen. Da sind die Umstände anders, anders. In London ist niemand zum Ausweiden aufhängt worden, und dem zweiten Opfer sind die Schamlippen ned entfernt worden. Ab dem dritten Opfer passt's wieder zusammen, wenn man die Marktfrau ausklammert, klammert. Wir müssen also noch mit einem weiteren, also mit dem echten fünften Opfer rechnen. Und das wird keine Gaudi. Das ist die Mary Jane Kelly, und von der ist ned viel übrig geblieben. Das war der brutalste Mord vom Ripper, Ripper. Da gnade uns Gott, äh Gott.«

Die Runde war jetzt ruhig. Still kein Ausdruck und Entsetzen pur.

»Mich wundert's nur«, hat der Helmut weitergemacht, »dass das Rundherum nicht passt, passt. Also die Polizei hat keine Briefe oder entfernte Organe gekriegt. Also allzu penibel oder detailverliebt ist er nicht, unser Ripper, Ripper.«

Die Ramona hat eine neue Runde gebracht, und dann ist auch schon das Essen gekommen. Das hat die Ashwini serviert. Wie immer hat sie auch bei eisigen Außentemperaturen indische Klapperl und einen Sari angehabt. Der Sanktus hat sofort auf ihre schönen Zehen schauen müssen. Die Kathi, die seinem Blick gefolgt war, hat ihn angestupst und ihm ins Ohr geflüstert: »Also meine san schon a bisserl schöner, oder? Was meinst?«

»Muss ich heut Abend noch amal nachschauen, tät ich sagen«, hat der Sanktus zurückgeflüstert und gegrinst. Die Ashwini, die die ganze Aktion beobachtet hatte, hat auch grinsen müssen.

Während des Essens hat wie immer nur einer geredet, und das war der Drengler. Er hat wieder einmal aus seinem reichhaltigen kulinarischen Wissensschatz zu seinem Volk gesprochen. Die Männer haben verlegen in ihre Teller gestarrt, und die beiden Frauen haben leise miteinander getuschelt.

»… war ich 2010 in Nepal. Da hatten wir eine Konferenz in Kathmandu. Ach dieses Kathmandu, das ist noch so unberührt und doch fortschrittlich. Diese freundlichen Menschen und das Klima! Die Stadt liegt ja in einem Talkessel in 1300 Meter Höhe. Da kann es im Winter schon mal kalt werden. Allein der Anflug vorbei am schneebedeckten Mount Everest ist die Reise schon wert. Von dort aus kann man mit den kleinen Fluggesellschaften weiterfliegen.«

»Des san die, die's allerweil runterhaut, oder?«, hat der Schlauchgernot gefragt.

»Also ich bin noch nie abgestürzt. Die Flugzeuge sind top gewartet«, hat der Drengler die Buddha Air, und wie sie noch so heißen, verteidigt.

»Eigentlich schad, äh schad«, hat der Helmut gemurmelt, und die ganze Runde hat dezent gelacht.

Der Drengler hat den Kommentar aber anscheinend nicht gehört und sofort weitergeredet.

»Ihr solltet da mit einem Sherpa mal 'ne Trekkingtour unternehmen. Ach ja, was ich eigentlich sagen wollte, als besonderes Essen gab es dort immer Ziegenbock. Den bekommt man hier gar nicht. Das ist so eine Symbiose aus …«

»Wenn du näckste Mal kommst su mir, na kock ich dir the Nepali goat, no problem«, hat der Bhupinder, der den Monolog mitbekommen hat, lächelnd unterbrochen. »Brauckst du nur gute Sähne, weil the goat is wie a Kaugummi. Horrible!«

»Nein danke, Herr Bhupinder. Nicht nötig«, hat die Ulli abgewehrt, weil sie diese kulinarische Exkursion ihres Gatten nicht hat live miterleben wollen.

»Was ist denn nun eigentlich mit diesem schmierigen Reporter von der ›Morgenpost‹, der immer als Erster am Tatort ist? Finde ich ebenfalls höchst verdächtig«, hat der kritische Malte Rosen in die Runde geworfen. »Weil gerade der Zeitungsverkäufer hereinkam, fiel es mir ein.«

»Ja, aber ich war doch noch nicht fertig bezüglich des Ziegenbocks«, hat der Drengler gewinselt.

»Jens, sei nun bitte still. Merkst du denn nicht, dass hier wichtigere Themen angesprochen werden?«, hat ihn seine Frau unterbrochen.

»Wie bitte?«, hat sich der Drengler echauffiert.

»Des interessiert koa Sau«, hat der Schlauch verdeutlicht. »Und jetzt hoit amoi dei Mei!«

»Was?«

»Dein Maul halten. Reden einstellen. Host mi?«

»Hoob ti«, hat der Drengler geseufzt, und die Ulli hat

ihm die Hand gestreichelt und ihm einen Kuss auf den Backen gedrückt.

»Nach dem Ligsalz Rudi wird gefahndet. Aber den haben sie leider noch nicht. Aber wie du sagst, das geht ned mit rechten Dingen zu, dass der immer vor der Polizei da war.«

Jetzt hat der Sanktus überlegt.

»Halt! Beim dritten Mord in der Metzstraße war er nicht da. Da war er aber am Vortag auf'm Fasching, wo wir ihn ja getroffen haben. Er muss verschlafen haben oder so. Es hat an dem Tag auch keinen detaillierten Artikel gegeben. Aber heute war er dem Mörder wieder auf der Spur. Der war schon weg, bevor die Polizei gekommen ist. Wie ist das zu deuten?«

Stille in der Runde.

»Ganz einfach«, hat der Piefke aufgeklärt. »Entweder ist er selbst der Ripper, oder er weiß, wer der Ripper ist, und beschattet ihn, um an Storys zu kommen. Das würde bedeuten, dass er die Ermittlungen der Polizei behindert. Dieser Kerl hat auf jeden Fall etwas auf dem Kerbholz.«

Wieder Stille in der Runde. Dann Explosion der Kommentare. Jeder hatte natürlich schon den gleichen Gedanken, und ja, es war nun klar: Der Ligsalz ist sofort zum Ripper erkoren worden, weil ja gar keine andere Möglichkeit, weil immer als Erster da.

Der Sanktus und der Piefke haben sich die Hände an die Stirn gehalten vor lauter peinlich. Wieder einmal hatte keiner zugehört.

»Stopp, stopp!«, hat der Hanspeter die Meute beruhigt. »Es isch doch no ned erwiesen, dass der Ligsalz der Ripper isch. Habt ihr denn ned zug'hört, ihr Säckl? Macht amal langsam.«

Der Weidenfels hat den Zeitungsmann herangewinkt und sich die aktuelle Ausgabe der Morgenpost gekauft. Das Titelblatt war eindeutig. *Ripper-Serie beendet? Sind die kanonischen Fünf vollbracht? Eine Zusammenfassung von Rudolf Ligsalz.*

»Na, den Ligsalz haben sie wohl wirklich noch nicht«, hat der Weidenfels kommentiert. »Der arbeitet sogar noch aus dem Untergrund. Lasst mal sehen. Mhm, blablabla, jetzt kommt's:

… scheint es sich beim Mord an der Marktfrau Irene R., das fünfte Opfer (Name geändert), nicht um einen Ripper-Mord zu handeln. Es muss also mit einem weiteren Opfer gerechnet werden, wenn die Theorie der kanonischen Fünf herangezogen wird. Im November 1888 wurde die Prostituierte Mary Jane Kelly, das fünfte Opfer, fast bis zur Unkenntlichkeit verstümmelt. Was wird uns als Nächstes erwarten? Wird die Polizei den Münchner Ripper vorher verhaften können?

Bravo! Respekt. Der Herr ist auf Zack. Herr Bichlmaier sollte fündig werden. Das gibt sonst ein Debakel.«

In diesem Moment ist die Tür geöffnet worden, und der alte Sanktjohanser ist in Begleitung einer jungen attraktiven Asiatin hereingekommen. Alle Blicke der Männer am Tisch natürlich in Richtung asiatischer Schönheit. Dem Sanktus sein Blick zur Kathi, und deren Blick war unverkennbar von Ratlosigkeit und Peinlichkeit gezeichnet. Was hat sein Vater, der alte Dackel, von diesem jungen Mädl wollen? Eigentlich war es dem Sanktus ja klar, weil er war ja auch nur ein Mann, aber das war wohl doch zu peinlich. Grad umgarnt hat er sie. Hat ihr aus dem Wintermantel geholfen, ihr den Stuhl hingeschoben, ganz Gentleman. Und gerade kokettiert haben sie. So ein Lustmolch. Also wirklich.

Der Sanktus ist aufgestanden und zum Tisch der beiden hinüber gegangen.

»Griaß di!«

»Ja Servus, Bubi. Bist aa da? Freut mich. Ah und die Kathi aa. Logisch! Die Anna is ja bei der Kleinen. Magst dich kurz hersetzen. Darf ich dir vorstellen. Des ist die Bian aus Vietnam. Bian bedeutet ›geheimnisvoll‹, gell, Mausi?«

Die Bian hat ihn verliebt angelächelt, und er genauso zurück. Der Sanktus total baff.

»Setz dich her, Fredl, oder schleich dich wieder. Weil so tragst nur die Ruh naus, wennst so dastehst, ohne dass d' was sagst«, hat der alte Sanktjohanser seinem Sohn provokant hingeworfen.

Der Sanktus hat nur den Kopf geschüttelt und ist zurück zum Tisch.

»Was war jetzt des, des?«, hat der Helmut wissen wollen.

»Sein Vater«, hat die Kathi für den Sanktus geantwortet. »Ich glaub, wir gehen jetzt besser. Was meinst?«

Jetzt hat das Sanktus-Handy geblinkt und nur einen einzigen Ton abgegeben. Eine SMS. Auf dem Display ist gestanden: *Demuth will morgen Früh reden. Zeit? LG Bichä*

Der Sanktus ist daheim mit der Kathi noch bei einer Kanne Rooibostee auf dem Kanapee gesessen, und sie haben den Tag Revue passieren lassen. Beide waren von den Ereignissen aufgewühlt. Sie hatten der Anna, die auf die Martina aufgepasst hatte, noch die Geschichte vom Vater und der Asiatin erzählt. Auch die Anna war erschrocken, hatte aber versprochen, den alten Sanktjohanser zur Rede zu stellen, gleich am nächsten Tag in der Früh.

Die Kathi hat dem Sanktus ihre nackten Füße hingehalten und gemeint: »Du wolltest doch noch nachschauen, ob meine schöner sind als die von der Ashwini.«

Der Sanktus hat die kastanienfarben lackierten Zehennägel begutachtet und sich küssend von ihnen zu Kathis Mund vorgearbeitet. Der Kathi hat das sichtlich gefallen, so wie sie entspannt die Augen geschlossen hat. Der Sanktus hat ihr langsam das Oberteil ausgezogen.

»Mama, ich kann ned schlafen«, hat die Martina gerufen, die jetzt im Schlafanzug in der Tür gestanden ist. »Was macht's ihr da eigentlich?«

Die Kathi hat sich schnell ihr Unterhemd übergezogen und ihre Tochter in ihr Zimmer bugsiert. Der Sanktus hat etwas blöd geschaut.

Die Kathi ist noch einmal ins Wohnzimmer zurückgekommen und hat den Sanktus intensiv geküsst.

»Sie rühren sich keinen Millimeter, Herr Sanktjohanser. Haben Sie mich verstanden? Wir machen gleich genau da weiter, wo wir stehen geblieben sind.«

Jetzt hat der Sanktus nicht mehr dumm geschaut.

Es war ein Kunstwerk. Heute habe ich mich selbst übertroffen. Die Vierte ist tot und mir geht es richtig gut. Eigentlich habe ich mein Werk vollbracht. Ich hoffe es zumindest. Bei der Hure von der Weisser-Klinik habe ich auch schon gedacht, ich wäre fertig. Aber dann ist die Vierte mit ihrem Bastard dahergekommen. Ich habe die Zeitung gelesen. Ich bin in der morgigen Ausgabe auf dem Titelblatt. Es wird ein fünftes Opfer von mir erwartet. Sie werden nach diesem Artikel nicht Halt machen, mich zu suchen. Ich habe Angst vor diesem Hobbydetektiv. Ich habe ihm direkt in die Augen geblickt. Er ist gefährlich.

Das spüre ich. Vielleicht muss ich seine Frau zum fünften Opfer küren? Ich war ihr schon ganz nahe. Ich habe immer noch ihren Duft in der Nase. Oder diese junge Polizistin, die ich vor dem Dostojewski's gesehen habe? Sie würde auch eine schöne Leiche abgeben. Kommt Zeit, kommt Rat. Ich genieße erst einmal die nächsten Tage.

SONNTAG, 17.02.2013

Nachdem der Abend trotz der Intervention der Martina doch noch äußerst befriedigend verlaufen war, hat der Sanktus wunderbar geschlafen und eine ruhige Nacht hinter sich gehabt. Er hat zwar geträumt, dass der Demuth der Ripper war, sie in eine Falle gelockt und ihm und dem Bichä die Gurgel durchgeschnitten hat. Grad gelacht hat er, der Herr Kriminalassistent, weil sie so blöd gewesen waren. Aber ansonsten ist der Schlaf eigentlich doch sehr erholsam gewesen. Der Bichlmaier hatte dem Sanktus am späten Abend noch eine Nachricht gesendet, dass er ihn um halb elf Uhr abholen wolle. Also hat er, brav wie er war und weil halt doch wieder ein Sonntagvormittag und auch noch der letzte Ferientag im Eimer war, frische Semmeln geholt und seinen beiden Damen das Frühstück hergerichtet. Spiegelei, Speck, Wurst, Käse, Nutella und was du dir sonst noch vorstellen kannst. Die Kathi und die Martina waren schwer begeistert und haben das gemeinsame Mahl genossen. Sie haben dem Sanktus auch noch das Versprechen abgenommen, spätestens um zwei Uhr wieder daheim zu sein, da am Nachmittag ein Treffen mit dem alten Sanktjohanser auf dem Programm gestanden ist. Na bravo! 200 Punkte von 100 erreichbaren, hat sich der Sanktus gedacht, und es hat ihn daher schon sehr gereizt, den Demuth-Termin in die Länge zu ziehen, um seinem Vater zu entrinnen. Aber das wäre definitiv suboptimal verlaufen, weil die Kathi dann sicherlich auf 180.

Er hat sich mit jeweils einem Bussi verabschiedet und ist das Treppenhaus hinunter und auf die Straße. Der Winter hat München noch immer schwer im Griff gehabt. Dieses Jahr hat der Februar alles gehalten, was ein strenger Winter versprochen hat. War man gar nicht mehr gewohnt in der Stadt.

Er ist etwas verwundert gewesen, dass der Kommissar zehn Minuten nach der vereinbarten Zeit immer noch nicht angefahren gekommen ist, weil sonst war er immer die Pünktlichkeit in Person. Eine Verspätung hat ihm gar nicht ähnlich geschaut.

Um Viertel nach elf ist er schließlich doch noch angebraust gekommen. Der Sanktus ist eingestiegen und hat ihm einen guten Morgen gewünscht, ist aber mitten im Satz ins Stocken geraten. Der Kommissar war ganz verstrubbelt und völlig ausgepowert.

»Ja Bichä! Wie schaust denn du aus? Hast du schon an Nahkampf hinter dir?«

»So ähnlich«, hat der Kommissar gegrinst.

»Wie so ähnlich?«

»Ja es war nah und es war fast ein Kampf.«

»Ja, äh, aber doch ned mit der …?«

»Doch. Genau mit der!«

»Die Anmeldungs-Brigitte-Bardot aus der Weisser-Klinik?«

»Genau, die Brigitte Stillkraut. Also die Biggi«, hat der Bichlmaier geschmunzelt.

»Und die geht so ran?«

»Wia da Deifi!«, hat der Bichlmaier geschwärmt.

»Sauber, Bichä, sauber. Aber wo müss ma jetzt hin?«

»Ins Olympia Eisstadion hat er uns bestellt.«

»Na bravo. James Bond für Arme, oder was?«

Die beiden Ermittler haben im Eisstadion ihren Eintritt bezahlt und Schlittschuhe ausgeliehen, weil allzeit bereit, und sie haben ja nicht gewusst, was sie erwarten würde. Alle zwei haben ihre Adlerblicke schweifen lassen, aber kein Demuth in Sicht. Weder auf der Eisbahn noch auf den Rängen.

»Was mach ma jetzt?«, hat der Sanktus wissen wollen.

»Jetzt setz ma uns amal schön sichtbar auf so eine Tribüne«, hat der Bichlmaier beschlossen.

Sie haben sich also mitten hinein gepflanzt und die Eisläufer beobachtet. Schön sind sie alle im Kreis gefahren. Ein paar Lausbuben haben Fangermandl gespielt und mehrere Erwachsene zu Fall gebracht. Einige Mäderl haben mit ihren Kunstläufern brav Pirouetten gedreht. Aber sonst war nichts Besonderes zu erkennen, so sehr sie sich auch angestrengt haben.

Nach circa zehn Minuten ist ein kleiner Bub auf sie zugekommen. Der Sanktus hat sich schon gewundert, was der wohl will, da hat der kleine Kerl ein Funkgerät aus seiner Jackentasche gezaubert und den beiden hingehalten.

»Sind Sie die dümmsten Detektive von ganz München?«, hat er sich an die zwei gewendet.

Der Sanktus hat schon loslegen wollen, aber der Kommissar hat ihm seine Hand auf den Arm gelegt.

»Ja, simmer. Wer lässt das fragen?«

»So ein komischer Typ mit einer komischen Aussprache. Da hinten!«

Der Bub hat auf das andere Ende der Sporthalle gezeigt.

»Nee, jetzt ist er weg. Komisch.«

»Das passt schon. Da hast einen Euro. Danke.«

Der Bichlmaier hat gegrinst und hat das Funkgerät vor seinen Mund gehalten.

»Hier Bichlmaier. Kommen.«

»Ja, Demuth hier. Sagen S' amal echt! Glaam Sie wirklich, dass ich der Ribber bin, Sie Knallkopf? Kommen.«

»Demuth, runter vom Gas. Wer ist aus der Wohnung abgehauen wie ein Vergifteter? I ned! Also wo sind S'? Kommen.«

»Des sach ich Ihnen ned. Sind Sie und der andere Idiot allein? Kommen.«

»Ja, nur wir zwei Idioten sind da. Aber nimmer lang, wenn das so weitergeht. Hamma uns verstanden? Sonst schick ich ein Einsatzkommando. Kommen.«

»Einverstanden. Also keine Verstärkung? Kommen.«

»Einverstanden. Kommen.«

Die beiden haben von hinten jemand die Treppen der Tribüne runterkommen hören, und der Demuth ist vor ihnen gestanden. Also das Abbild des früheren Kriminalassistenten. Er hat wirklich nicht gut ausgeschaut. Eigentlich hätte man ihn sofort für den blutrünstigen Ripper halten können. Seine Brille hat er an einem Eck mit Leukoplast geklebt. Wahrscheinlich war sie ihm bei seiner Flucht zu Bruch gegangen. Die Kleider sind an ihm gehangen wie ein nasser Sack und haben geschlabbert, so dünn ist er gewesen. Anscheinend ist er nicht allzu gut verpflegt worden. Ein bisserl gerochen hat er auch, und der Wintermantel, der er angehabt hat, hatte auch schon bessere Zeiten gesehen.

»Demuth, wohnen Sie unter einer Isarbrücke? Sie schauen ja aus wie ein Gammler.«

»Ned direkt, Herr Bichlmaier. Des möcht ich Ihnen noch ned verraden. Red ma erscht amal. Wie ist Ihr Stand der Ermiddlungen?«

»Demuth, Sie san der Flüchtige. Also Sie zuerst«, hat der Kommissar erwidert.

Der Sanktus hat es erst einmal vorgezogen, noch gar nichts zu sagen, weil Profi am Werk.

»Also wir haben fünf Opfer. Korrekt?«

»Ja«, ist's vom Bichlmaier gekommen.

»Meiner Meinung nach sind nur vier Morde vom Ribber verübt worn. Korrekt?«

»Ripper!«

»Weng meiner, Ripper«, hat der Demuth gemault.

»Wir bezweifeln, dass die Marktfrau ein Ripper-Opfer ist«, hat der Bichlmaier zugegeben.

»Korrekt, Herr Bichlmaier. Ich würde den Herrn Freisleder einmal ins Bräsidium zidieren. Die Frau Freisleder hat vor einem halben Jahr ein Haus in Obermenzing geerbt, ihr gehört der Stand und jetzt kommt's: Sie wollde sich scheiden lassen.«

»Eins zu null für Sie, Demuth«, hat der Kommissar bestätigt. »Also kommt noch ein Opfer, oder?«

»Ist zu vermuten. Wenn das jetzt das vierte Opfer war und noch ned das fünfte, müsstet ihr den From-Hell-Brief mit einer Niere kriechen. Habt ihr den schon?«

Schwitzen und Kopfschütteln bei Sanktus und Bichlmaier.

»Wer war denn das letzte Opfer? Das konnt ich ned herausfinden.«

»Eine Jana Gruber.«

»Und die war schwanger?«

»Ja, im fünften Monat«, hat der Sanktus eingeworfen, dass er auch einmal was gesagt hatte.

»Weiß man den Vater?«, hat der Demuth gefragt.

»Kann ich Ihnen ned sagen.«

»Kommen S', Herr Kommissar. Ich kann sozusagen *undercover* ermiddeln. Wenn Sie's ned über'*s* Herz bringen, na schieben Sie's *unten* durch. Auf geht's!«

»Der Holger Rosenwirth. Das ist ein Heilpraktiker und der Mann von der ...«

»Cornelia Sandmann«, hat der Demuth vervollständigt. »Des waß ich auch. Hab ich's doch vermutet, dass der seine Finger im Spiel hat. Ich bin mir nämlich ziemlich sicher, dass der ein Verhältnis mit allen Opfern, außer der Solveig Rindfleisch, hadde.«

»Sind Sie sich sicher, Demuth«?

»Zu 99 Brozent.«

»Ja, ist na er unser gesuchter Mörder?«, hat der Sanktus gefragt.

»Waß ma's? Waß ma's«, hat der Demuth geantwortet. »Wen verdächtigt ihr sonst noch?«

»Wir haben noch den Glöckerl in Petto. Er profitiert mit seinem Gruselkabinett von der ganzen Sache. Dann müssen wir uns den Frauenarzt, den Dr. Prokopetz, noch anschauen. Die Frauen stehen alle irgendwie in einer Beziehung zu ihm. Überhaupt ist mir die Weisser-Klinik nicht ganz geheuer. Ansonsten schauen wir recht dumm aus der Wäsche. Wen haben Sie denn in Verdacht?«

»Den Ligsalz. Der ist aber seit gestern von der Bildfläche verschwunden. Zumindest laut seiner Redaktion.«

»Ja, nach dem läuft eine Fahndung. Klar, dass der weg ist. Sonst noch wen?«, hat der Bichlmaier wissen wollen.

»Nein, sonst hab ich auch niemanden«, hat der Demuth etwas zögernd beigegeben. Dem Sanktus war klar, dass er dabei gelogen hat. Der hat sehr wohl noch einen Verdacht gehabt. Aber zugeben wollt er es irgendwie nicht.

»Und habt ihr 'nen Brofeiler inzwischen?«

»An was?«, hat der Bichlmaier nachgefragt.

»Einen Pro-fi-ler!«, hat der Demuth langsam wiederholt.

»Profilerin. Eine Profilerin hamma. Die Frau Dr. Wiedenholz. Über 50, dürr wie ein Hering und furchtbar gescheit. Die weiß einfach alles.«

»Und? Was sacht sie, die Frau Doktor?«

»Tät' mich auch interessieren«, ist's vom Sanktus gekommen.

»Viel sagt die«, hat der Kommissar geseufzt. »Es kann sowohl ein männlicher oder auch ein weiblicher Täter infrage kommen.«

»Na bravo. Des wiss ma aa«, hat der Sanktus gefrotzelt, und auf dem Demuth-Gesicht hast du einen Anflug von einem Lächeln gesehen.

»Wenn Mann, dann würde sie auf eine gestörte Sexualität tippen. Sozusagen ein innerer Trieb, der ihn zu den Morden drängt. Bei einer Frau tät sie als Motiv Rache vorschlagen. So, jetzt such ma einen Mann mit gestörter Libido oder eine rachsüchtige Frau. Guad, ha?«

»Na des Weib hat's unbedingt gebraucht, oder?«, hat der Sanktus gefragt.

»Von dem ganzen Soko-Schmarren kannst nur die Bine, also die Kommissarin Schranner brauchen. Die ist wirklich ein Traum. Den Rest kannst in der Pfeife rauchen.«

»Wer is na des?«, hat der Demuth mit entsetztem Blick gefragt.

»Dein Ersatz«, hat der Sanktus sofort geschossen. »Ein recht ein netter sogar.«

Der Demuth hat geschaut, als hätte er in eine Zitrone gebissen, aber er hat sich jeglichen Kommentar verkniffen.

Der Bichlmaier hat dem Demuth das Funkgerät zurückgegeben und sich ihm noch einmal zugewendet.

»Haben Sie den Polizeifunk abgehört?«

»Klar. Aber ich verrat Ihnen ned, wie. Auf gar kaan Fall.«

»Na wunderbar, Demuth. Und wie soll's jetzt weitergehen?«, hat der Bichlmaier gefragt.

»Sie müssten mich ja normalerweise jetzt verhaften, oder?«, hat der Demuth geantwortet.

»Eigentlich schon«, hat der Kommissar zugestimmt.

»Na hilft's nix, oder?«

In diesem Moment ist auf der Eisfläche ein Tumult entstanden. Zwei Kinder waren zusammengestoßen. Eines der beiden ist schreiend am Boden gelegen, das zweite war anscheinend ohnmächtig und hat am Hinterkopf geblutet. Der Bichlmaier ist sofort aufgestanden, aber als ein Sanitäter der Eishalle auf die Fläche gelaufen ist, hat er sich wieder hingesetzt.

»Also Demuth, noch wegen der Jasmin Kaufmann«, hat der Kommissar wieder zu sprechen begonnen und sich umgedreht, aber der Kriminalassistent war wie vom Erdboden verschluckt.

Nachdem der erste Ärger über das plötzliche Verschwinden des Kriminalassistenten verklungen war, haben der Sanktus und der Bichlmaier auf dem Heimweg noch die Aufgaben der nächsten Tage abgesteckt. Die Soko würde versuchen, alles über Holger Rosenwirth und seine Liebesbeziehungen herauszufinden, und der Bichlmaier samt Sanktus am Montagnachmittag dann Besuch bei dem Heilpraktiker. Dienstag Besuch bei Dr. Prokopetz und in der Redaktion der »Münchner Morgenpost«.

»Wir gehen zur Tante Anna. Pfau-Essen!«, hat die Martina lauthals verkündet, gerade als der Sanktus in die Wohnung hineingeschlüpft ist.

»Einen Pfau? Geh Martina, den kann ma doch ned essen, oder?«, hat der Sanktus lachend gefragt.

»Ja oder so ähnlich halt. Ich hab's ned verstanden. Der Opa hat angerufen und hat gesagt, wir sollen um eins bei der Anna sein. Die Bing kocht an Pfau. So, jetzt weißt es, und du kannst ja versuchen, ob du dir zusammenreimen kannst, was es jetzt wirklich gibt.«

Dem Sanktus ist schwarz vor Augen geworden. Die Bing hat nur die Bian, also seine vietnamesische Konkubine, sein können. Ist die bereits in die Familie aufgenommen worden? Hat ja wohl nicht sein können. Aber Augen zu und durch. Was anderes ist ihm wahrscheinlich sowieso nicht übrig geblieben.

»Komm, zieh dich a bisserl schön an«, hat ihn die Kathi, die bereits ausgehfertig aus dem Bad herausgekommen ist, angetrieben. »Ich möchte die Bian und die Anna ned warten lassen.«

Der Sanktus hat die Welt nicht mehr verstanden. Da lacht sich sein alter Herr so ein Flitscherl, das seine Tochter hätte sein können, an, und dann wird die noch hofiert, als ob es sich um einen Staatsbesuch handeln würde. Die Kathi hat sein fragendes Gesicht sofort richtig gedeutet.

»Wirst schon sehn! Du bist auf dem Holzweg, Herr Meisterdetektiv. Hör auf deinen Watson und mach di fertig. Auf geht's. Drehzahl!«

Der Sanktus hat sich widerwillig ein schönes Hemd und eine dunkle Hose aus dem Kleiderschrank im Schlafzimmer geholt. Rasiert hat er sich auch noch schnell, weil wenn du beim Kaiser von China vorsprichst, darfst du ja schließlich nichts dem Zufall überlassen.

Wie sie in der Wohnung der Anna hinein sind, ist ihnen schon ein wunderbarer, vollmundiger Geruch nach Fleischsuppe und asiatischen Düften entgegengeschwebt. Um einen Pfau hat es sich also wirklich nicht handeln können. Die Bian ist aus der Wohnküche herausgetänzelt und hat die Kathi mit einem Bussi begrüßt.

»Hallo, Sanktus, schön, dich wiederzusehen. War letztes Mal leider ein wenig kurz«, hat sie gesagt und dem Sanktus auch ein Willkommensbussi draufgedrückt.

Gar nicht so schlecht, hat sich der Sanktus gedacht, wie er die kleinen aber festen Brüste der Vietnamesin an seiner Brust gespürt hat. Und ein schönes Gsichterl hat sie auch gehabt. Lächelnd ist der Sanktus in die Wohnküche hinein, wo schon die Anna und sein alter Herr gesessen sind. Die Martina war neben ihrem neu gewonnenen Opa gesessen, und die beiden haben miteinander geblödelt. Die drei Frauen haben geschäftig in einen großen Topf gespitzt und den Inhalt kommentiert, ohne dass der Sanktus verstanden hätte, um welches Gericht es sich gehandelt hat. Alle ein Herz und eine Seele. Heile Welt, heile Familie. Er hat das Treiben nur skeptisch beobachtet. Wohl war ihm irgendwie nicht. Das ist ihm alles zu schnell gegangen. Aber irgendwie war der Anblick auch wieder schön, weil so eine große Familie war der Sanktus nicht gewöhnt, sprich, hat er noch nie gehabt. Er war ja schon mit der Kathi und der Martina im Siebten Himmel und völlig zufrieden.

»Bubi, setz dich her. Bian komm bitte auch amal kurz«, hat der alte Sanktjohanser gerufen.

»Also, Fredl. Des is die Bian aus Vietnam. Weil nachdem du bestimmt denkst, da hat sich der alte Depp eine junge Asiatin zum Vögeln geholt, muss ich dich aufklären.«

»Also Papa …«, hat der Sanktus anfangen wollen, aber sein Vater hat ihn abgewürgt.

»Brauchst jetzt gar ned so tun. Das hast du gedacht, und ich kann's dir auch ned verübeln, weil ich wär genauso. Aber Danke für den Papa. Hast heut zum ersten Mal zu mir gesagt. Fühlt sich gut an. Außerdem find ich's gut, dass du's mir noch zutraust. Also, die Bian ist die Tochter von einem guten Freund von mir aus Südafrika. Sie studiert in Deutschland Betriebswirtschaft. Ich hab meinem Freund, dem Tung, versprochen, dass ich ihr, jetzt wo ich wieder in München bin, ein bisserl unter die Arme greif. Sie hat bisher in einer Wohngemeinschaft gelebt. Aber des war ned des Wahre, und gestern hamma ein schönes Apartment in Pasing gfunden. Gell, Bian und des hamma dann noch in der ›Neuen Kirch‹ gefeiert. Ihr hättet's also gar ned so deppert schauen müssen, wenn du gfragt hättst.«

Dumme Gesichter ringsherum.

»Wir hätten aber auch etwas sagen können, Sankti«, hat die Bian gesagt.

»Sankti?«, hat der Sanktus gefragt. »Jetzt ned, oder?«

»Ja, eher Sanktä, ned Sankti. Da Sanktä war i halt früher in München. Heut ist man moderner. Da ist man der Sanktus. Klingt aa besser, muass i sagn.«

»So«, hat der Sanktus immer noch ganz verdattert gesagt, »hätten wir das jetzt auch geklärt. Was gibt's jetzt eigentlich zum Essen?«

»Phó«, hat die Bian endlich aufgeklärt. Ausgesprochen hat es wie *Faah* geklungen, wobei du bei dem *aah* so tun müsstest, als hättest du einen Schnupfen. Oder du hältst dir die Nase zu.

»Da schau. Pfau. Hab ich doch gsagt. Hat mir wieder keiner geglaubt«, hat die Martina protestiert und dabei gegrinst.

»Nicht Pfau. Phó«, hat die Bian wiederholt. »Das ist eine vietnamesische Suppe mit Reisnudeln, Rindfleisch und Gewürzen. Das isst man in Vietnam schon zum Frühstück.«

Also haben alle einen Teller mit der wunderbar duftenden heißen Suppe bekommen. Daneben sind ein Paar Stäbchen und ein asiatischer Löffel gelegen. Jetzt hättest du die fragenden Blicke der Anwesenden sehen sollen. Die Bian hat dem alten Sanktjohanser zugelächelt. Er hat mit zwei gespreizten Fingern auf seine Augen gezeigt und gemeint: »Jetzt zuschauen!«

Dann haben er und die Bian in einer Hand die Stäbchen in der anderen Hand den Löffel losgelegt. Mit den Stäbchen in der rechten Hand haben sie die Reisnudeln und das Fleisch aufgenommen und mit der linken die Suppe gelöffelt. Ein wunderbares Schlürfkonzert.

»Ui, heut darf man die Nudeln schnalzen lassen!«, hat sich die Martina gefreut. »Das möcht ich öfter haben.«

Und so ist es doch noch ein schöner Sonntag geworden.

MONTAG, 18.02.13

Der Bichlmaier ist am Montag besonders mürrisch gewesen. Ein klassischer Wochenanfangs-Grantler war er ja seit eh und je, aber so eine Lätschen hat er schon lange nicht mehr gezogen. Der Sanktus hingegen war eigentlich gut drauf. Er hatte am Vormittag eine Stadtführung mit Amerikanern gehabt. Die hatten ihm ein generöses Trinkgeld dagelassen. Da hat sich der Montag schon sehen lassen können. Mittags hatte er die Martina noch mit Essen versorgt, und danach war sie zur Betty-Lou gegangen. Der Sanktus hatte mit der Ulli ausgemacht, dass er die Martina dann nach seinem Spezialeinsatz abholen würde. Also gmahde Wiesn.

Nachdem er auf der Fahrt zum Rosenwirth noch intensiver nachgebohrt hatte, ist der Bichlmaier dann doch mit dem Grund seiner Verstimmung rausgerückt. Sie hatten ihm einen Soko-Chef vom LKA vor die Nase gesetzt. Jens Schultze-Lüdendorf. 40 Jahre, Nordlicht und siebengescheiter Überflieger. Studium in den USA. FBI-Erfahrung. Alles was dem Bichlmaier gerade noch gefehlt hat.

»Jetzt geben wir mal richtig Gas, hat er gesagt, der Aff. Als ob ich bisher keinen Grip auf die Straße gebracht hätt. Ja so ein Arschloch«, hat der Kommissar geschimpft und hätte vor lauter Wut fast einen Auffahrunfall verursacht.

»Ruhig, Brauner«, hat ihn der Sanktus beruhigt. »Der kocht auch nur mit Wasser. Wo ist er denn heut? Wollt er ned mit?«

»Der ist an den Tatorten. Er muss die Atmosphäre fühlen. Die Aura der Morde muss er spüren, hat er gesagt. Aaargghh. Ich könnt speiben.«

»Na ja. Haben wenigstens wir unsere Ruh, oder? Ist doch auch was?«, hat der Sanktus gefolgert, woraufhin der Bichlmaier kurz genickt, aber immer noch gegrummelt hat.

Jetzt sind die beiden in zwei modernen Stühlen vor dem Schreibtisch des Heilpraktikers Rosenwirth gesessen und haben endlich dem großen dunkelhaarigen Herrn, der ihnen seit Tagen beschrieben worden war, in die Augen gesehen. Holger Rosenwirth, Münchens Schicki-Micki Heilpraktiker. Allein die Ahnengalerie an Prominenten an der Wand mit der »Wir sagen Danke, Holger«-Überschrift hat dem Sanktus einen Brechreiz beschert. Wie sie alle aus ihren Bilderrahmen rausgegrinst haben, kein Spaß!

Das Behandlungszimmer war ganz in einem gedeckten Hellgrün gehalten und seltsam eingerichtet. Grün soll ja beruhigen. Der Rest bestimmt Feng-Shui, hat sich der Sanktus gedacht. Und teuer. So viel war klar. Auf dem Schreibtisch hat er ein Bild von der Cornelia Sandmann ausmachen können. Da hatte die Schauspielerin noch bessere Tage gesehen. Da hatte sie noch etwas Natürliches, was ihr inzwischen komplett abhandengekommen war.

»Meine Frau Cornelia«, hat der Heilpraktiker mit einer für sein Aussehen viel zu hohen Stimme das Gespräch eröffnet. »Sie kennen sie bestimmt aus dem Fernsehen.«

»Jaja. Bin ein großer Fan«, hat der Bichlmaier gesagt.

»Wie kann ich den Herren behilflich sein?«, hat der Rosenwirth gefragt. »Wie waren gleich noch einmal Ihre Namen?«

»Ich bin Hauptkommissar Bichlmaier und das ist Herr Sanktjohanser, unser Profiler.«

Den Sanktus hat der Blitz getroffen.

»Oh, ein Profiler. Sehr interessant. Ich habe auch einige Semester Psychologie studiert«, hat der Rosenwirth eingeworfen und den Sanktus komisch beäugt.

Dem Sanktus ist immer heißer geworden.

»Ja. Wunderbar«, hat der Kommissar das Gespräch herumgelenkt. »Wir sind zu Ihnen gekommen, weil wir zurzeit mehrere mysteriöse Todesfälle aufzuklären haben. Sie haben in den Medien bestimmt schon vom Münchner Ripper gehört.«

Der Heilpraktiker hat genickt, sich in seinem Stuhl zurückgelehnt und die Hände vor seinem Gesicht gefaltet, sodass seine Zeigefinger die Nasenspitze berührt haben.

»Ja, habe ich. Bitte fahren Sie fort.«

»Bei den Opfern handelt es sich um Solveig Rindfleisch, alias Jennifer Gold, eine Schauspielerin, Susanne Niederreither und Jasmin Kaufmann.«

Der Rosenwirth hat keine Miene verzogen, jedoch dem Bichlmaier nicht in die Augen geschaut.

»Haben Sie eine der Damen gekannt, Herr Rosenwirth?«

Der Rosenwirth hat einen Moment gezögert und dann genickt.

»Ich habe Frau Kaufmann gekannt. Sie hat in der Weisser-Klinik gearbeitet. Ich bin dort auch tätig. Professor Weisser ist ein Verfechter der alternativen Medizin und bietet seinen Patientinnen auch homöopathische Behandlungen an. In einer privaten Klinik ist so etwas natürlich möglich. Frau Kaufmann hat mich da des Öfteren unterstützt.«

»Und Frau Rindfleisch und Frau Niederreither kannten Sie nicht?«

»Nein, kann ich leider nicht dienen.«

»Besitzen Sie einen dunkelblauen Volvo-SUV mit dem Kennzeichen M-HR 6745?«, hat der Bichlmaier jetzt wissen wollen.

»Ja. Warum fragen Sie?«

»Weil Frau Niederreither mit diesem Wagen öfters abgeholt wurde.«

»Das muss sich um eine Verwechslung handeln, Herr Kommissar«, hat der Heilpraktiker abgewehrt.

»Herr Hauptkommissar, Sie sprachen doch von vier Morden. Möchten Sie Herrn Rosenwirth nicht auch noch den Namen des vierten Opfers nennen?«, hat der Sanktus jetzt geflötet.

»Ach ja, Herr Sanktjohanser. Ich vergaß«, hat der Bichlmaier mitgespielt. »Herr Rosenwirth, wo waren Sie in der Nacht vom Freitag auf Samstag letzter Woche?«

»Warum fragen Sie mich das, Herr Hauptkommissar? Bin ich tatverdächtig?«

»Herr Rosenwirth, bitte beantworten Sie meine Frage«, hat der Bichlmaier ganz Tatort-like gekontert.

»Ich war mit einem Freund, Dr. Faulhaber, beim Cocktailtrinken in der Nähe des ›Hofbräuhauses‹. Er kann das definitiv bestätigen. Wollen Sie ihn gleich anrufen?«

»Das mach ich vom Präsidium aus. Wenn Sie mir bitte die Telefonnummer des Herrn und die Adresse der Cocktailbar aufschreiben möchten.«

»Sonst noch etwas?«, hat der Heilpraktiker gefragt. »Ich hätte nämlich meinen nächsten Termin.«

»Ach ja. Der Herr Sanktjohanser hat ja noch das vierte Opfer angesprochen. Den Namen konnten wir bisher aus der Presse heraushalten. Beim vierten Opfer handelt es sich um Frau Gruber, Jana Gruber.«

Der Bichlmaier hat eine Pause gemacht und den Heilpraktiker beobachtet.

»Herr Rosenwirth. Ist Ihnen nicht gut?«

Der Heilpraktiker hat ausgesehen, als wenn ein Blitz durch ihn gegangen wäre. Seine Augen waren glasig.

»Herr Rosenwirth, wir wissen, dass Sie drei der vier Opfer gekannt haben. Geben Sie's zu. Frau Gruber war von Ihnen schwanger. Richtig?«

»Ich bitte Sie, nun zu gehen, meine Herren. Ich denke, es ist besser, ich konsultiere meinen Anwalt, bevor ich weiter spreche.«

»Tun Sie das, Herr Rosenwirth. Aber bitte halten Sie sich zur Verfügung und verlassen Sie München nicht.«

»Ganz sicher nicht«, hat er bestätigt, und dem Sanktus ist es vorgekommen, als hätte er einen Anflug von einem teuflischen Funkeln in den Augen des Heilpraktikers entdecken können.

DIENSTAG, 19.02.13

Die Niere war in der Früh in der Ettstraße zu Händen des Kommissars angekommen. Wie das Original war sie nicht vollständig vorhanden. Ein computergeschriebener Brief ist dabei gewesen.

Grüße aus der Hölle,

Sehr geehrter Herr Kommissar,

anbei ein Teil der Niere, die ich Frau Gruber am Samstag entnommen habe. Den anderen Teil habe ich gebraten und an meinen Hund verfüttert.

Kommen Sie mir nicht zu nahe, ansonsten sehe ich mich gezwungen, eine Ihrer Lieben als mein nächstes Opfer zu wählen.

Hochachtungsvoll
Ihr Ripper

»Wen meint er mit Lieben?«, hat der Sanktus den Kommissar gefragt, als sie zum Verlag der »Münchner Morgenpost« gefahren sind.

»Das wenn ich genau wüsste! Ich befürchte aber, er meint die Brigitte und die Kathi. Vielleicht sogar die Martina. Hoffentlich ned das Kind«, hat ihm der Kommissar geantwortet.

»Scheiße«, hat der Sanktus geflucht und mit der Faust an die Scheibe des Autofensters geschlagen. Das hat er jetzt gehabt von seinem Kriminalisieren. Die Kathi hat es ihm anfangs ja zigmal gepredigt, aber er, der gescheite Herr Sanktjohanser, hat es ja nicht glauben wollen. Und am Ende hast du halt den Dreck im Schachterl. Wenn der Kathi oder der Martina was zustoßen würde, könnte er sich das nie verzeihen. Was dann geschehen würde, ist ihm noch nicht klar gewesen, und er hat gar nicht daran denken wollen.

»Gut, dass ich Single bin«, hat die Bine von hinten vorgerufen.

»Darfst halt nix mit uns anfangen«, hat der Sanktus gewitzelt. Das war seine bevorzugte Art, Stress- oder Angstsituationen zu überspielen. Die Kathi hat ihn damit immer gepiesackt, dass er nie ernst bleiben und nie wahre Gefühle zeigen könne. Aber so war er halt einmal, der Sanktus, und das hat die Kathi auch nicht mehr ändern können. Sie hatte ihn eh schon so viel beeinflusst. Bevor er sie und die Martina kennengelernt hatte, hatte er nie wirklich gewusst, wo er seinen endgültigen Platz in dieser Welt finden hat sollen. Er war innerlich zerrissen gewesen, zwischen der weiten Welt und München. Er hatte nie eine feste Beziehung gehabt, die länger als ein paar Wochen gehalten hat. Diesen Zustand hatte er mit der Fantasie kaschiert, so wie der Monaco Franze, der ewige Stenz, von Frau zu Frau durch München zu tingeln. Alles unter dem Stern der Freiheit, die er, wie er heute gewusst hat, eigentlich gar nicht wollte. Das Familienleben war das Richtige für ihn. Definitiv. Das war ihm heute klar.

»Ich würd es verstehen, wenn du das Handtuch schmeißen tätst«, hat der Kommissar nach einer kleinen Pause gesagt.

Der Sanktus hat erst einmal gar nichts erwidert. Das Gescheiteste wäre es sicherlich gewesen, aber er hat nicht aus seiner Haut können. Früher hätte er keine drei Minuten darüber nachgedacht und sich für die opportune Lösung entschieden, aber heute? Inzwischen hat er die Sachen, die er angefangen hat, zu Ende gebracht. Auch das war ein positiver Einfluss der Kathi.

»Nix, Bichä. Des mach ma jetzt fertig, den hamma, bevor er irgendeine von unsere Mädels anlangen kann«, hat der Sanktus in tiefem Münchnerisch geantwortet, weil richtungsweisende Aussage.

»Habt's ihr eigentlich den Freisleder schon vorgeladen?«, ist es dem urplötzlich gekommen.

»Zefix, ja. Das wollt ich dir noch sagen. Der ist wie vom Erdboden verschluckt. Getürmt. Futsch! Ich denk, wir können die Marktfrau ausklammern. Der muss das Erbe entweder durchgebracht oder verscherbelt haben. Auf jeden Fall sind die Konten leer, und er ist weg. Wahrscheinlich ist sie ihm draufgekommen, und er hat sie daraufhin um die Ecke gebracht.«

»Also warten wir auf das fünfte Opfer, oder?«, hat die Bine geflüstert.

»So schaut's aus«, hat der Kommissar bestätigt.

Kurz darauf sind die drei mit einem richterlichen Durchsuchungsbeschluss und einigen Münchner Polizeibeamten in der Redaktion der »Münchner Morgenpost« einmarschiert. Der Sanktus hat mit dem Grinsen gar nicht aufhören können, so erhebend war das, wie der Bichlmaier mit dem Schreiben in der Hand seine Schneisen durch die Büros gezogen hat. Wie ein Schaufelraddampfer auf dem Mississippi. »Proud Mary« Scheißdreck dagegen.

Die Mitarbeiter der Redaktion, die ihn aufhalten wollten, sind sozusagen an seinem Bug abgeprallt. Vor dem Büro des Redaktionsleiters ist die Armada dann zum Stehen gekommen. Nach einer kurzen Diskussion über Pressefreiheit, Mordverdacht und Gefahr in Verzug hat der Redaktionsleiter seine Sekretärin angewiesen, den Polizisten den Weg zum Ligsalz-Büro zu zeigen. Büro war übertrieben. Es hat sich lediglich um eine Nische in einem Großraumbüro gehandelt. Hennasteign, also Hühnerstange hat der Sanktus vor Augen gehabt. Überall an den Wänden und Trennwänden waren Zeitungsartikel von anderen Magazinen zum Ripperthema. Aber natürlich kein Vergleich zu den Fotos vom Rudi, weil der ja immer der Erste am Tatort war. Dem Sanktus ist immer noch nicht klar gewesen, wie er das gemacht hat. Die Polizeibeamten haben alle Fotos und Ordner eingepackt, haben alle Schubladen geleert, sogar den Inhalt des Papierkorbs haben sie mitgenommen. Der Sanktus hat sich das Mousepad, auf dem das bayerische Wappen abgebildet gewesen ist, angesehen. *0,0456 Quadratmeter Freistaat Bayern* ist unter den bayerischen Löwen gestanden. Er hat das Mousepad hochgehalten und dem Kommissar zugerufen:

»He, Bichä. Schau amal. Das wünsch ich mir zum Geburtstag!«

Der Kommissar hat gelächelt und gerade was sagen wollen, als die Bine den Ansatz seiner Rede jäh mit einem Schrei erstickt hat.

»Da pappt was drunter. Schauts es euch an. Da pappt a Foto drunter.«

Der Sanktus und der Kommissar sind sofort zur Stelle gewesen. Tatsächlich ist unter dem Pad ein Foto befestigt gewesen. Der Sanktus hat das Papier vom Untergrund getrennt und umgedreht.

Plötzliche Stille. Keiner der Umstehenden hat eine Silbe herausgebracht. Das Foto hat eine gebückte Gestalt in dunklem Umhang gezeigt, die einen leblosen Körper mit einem spitzen Gegenstand bearbeitet hat. Den leblosen Körper von Jana Gruber.

Du hättest jetzt eine Stecknadel auf den Boden fallen hören können. Kein Mucks, kein lautes Schnaufen. Die Spannung war förmlich als elektrisch geladene Luft spürbar.

»Der … der … der kennt den Mörder und sagt nix«, hat die Bine Schranner gestammelt. »Der Kerl deckt das Schwein.«

Entsetzen ringsherum. Der Kommissar und der Sanktus sprachlos. Dem Sanktus sein Herz hat gewummert, und sein Blutdruck so hoch, dass er einen Druck auf die Ohren gekriegt hat, praktisch kurz vor Ohnmacht, also ziemlich schwindlig.

Es hat immer noch keiner gesprochen. Gerade als der Kommissar zum Reden ansetzen hat wollen, ist die Tür aufgegangen und der Ligsalz ist seelenruhig in das Redaktionsbüro hereingeschlendert. So als ob überhaupt nichts wär. Keine Fahndung, einfach nichts. Ein bisserl mitgenommen hat er schon ausgeschaut. Fettige, strähnige Haare, blasser Teint, Augenringe. Alle Augen jetzt auf ihn. Aber natürlich auch die Rudi-Augen auf die Beamten. So schnell hast du gar nicht schauen können, hat der Reporter einen Haken geschlagen und ist in einen modernen Besprechungsraum zu seiner Linken abgehauen. Die Polizisten haben nur noch das klackende Schloss hören können. Der Bichlmaier jetzt mit Vollgas am Anschlag in Richtung Tür und hat erst einmal mit aller Gewalt dagegen gedroschen.

»Ligsalz, machen Sie auf! Es hat doch keinen Sinn!«

Kein Wort aus dem Inneren. Hätte der Sanktus auch nicht erwartet. Durch die heruntergelassenen Rollos hast du nichts durch die Glasfenster des neumodischen Zimmers gesehen.

»Ligsalz, aufmachen. Wir können doch über alles reden!«

Wer's glaubt wird selig, hat der Sanktus gedacht.

»Aufbrechen«, hat der Kommissar die Beamten angewiesen. »Den wern ma glei haben.«

Der Redaktionsleiter wollte sich noch zwischen die Tür und die Polizisten werfen, weil Angst ums Inventar, aber die Bine hat ihn abgefangen und ihm den Arm verdreht, sodass er seinen Sprung unter Schmerzen hat abbrechen müssen.

Es hat dann noch zwei kurze Anläufe gebraucht, und die Tür war geöffnet. Aber gleich wieder Ernüchterung, weil Fenster im Raum offen und der Ligsalz weg. Ein Blick hinaus hat die Feuertreppe offenbart, die der Ligsalz für seine Flucht benutzt hat, und der Sanktus, der Kommissar und die Bine haben den Reporter noch unten in seinem Golf davonfahren sehen können. Seinen Stinkefinger hat er durch die geöffnete Scheibe hoch in Richtung der Verlierer gezeigt.

»Kreuzkruzifix!«, hat der Bichlmaier geflucht. »Mia Volldeppen! Wia de Anfänger! Geh leck mich doch!«

Das Mittagsmahl in einer Traditionswirtschaft am Ostbahnhof ist sehr still und in angespannter Atmosphäre verlaufen. Der Bichlmaier hat den Fahndungsmisserfolg seinem Vorgesetzten, dem LKA Beamten Schultze-Lüdendorf praktisch zeitnah beichten müssen. Also suboptimal. Der war natürlich alles andere als erbaut und hat den Kommissar anscheinend nicht sonderlich gelobt. Dementsprechend die Stimmung, also Nullpunkt praktisch nichts. Eher Eiszeit angesagt. Der Kommissar hat sein Stammgericht, einen Schweinsbraten mit Knödel, in sich hineingeschlungen, dass du gemeint hast, er ist die ganze nächste Woche auf Nulldiät. Immer wenn die Bine oder der Sanktus etwas haben sagen wollen, hat er nur abgewehrt und geknurrt. Ausnahmsweise hat er sogar im Dienst ein Bier getrunken, was du sonst von ihm nie gesehen hättest. Gegen Ende des Schlingens, der Sanktus und die Bine waren gerade bei der Hälfte ihrer Portionen, hat er doch noch zum Reden angesetzt.

»So, jetzt geht's mir besser«, hat er geschnauft und sich seinen Bauch gestreichelt. »Schickt's euch. Wir müssen zum Prokopetz. Auf geht's.«

Den ungläubigen und fassungslosen Blick der beiden anderen kannst du dir ja jetzt vorstellen.

Die Praxis *Frauenarzt Dr. Johann Prokopetz* ist in der Buschingstraße im Münchner Osten gelegen. Gleich bei der U-Bahn-Haltestelle Böhmerwaldplatz. Die Richard-Strauß-Straße, die Berg-Am-Laim und den Effner-Platz verbindet, ist inzwischen untertunnelt. Ein wahrer Traum für die an der Oberfläche jahrzehntelang mit Lärm belästigten Anwohner. Die Praxis hat sich in einem neumodischen Hochbau ganz in der Nähe der U-Bahn-Haltestelle befunden. Die Lage nicht zu noblig, aber doch mit Stil, das Schild an der Tür golden mit geschwungenen Lettern, eher verspielt.

Der typische Brummton des Türschließers hat das Trio

automatisch nach Klingelbetätigung in die Anmeldung eingelassen. Die Dame am Empfang hätte jetzt noch so schön sein können, der Kommissar hat außer dienstlichen Belangen keinen Blick für sie gehabt, weil Brigitte Stillkraut ja aktuell. Also kein weiterer Bedarf. Ein bisserl Diskussion hin und her, und die Frau Kindermann Liselotte hat sich dann letztendlich doch dazu herabgelassen, die Polizei ins Wartezimmer einzulassen, und da sind sie jetzt drin gesessen. Apricotfarbene Wände und der Sanktus sofort Déjà-vu von den schönen seidenbestrumpften Zehen von der *Leonie Reindl, Hebamme*. Bei der Erinnerung ist ihm ein Lächeln über die Lippen gehuscht.

Er hat sofort die Bilder, von denen der Giovanni gesprochen hatte, an der Wand gesucht. Suchen hat's aber nicht lange gebraucht, weil eine Wand komplett vollgepflastert mit berühmten Patientinnen. Und mittendrin hat eine Autogrammkarte von der Cornelia Sandmann rausgegrinst. *Für meinen liebsten Schani, Deine Cornelia*, ist in Frauenschrift draufgestanden. Also schon mal gut bekannt, die beiden. Der Sanktus hat sich weiter umgesehen. Die Bine hat eine Frauenzeitschrift vom ausliegenden Stapel in der Hand gehabt, aber der Bichlmaier, der ja auch auf dem Faschingsdienstagstreffen der Brauer gewesen war, hat mit dem Sanktus das Rosenwirth–Plakat gesucht. Und schon haben sie es gehabt. Neben der Tür des Wartezimmers ist es aufgehängt gewesen. Es war ein Werbeplakat für Homöopathie in der Frauenheilkunde und Geburtshilfe. Der Rosenwirth hat seine Dienste in seiner Praxis aber auch in der Weisser-Klinik angeboten. Natürlich in strenger Kooperation mit Herrn Dr. Prokopetz. In einer oberen Ecke hast du den Rosenwirth mit Zahnpasta-Lächeln sehen können und in der unteren rechten beide Herren Arm in Arm ganz in weiß. Dream-Team Scheißdreck dagegen. Dass der zweite der Prokopetz war, hat der Sanktus nur wegen der Bildunterschrift gewusst. Eigentlich ganz sympathisch. Sogar fast väterlich.

»Grüß Gott, die Herrschaften«, hat der Dr. Prokopetz die drei in seinem gynäkologischen Behandlungszimmer begrüßt. Dem Sanktus ist aufgefallen, dass der Arzt den rechten Fuß ein bisserl nachgezogen hat. An seinem Finger hat ein protziger Siegelring geprangt.

»Was verschafft mir die Ehr? Nehmen S' doch bitte Platz.«

Vom Akzent her Wiener, scheint's. Diesen Dialekt hat der Sanktus sehr gerne gehört. Weil der Sanktus sowieso großer Wienfan. Er war schon mehrere Male in der österreichischen Hauptstadt gewesen. Nur noch nicht mit der Kathi, aber das hat er schnellstens nachholen müssen. Vor mehr als 20 Jahren ist er einmal in einer Kneipe, dem »Lukas«, in der Schönlaterngasse, gewesen. Da hat er eine Halbe Helles bestellt. Das Mädl am Tresen hat ihn aber anscheinend nicht verstanden.

»A waas?«

»A Halbe Helles?«

»A waas?«

»A Halbe Helles!«

»Hamma ned!«, ist's von der Dame gekommen.

»Der wü a Krügerl!«, also einen Krug Bier hat der Chef der Dame gedolmetscht.

Sanktus Nicken und Grinsen.

Sie: »Na soll a sogn, was er wü.«

Aber sein Helles hat er dann gekriegt, der Sanktus.

Der Kommissar hat alle kurz vorgestellt, und der Sanktus war wie am vorigen Tag wieder der Herr Profiler Magister Sanktjohanser, wobei das dem Prokopetz im Gegensatz zu seinem Kollegen Rosenwirth eigentlich wurscht war.

»Wir untersuchen gerade die mysteriösen Todesfälle verschiedener Frauen der letzten Tage und Wochen. Vielleicht haben Sie ja bereits von den Ripper-Morden gehört.«

Weiter ist der Kommissar nicht gekommen, weil sein Handy gepiepst hat. SMS von »Volltrottel« ist auf dem Display gestanden, sprich Nachricht vom Demuth.

»Moment bitte«, hat der Kommissar unterbrochen und die SMS geöffnet.

Unbedingt Beziehung von Prokopetz zu Holger R. und Cornelia S. hinterfragen. D

war zu lesen.

»So ein Depp. Weiß ich selber«, hat der Bichlmaier gemurmelt und weitergemacht.

Der Kommissar hat dem Gynäkologen die Namen und die Sterbedaten die vier ermordeten Frauen genannt, und du hast sehen können, dass der Arzt immer nachdenklicher geworden ist.

»Jössas naa. De oarmen Madln«, hat er gestammelt. »Des is jo furchtbar, Herr Kommissar. Wissen S', weil i hob s' olle liab, meine Damen. Wir sind wie eine große Familie. Also im übertragenen Sinn, natürlich.«

»Haben Sie denn alle Opfer gekannt?«, hat die Bine gleich gefragt.

»Jo, ned olle. Also die Susi woa a gaunz a Liabe. Die woa bei mir, seit ich nach München gekommen bin. Schad um des Madl. Die Jasmin hab ich aus der Klinik kennt. Da hat sie öfters bei mir assistiert. Diese Jennifer Gold, da waß i nix. Aber die Jana. Die trifft mi bsonders hoart. So a Klasseweib. So liab und so an schenan Körper. Die Haut zu de kastanienfoarbenen Hoar. I mag goar nimma dran denken.«

Dann hat er versonnen zum Fenster in die winterlichen Straßen hinausgeschaut, und ein paar Tränen sind ihm die Backen hinuntergelaufen.

»In welchem Verhältnis sind Sie zu den Opfern gestanden, Herr Dr. Prokopetz«, hat der Kommissar gefragt.

»Weil ich gsagt hab, ich hab sie olle liab, meinen S'?«, hat der Arzt vorwurfsvoll erwidert.

»Eher wegen Ihrer Reaktion bezüglich der Frau Gruber«, hat der Sanktus versucht, die Wogen zu glätten.

»Scheiß Haberer. I hob's ihr gsogt, des geht ned guat«, hat der Prokopetz in seinen nicht vorhandenen Bart gemurmelt.

»Wie bitte?«, hat der Kommissar gefragt.

»I derf's ned sogn. Unterliegt der ärztlichen Schweigepflicht.«

»Was? Dass die Gruber vom Rosenwirth schwanger war, oder was?«, hat die Bine geblufft.

Den Prokopetz hat's gerissen. Blass ums Näschen und mit verstörten Augen hat er die Bine jetzt angeschaut.

»Na bravo. Wissen des jetzt aa scho olle? Na is's eh wuascht. Die Jana, die kenn ich schon als Kind. Sie woa seit ihrer ersten Periode bei mir. Ihre Mutter kenn ich noch aus Wien. Sie woa mei Sekretärin in der Wiener Klinik, in der ich Primar woa. Also Oberarzt, wie Sie hier sagen würden.«

»Warum sind Sie denn aus Wien weg, Herr Dr. Prokopetz?«, hat die Bine wissen wollen. »So einen Posten gibt man doch ned so einfach auf.«

»Schaun S'«, hat der Arzt sinniert, »manchmal hat das Leben halt doch was anderes mit einem vor. Hier hab ich eine eigene Praxis, einen schönen Kundenstamm und so weiter und so fort.«

»Das allein kann ich mir jetzt ned vorstellen«, hat der Sanktus eingeworfen, und der Prokopetz hat sich vom Fenster weggedreht und hat dem Sanktus giftig in die Augen geblickt.

»Ned?«, hat er die Stimme erhoben. »Warum ned, Herr Profiler?«

Hab ich ihn schon, hat sich der Sanktus gedacht.

»Ah Scheiß drauf«, hat der Prokopetz angegangen. »Des kriagt's ja sowieso raus. Während meinem Studium, also meines Studiums«, hat er korrigiert und gelächelt.

Dabei hat er sich eine Zigarette angezündet. Ob es wen stört, hat er natürlich nicht gefragt.

»Do woa ma so a Grupp'n aus lauter junge Mediziner-Burschen. Vuakommen samma uns wia de Größten. Was kost die Welt? Mia woan alle guat beim Studieren. Do gibt's kan Zweifel. Aber g'soffen hamma hoid leider aa recht oft. Mir ham olle in Ottakring g'wohnt.«

Der Prokopetz hat eine kurze Pause gemacht.

»Eines Nachts hamma a schware Partie g'hobt und mia woan mehr als ang'soff'n, oiso blunznfett. Da samma no in a Disco eine. Da woan so junge Maderln, und am Schluss samma zu aner von dene z'haus. Und wir ham g'wiß nix gmacht, was die ned aa wollen ham. Aber zwaa von uns ham s' wegen sexueller Belästigung anzeigt. Mia san Gott sei Dank ned verurteilt worden, aber es woa hoarschoarf. Woa a Jugendsünde, weiter nix.«

»Und des hat Jahre später jemand rausgfunden, hat Sie

hingehängt, und Sie sind daraufhin nach München«, hat die Bine kombiniert.

»Exakt, gnä' Frau«, hat der Prokopetz bestätigt. »Es hat halt ned zu aner blütenreinen Westen, die du als Primar von aner Gynäkologischen brauchst, gepasst. Da san s' eigen, die Wiener Damen. Aber is eh vü schöner da. Eigene Praxis. Belegbetten in der Weisser-Klinik. Und der Münchner passt zum Wiener. Traditionell, Sproch, na ja, ned gleich, aber ma versteht si. Die Mentalität is aber sehr ähnlich. Kaner wü a Großstädter sei, es bleibt eahm aber nix anderes übrig. Wird eahm aufzwungen. Die Originale verschwinden zunehmend. Na, i bin ja aa fuat aus Wien.«

Jetzt war er dem Sanktus geradezu sympathisch, der Prokopetz. Ein Seelenverwandter, aber Sanktjohanser: Vorsicht, er könnte gut und gern der Täter sein. Wegen sexuell auffällig und Flucht aus Wien schon verdächtig und tät doch irgendwie passen.

»Herr Prokopetz, in welchem Verhältnis sind Sie zu Holger Rosenwirth und Cornelia Sandmann gestanden?«

»Warum fragen S' des?«

»Herr Prokopetz, bitte beantworten S' einfach meine Fragen. Die haben schon Sinn. Der Herr Rosenwirth war ja anscheinend auch der Vater des Kindes.«

»Der Holger und ich san guade Freind. Vom Sport her. Wir spielen miteinander Golf. Ich kenn eahm schon seit 15 Joahr. Also seit der Zeit, wo ich nach München kommen bin. Wir ham beide eine Praxis in der Ismaninger Straße in der Näh vom Friedensengel g'hobt. Im gleichen Haus. Da lernst dich automatisch kennan. Wir haben dann schnö unsere Liebe zum Green entdeckt. Ich woa sogar der Trauzeuge von eahm, ois er die Cornelia geheiratet hat. Ein schoarfes Weib, sag ich Ihnen.«

Den Sanktus hat der Blitz getroffen. Die waren alle miteinander verbandelt, und alles war verschachtelt. Und am Schluss will's wieder keiner gewesen sein.

»Wir ham dann angfangen zusammen z' orbeiten, weil ich im Grunde meines Herzens eigentlich ein Homöopath bin. Das hat sich gut angeboten. Die Cornelia ist für uns auch Modell für a Werbekampagne g'standen. Das woa 2003. Vielleicht erinnern Sie sich ja noch.«

Kopfschütteln.

»Na eh wuascht. Zu der Cornelia hab ich ein sehr gutes Verhältnis, aber eher väterlich. Bin jo doch scho a bissl älter.«

»Wie verhält es sich jetzt mit der Frau Gruber? Und was war mit früheren Bekanntschaften?«

»Da möcht und kann ich Eahna ka Auskunft geben.«

»Dann kommen S' bitte morgen auf's Präsidium, Herr Dr. Prokopetz. Ob das schlau ist, weiß ich nicht. Bei uns arbeiten viele Polizistinnen. Falls da die eine oder andere bei Ihnen Patientin wär und Sie bei uns sieht, wegen der Publicity, wissen S' …«

»Es Gfrasta«, hat der Prokopetz in sich hineingegrummelt. »Wann es Kibara nur an erpressen könnt's. Aber na guad. Ich mecht's so umschreiben. Der Holger woa ka Kind von Traurigkeit. Sicher ned, und die Cornelia woa aa ned immer leicht zum Haben. Er hat sich durchaus ab und zu einmal wo anders verlustiert. Ob er mit dem Starlett da was g'hobt hat, waß i ned. Könnt sein, dass er die an irgendeinem Drehort von der Cornelia kennengelernt hat. Die Susi und die Jasmin hat er alle in der Weisser-Klinik kennangelernt. Die Susi woa duat einmal für eine kurze OP stationär. Jo, und jetzt kommt die Jana. Haben Sie mit dem Holger schon über die Jana g'sprochen?«

Betretene Blicke seitens Sanktus und Kommissar.

»Ja sicher. Die wollten ja heiraten, hat der Herr Rosenwirth gesagt«, hat die Bine einfach so in den Raum geworfen.

Der Sanktus und der Bichlmaier völlig baff über diesen Bluff. Der Prokopetz hat jetzt tief eingeschnauft.

»Jo eh. Im Sommer. Die Jana woa die Liebe seines Lebens, wann's so was gibt. Er hat sie bei mir in der Praxis gesehen, wie er einmal die Cornelia abgeholt hat. Mir hätt die Jana auch gefallen, aber i könnt ja ihr Vater sein, und er eigentlich aa. Ich bin ganz ehrlich, wann i die Vorg'schicht vom Holger anschau, ich wollt ihn ihr ausreden. Ich hab versucht, sie von eahm wegzubringen, aber keine Chance. I man, er woa scho a Weiberheld, aber bei der Jana woa der wie ausg'wechselt. Kane Fraueng'schichten mehr. Die ham sich auf des Kind g'freit, des glaubst du ned. Er hat mit de ganzen Weiber, die er noch g'hobt hat, Schluss gmacht. Da woa nur noch die Jana für eahm.«

»Und die Frau Sandmann?«, hat die Bine neugierig gefragt.

»Waß nix. Hoffentlich, weil die Cornelia kann scho Gas geben, wann die wüll. So einfach gibt sich die ned g'schlagen. Allanig scho ned wegen der Presse.«

»Herr Prokopetz, jetzt bräuchten wir noch die Information, wo Sie an den Tatabenden waren.«

»Hearst, bin i verdächtig? I glaub, i spinn. Aber eh wuascht. Fragen S'.«

»Montag, 28.01?«, hat der Kommissar begonnen.

Der Prokopetz hat in seinen Kalender geschaut.

»Woa i in Augsburg auf aner Tagung. Mit Übernachtung. Können S' gern nachfragen.«

»Dienstag 05.02. untertags?«

»Woa i hier in der Praxis. Hab ich mich auf einen Vortrag vorbereitet. Meine Sprechstundenhilfe kann das bezeugen.«

»War die den ganzen Tag bei Ihnen?«

»Gehen S', frog'n S' doch ned so deppert. Kann doch goar ned sein. Die hockt ja ned auf meim Schoß, oder?«

»Die Nacht vom 08. auf den 09.02, also Freitag auf Samstag.«

»Da woa i z' Haus. Weil mir der Fasching am Oarsch vorbei geht.«

»Kann das wer bezeugen?«, hat der Sanktus gefragt.

»Jo, eine nette Dame. Die Adresse geb ich aber nur her, wann Sie einen richterlichen Beschluss ham«, hat der Arzt geantwortet und gegrinst.

»Freitag 15.02 auf Samstag 16.02?«, Frage vom Bichlmaier.

Der Arzt hat in seinem Kalender gekruscht.

»Da hob i ka Alibi«, hat er geseufzt. »Aber ans können S' mir glauben. Die Jana hätt ich niemals ang'rührt.«

Dann ist der Prokopetz in Tränen ausgebrochen.

Der Bichlmaier und die Bine sind noch zurück in die Polizeiinspektion, um dem Sokoleiter Schultze-Lüdendorf zu rapportieren. Da hat der Sanktus natürlich nicht dabei sein dürfen, zwecks illegaler Ermittler und so weiter. War ihm eigentlich ganz recht, dass er früher heimgekommen ist, weil Saunabesuch auf dem Programm.

»Schön, dass du schon da bist«, hat die Kathi gerufen als der Sanktus zur Tür hereingekommen ist. »Die

Anna und dein Vater kommen auch gleich. Dann kömma's gleich packen. Die Englers warten sonst in der Kälte!«

»Da brauch ich aber zuerst ein Bier und kurz reden. Nur zehn Minuten, dann kömma's gleich packen.«

Und dann hat der Sanktus der Kathi die Erlebnisse des Tages erst einmal in aller Ruhe erzählt. Die Ligsalz-Flucht hat er ein bisserl dramatischer wiedergegeben, als sie in Wirklichkeit war, und die Kathi war schwer beeindruckt. Auch die Prokopetz-Story hat sie außerordentlich erstaunt. Ihr Fazit war: der Rosenwirth höchst verdächtig, der Prokopetz unschuldig. Ein Wiener kann keine so grausamen Taten begehen, hat sie gemeint. Sisi und so, weißt!

Während der Halben sind auch schon die Anna und der alte Sanktjohanser gekommen. Kurzer Small Talk, und schon sind die Kathi und ihr Sanktus das Treppenhaus hinunter, natürlich nicht ohne den guten Rat des Vaters, dass man sich in einer Sauna gerne Appetit machen kann, aber gegessen wird daheim. Ein Schenkelklopfer, aber gute Miene zum bösen Spiel, also Lächeln seitens Sanktus.

Auf dem Parkplatz der städtischen Sauna im Münchner Norden haben die Englers schon gewartet. Der Drengler hat seinen Jaguar gegen einen Porsche Cayenne getauscht gehabt.

»Hast heut den Wagen von da Ulli«, hat der Sanktus gefrotzelt. »Is er hin, der Jaguar? Wie seinerzeit am Eisbach?«

»Nee, Sanktus. Das ist mein Neuer. Über 200 PS. Geht ab wie Schmidts Katze. Habe ich seit heute. Ein Traum von einem Wagen, kann ich dir sagen. Die Innenausstattung …«

Aber weiter ist der Drengler nicht gekommen, da hat ihn die Ulli schon unterbrochen.

»Ist ja gut, Jens. Wirklich toll, aber nun lass uns mal reingehen. Wir erfrieren ja hier noch.«

Also sind sie rein zum Haupteingang und nach dem Zahlautomat durch das Drehkreuz der Badeanstalt. Ein bisserl gespannt war er schon, der Sanktus, wie die Ulli wohl nackig aussehen würde. Den Drengler hat er ja schon ohne Kleidung vom Feringasee im letzten Jahr gekannt.

Er hat sich in der Umkleide ausgezogen und sein Gewand brav auf den Kleiderbügel und in das daran hängende Netz gepackt. Wie in jeder Umkleidekabine war null Komma gar kein Platz vorhanden, und der Sanktus ist beim Ausziehen der Hose mit dem rechten Fuß hängen geblieben, gekippt und Vollgas mit dem Kopf gegen die Kabinentür geknallt. Die Kathi hat gegluckst vor Lachen, weil er sich gar so dumm angestellt hat, hat sich aber dann, um ihn nicht direkt zu provozieren, doch zusammengerissen.

»Ist etwas geschehen?«, hat der Drengler geträllert. »Bist du gestürzt, Sanktus? Wohl schon ne Halbe oder zwei gehabt, nöch?«

»Du mich auch«, hat der Sanktus gemurmelt. »Volldepp! Na des kann ja was werden. Da hast wieder eine Idee ghabt, Frau Müller.«

»Jetzt komm. Tu ned so. Die sind doch total nett, und ihr seids doch inzwischen sogar Spezln, oder?«

»Fast, Kathi. Fast. Ned ganz. Da leg ich großen Wert drauf.«

Kurz darauf haben sie es doch alle geschafft, unfallfrei in ihre Bademäntel zu gelangen, und sie haben sich mit den Taschen an den abschließbaren Kästchen getroffen.

Der Sanktus hat sofort auf die Hammerzehen der Ulli schauen müssen, und ihn hat's geschüttelt. Blau lackiert waren sie heute auch noch. So ein Graublau. Wenn er sich vorgestellt hat, dass ihm da die Ulli mit ihrem Fuß hinauf streicht … Erneutes Schütteln, Fieberanfall gar nichts dagegen.

»Du hast ja Gänsehaut«, hat die Ulli gemeint. »Kommt, lasst uns schnell reingehen.«

Im Aufenthaltsraum vor den Saunen, der mit Palmen übersät war, hat sich das Quartett vier ruhig gelegene Liegen in der Nähe eines Whirlpools gesichert, und der Sanktus hat der Dinge geharrt, die da kommen würden. Er würde sich nicht als Erster ausziehen. Gewiss nicht. Die Ulli hat aber nicht lange gefackelt und hat ihren Bademantel ausgezogen. Der Sanktus hat sie jetzt nur von hinten sehen können. Knackarsch kein Ausdruck. Respekt! Das hat man der Ulli lassen müssen. Also figürlich hat er gar nichts aussetzen können. Und über dem Hintern ein kleines Hirschgeweih. So dezent, dass es ihm sogar gefallen hat.

»Na kommt«, hat die Ulli gemeint und sich umgedreht.

Jetzt zwei zu null für die Ulli, weil der Busen auch äußerst bemerkenswert. Also richtig proportioniert und fest für ihr Alter, und der Sanktus jetzt wirklich baff. Die Kathi und der Drengler haben inzwischen auch schon ihre Bademäntel ausgezogen gehabt, und so hat der Sanktus den Blick von der Ulli-Figur abwenden und sich ebenfalls entkleiden müssen.

Nach dem Duschen sind die vier in Richtung Biosauna mit 60 Grad, weil die Kathi lieber nicht so heiß wegen der Schwangerschaft.

»Ah wa. Sanktus, wir sind doch Männer«, hat der Drengler gerufen. »Wir machen doch die finnische mit 90, nö?«

»Ja freilich«, hat der Sanktus bestätigt und gehofft, dass er das irgendwie überstehen würde. Also nicht wegen der Temperatur, weil der Sanktus großer Saunist, musst du wissen, aber wegen dem Geschwalle, das definitiv die ganze Zeit andauern würde.

»Dann bis später«, hat die Kathi, die so nackt und schwanger höchst sexy ausgesehen hat, zum Sanktus gesagt und hat ihm ein Bussi auf den Mund gedrückt. Der Sanktus einen letzten Blick auf die Kathi-Zehen, heute farblos natur. Vorsichtshalber noch ein zweiter Blick, weil wer weiß, wenn er den Drengler umbringen muss und verhaftet wird, würde er sie länger nicht mehr sehen, die Kathi und ihre schönen Füße.

»Was kuckst du eigentlich immer auf die Füße?«, hat ihn der Drengler gefragt.

»Ich? Gar ned. Des bildest dir ein«, hat der Sanktus gestammelt und den Drengler in Richtung Schwitzkasten gezogen. Herrschaftszeiten, das ist ihm jetzt peinlich gewesen. Fast ein bisserl ertappt.

Der Drengler hat sich auf die oberste Stufe gesetzt, die Beine im Schneidersitz verschränkt und eine meditative Haltung eingenommen. Der Sanktus hat natürlich nicht nachstehen können und sich auch auf der obersten Stufe auf dem Rücken liegend ausgestreckt. Die Wärme hat ihm richtig gut getan. Allein schon der Geruch des heißen Holzes hat beim Sanktus eine beruhigende Wirkung entfacht. Komischerweise hat der Drengler überhaupt nicht geredet. Eigentlich untypisch für ihn. Da gesessen ist er wie ein Buddha, die Augen geschlossen. Völlig in seiner mentalen Mitte. Na, dem Sanktus hat es recht sein sollen. So ruhig war ihm sein Begleiter eh am liebsten.

Nach circa drei Minuten ist die Tür aufgegangen und euer Gestrengen, sprich eine 60 Jahre alte Saunawärterin in weißer Kleidung mit heraufgekrempelter Hose ist in der Saunakabine erschienen. Die Krampfadern sind blau aus den dünnen blassen Waden herausgetreten.

»Güden Doch«, hat sie gesächselt. »Isch möchte se züm heutschen Lotschenkiefor-Aufguss begrüßen. Wenn se die Hitze nisch vertrochen, gännsegleisch 'n Stückschn rünterkommen. So, los geht's!«

Und schon hat sie wie eine Wahnsinnige duftende Flüssigkeit auf den Ofen gekippt. Der Drengler immer noch ganz Siddhartha. Nach der zweiten Ration, die sie gleich darauf vergossen hat, hast du genau gemerkt, dass ihm langsam warm geworden ist, weil Atmung deutlich erhöht. Jetzt hat die Kerkermeisterin zum Wacheln angefangen, dass es eine wahre Freude war, und dem Drengler ist der Schweiß runtergelaufen, dass du gemeint hast, Rheinfall von Schaffhausen. Aber er hat standgehalten und der Hitze getrotzt. Immer wieder hat er zum Sanktus gelugt, aber der hat sich nichts anmerken lassen, obwohl ihm durchaus auch schon extrem heiß war.

Nachdem die Sächsin die Sauna verlassen gehabt hat, sind ihr mehrere Leute sofort gefolgt. Der Sanktus ist zwei Stufen zum Nachschwitzen nach unten gegangen, der Drengler jedoch demonstrativ oben sitzen geblieben. Zwei junge Burschen haben zu reden begonnen, weil Aufguss ja vorbei und Schwitzkasten fast leer. Das Thema war die Freitagsparty und wer kommt und Facebook-Einladung und so weiter. Getränke, Essen, Musik et cetera. Grad lustig war's, und der Dialog ist schon ein bisserl lauter geworden. Den Sanktus hat es nicht gestört. Aber den Drengler hingegen anscheinend schon, weil der war kurz vor Exitus, und da reagierst du halt einmal nervös.

»Meine Herren«, hat er angefangen, »ich möchte ja nicht stören, aber eine Sauna ist doch immer noch eine Oase der inneren Ruhe und Entspannung. Wären Sie bitte so nett und würden Ihre Konversation nach draußen verlegen. Danke!«

Und gleich wieder Buddha! Die beiden Burschen haben den Kopf geschüttelt, aber es erst einmal vorgezogen, nichts mehr zu sagen.

Nach einigen Minuten ist der Drengler mit hochrotem Kopf aus der Sauna geflüchtet, weil jetzt wirklich Ende Gelände.

»Blöde Sau«, hat einer der Burschen kommentiert, als der Drengler die Tür hinter sich geschlossen hatte.

»Ja so ein Volldepp, echt, ha?«, der andere.

Der Sanktus hat gegrinst.

Kurz darauf ist auch der Sanktus hinaus. Der Drengler ist prustend unter der Dusche gestanden.

»Mir war das am Schluss zu laut«, hat er verkündet. »Da musste ich gehen.«

»Hab i mir denkt, Jens. Passt scho«, hat der Sanktus geantwortet und noch einmal gegrinst.

Der Drengler hat sich abgetrocknet und sich mit einem Buch von Tolstoi auf seine Liege gelegt. Nach gefühlten drei Sekunden ist er eingeschlafen, und der Sanktus hat geschaut, wo die Damen waren. Die haben sich gerade ein Fußbad gemacht und waren ganz im Ratschen vertieft.

Der Sanktus ist zum Abkühlen nach draußen in das beleuchtete Frischluftareal gegangen. Ein erfrischender

Traum nach den 90 Grad. Die beiden Burschen waren auch draußen und haben einem dritten von dem idiotischen Meditier-Preißn aus der finnischen Sauna erzählt. Einfach schön! Sanktus-Grinsen. Der Sanktus hat sich noch ein paarmal gereckt und gestreckt und ist wieder ins Gebäude hinein. Sofort hat ihn der Blitz getroffen. Gott sei Dank ist zwischen den Saunen und der Freilufttür ein Trog mit Bambusrohr gestanden, wegen der Zugluft. Und hinter dem hat sich der Sanktus jetzt instinktiv geduckt.

»Geht's Ihnen ned gut?«, hat eine dicke Mittfünfzigerin den Sanktus gefragt.

»Naa, naa. Mir is nur mei Kontaktlinsen runter g'fallen«, hat der Sanktus geflunkert.

»Mei, die finden S' nimmer auf dem Boden. Des können S' vergessen«, hat sie festgestellt.

»Jaja. Richtig«, hat der Sanktus gemurmelt und wieder in Richtung Sauna geschaut.

Aber weit und breit nichts zu sehen. Hat ihm jetzt seine Optik einen Streich gespielt, oder hat er wirklich die Stangassinger Lena aus dem Augenwinkel gesehen? Normalerweise hätte er sich jetzt sofort aus dem Staub gemacht, aber mit Frauen und Drengler praktisch gesehen unmöglich. Er hat nun einen kleinen Erkundungsgang durch die Saunalandschaft unternommen, aber nirgends eine Lena. Also anscheinend Gott sei Dank doch Halluzinationen. Fängst früh an, Sanktjohanser, hat er sich gedacht. Na bravo! Er hat sich also noch ein oder zweimal umgesehen und ist vor dem Tauchbecken zum Stehen gekommen. Da hat ihn auf einmal ein kleines Mädchen in einem rosa Hello-Kitty-Bademantel angesprochen.

»Suchst du was, weil du so spähst?«

Der Sanktus völlig perplex, weil erwischt, da er die Lena ja wirklich gesucht hat, also stammeln.

»Nein, nein, ich überleg mir grad, in welche Sauna ich als Nächstes gehen mag.«

»Ach so«, hat das Mädchen gesagt, hat aber keine Anstalten gemacht, weg zu gehen, und ihn weiter beobachtet.

In diesem Moment ist die Lena auf einem Flip-Flop im weißen Bademantel um die Ecke gekommen, und der Sanktus jetzt in letzter Not mit todesmutigem Sprung ins eisige Tauchbeckenwasser.

Kalt, Schmerzen und keine Luft. Keine gute Dreierkombi, aber halt Notfall. Er hat gemeint, ihm zieht es seine Kopfhaut komplett vom Schädel. Im rechten kleinen Zeh stechender Schmerz, weil er beim Sprung an der Edelstahlleiter hängen geblieben war, und von seinem besten Teil nicht zu sprechen, da kurz vor dem Einfrieren. Aber keine Chance, er hat noch ein paar Sekunden aushalten müssen. Kurz vor dem Ersticken hat er nach oben gesehen und schemenhaft den rosa Bademantel erkennen können, sprich Mäderl und nicht Lena. Also Auftauchen und Gott sei Dank wieder Luft zum Atmen. Dann ist er langsam aus dem Tauchbecken gekraxelt. Das Mädchen hat den Kopf geschüttelt und gemeint: »He, du bist ja wirklich komisch!«

Dann hat sie sich umgedreht und ist verschwunden. Der Sanktus völlig gerädert, also Rückzug und neben den Drengler auf seine Liege. Der Drengler immer noch total k.o. und am Schnarchen. Vom Tolstoi hatte er nicht einmal eine Seite geschafft. Der Sanktus hat sich einen Heimat-Krimi, den ihm die Kathi vor zwei Jahren geschenkt hatte, vorgenommen. Schon auf den ersten zehn Seiten hat er drei Fehler gefunden. Geografie und Münchenkunde sechs, setzen, hat er sich gedacht. Aber die Handlung war ganz in Ordnung. Easy Reading. Für den, der »München bleibt München« mag, wahrscheinlich das Höchste.

Er ist gerade bei der ersten Leiche am Chinesischen Turm gewesen, da hat der Sanktus die Tür der Biosauna, die sich ganz in der Nähe der Liegen befunden hat, und gleich darauf ein Klick-klick gehört. Dann Tür zu. Dieses Klick-klick ist ihm sehr bekannt vorgekommen. Die Krücken der Lena, zefix! Der Sanktus hat sein Buch vor sein Gesicht drapiert und über den oberen Rand gespäht. Pfeilgrad, die Stangassinger Lena hier in der Sauna. Stochastisch gesehen ein Unding, aber doch möglich. Sie ist splitterfasernackt vor der Sauna gestanden. Eine Krücke hat sie unter ihren Beinstumpf geschoben gehabt und hat sich umgesehen. Sakrament, ist's dem Sanktus durchfahren. Kein Gramm Fett. Eine Figur, da sagst du Respekt, und er Volltrottel hat sich an nichts mehr erinnern können. Saudumm kein Ausdruck.

Die Lena hat sich jetzt das Saunahandtuch um den Körper geschlungen und ist in Richtung Dusche. Der Sanktus ganz verzweifelt hinter seinem Heimat-Krimi. Von dem, was er gelesen hat, hat er nicht wirklich etwas mitbekommen.

Kurze Zeit später sind die Kathi und die Ulli vom Fußbad gekommen. Der Sanktus hat gleich geprüft, ob das Fußbad was gegen die hässlichen Zehen von der Ulli geholfen hatte, aber Fehlanzeige. Jetzt der Wunsch der Damen, zusammen in die Blockhaussauna draußen im Freiluftgelände. Dem Sanktus war's recht, weil Hauptsache Distanz zwischen ihm und der Lena. Die Ulli hat den Drengler aufgeweckt, und die vier haben sich auf den Weg nach draußen gemacht.

Im dunklen Garten ist eine große Blockhütte aus mächtigen Holzbalken gestanden. Die Außensauna des städtischen Bades. Ein Stillleben mitten im Schnee. Die vier sind flott durch die verschneite Gartenlandschaft zur warmen Hütte gelaufen. Dort sofort hinein und jetzt Ausstrecken auf einem kuscheligen Handtuch angesagt. Der Sanktus gleich wieder entspannt, der Drengler wieder ganz Buddha und die Frauen sitzend am Quatschen. Aber ganz leise, weil sonst gleiche Ansprache wie vorher. Wahrscheinlich weibliche Intuition. Der Sanktus hat seine Augen zugemacht und gleich wieder den makellosen Körper der Lena vor seinen Augen gehabt. Wenn er nicht schon geschwitzt hätte, hätte er spätestens jetzt angefangen, weil es ihm noch immer nicht eingehen hat können, wie er sich hat so vergessen können. Und dann nicht einmal mehr was wissen! Das Bluts-Saufen! Nie wieder würde er so viel trinken. Und wenn du meinst, das Schwitzen war schon genug, dann hättest du den Sanktus sehen sollen, wie jetzt die Tür aufgegangen und die Lena in die Blockhaussauna hereingekommen ist. Pulsschlag ungebremst gegen unendlich. In einem Raum mit seiner Frau und seinem Seitensprung. Und mit dem Drengler, der im Fall des Falles alles mitbekommen würde, und dann kannst du dir ja vorstellen, wie der reagiert. Er würde auf immer und ewig einen Trumpf gegen den Sanktus in der Hand haben, ihn piesacken und vor allem belehren, wo es nur gerade ging. Horrorszenario Scheißdreck dagegen.

»Griaß di Sanktus«, hat ihn die Lena, die ihn ein seinem Eckerl erspäht hatte, begrüßt.

Der Sanktus ist vor Schreck hochgefahren, und wie du weißt ist er ja ganz oben gelegen, also ist sein Schädel mit einem Mordskaracho in die Holzdecke eingeschlagen. Sanktus jetzt komplett schwarz vor Augen.

»Servus, Lena. Alles klar bei dir?«, hat er benommen gesäuselt.

Und jetzt kommt's noch härter, also praktisch Herzstillstand, weil die Lena hat doch tatsächlich gesagt: »Ja griaß di, Kathi. Was treibt euch denn in den Münchner Norden?«

Griaß di Kathi? Der Sanktus wäre jetzt am liebsten in den Boden versunken, weil kann ja gar nicht sein. Die zwei bekannt?

»Ja, kennts ihr euch?«, hat der Sanktus zögernd gefragt.

»Klar!«, Ausruf der beiden.

»Vom Yoga bei der Nadine. Wir kennen uns schon seit ein paar Monaten«, hat die Kathi bestätigt.

»Wir haben uns schon oft recht gut über dich unterhalten«, hat die Lena einen draufgesetzt und dem Sanktus zugezwinkert.

Dem ist jetzt entschieden zu heiß in der Sauna geworden, weil Folter und Pein gar nichts dagegen, weil was hat das Zuzwinkern bedeutet?

»So? Habts ihr? Sehr schön! Sehr schön«, hat er gestammelt. »Ich muss raus. Bis später. Mir ist's zu heiß. Servus!«

Und schon ist er raus und über den kalten Außenbereich hinein zu den Duschen. Aber auch das angenehm kühle Wasser hat den Sanktus-Puls nicht beruhigen können. Unwohl kein Ausdruck.

Er ist nach dem Abtrocknen wie ein Puma in seinem Käfig auf und ab gerannt, weil einfach kein Einfall, wie er aus der Situation hat unbeschadet herauskommen können. Zwischendrin ist ihm die nette Dame von vorhin noch einmal über den Weg gelaufen.

»Ihnen geht's doch ned gut. Erzählen S' mir nix«, hat sie insistiert.

»Naa, jetzt geht's ma wirklich nimmer gut«, hat der Sanktus zugegeben. »Ich leg mich besser ein bisserl hin.«

»Des machen S'. Alles Gute. Wiederschauen.«

Dann ist sie gegangen und hat noch irgendetwas von jungen Leuten auch nicht mehr wie früher gemurmelt. Der Sanktus hat die Augen zugemacht und hat die Gedanken kreisen lassen. Auf einmal hat er eine Hand auf seinem Bauch gespürt und hat aufgesehen. Die Lena ist neben ihm auf seiner Liege gesessen und hat ihn angegrinst.

»Armes Häschen, bist du krank, dass du nicht mehr hüpfen kannst?«, hat sie ihn gefragt.

»Streu Salz in meine Wunden. Hast schon recht«, hat der Sanktus gewinselt.

»Warum? Spinnst jetzt, Sanktus?«

»Ja du bist gut. Wenn die Kathi rauskriegt, was am Weiberfasching passiert ist, dann …«

»Was?«

»Wie? Was?«

»Ja was soll denn passiert sein?«, hat die Lena gefragt.

»Ja, ich hab doch bei dir übernachtet und … ja … und Herrschaftszeiten, ich weiß nix mehr!«

So, jetzt war's raus! Die Lena hat lauthals aufgelacht.

»Ja glaubst du, ich geh mit jedem ins Bett?«, hat sie herausgerufen. »Ihn schau an, den Herrn Casanova.«

»Also ned?«

»Sanktus, du wärst zwar eine Sünde wert, aber ich mach doch so was ned, wenn ich weiß, dass du mit der

Kathi zusammen bist. Ja und du auch noch Vater wirst. Also weißt, dass du mir so was zutraust. Fast schon a Frechheit!«

Jetzt beiderseitiges Grinsen, und der Sanktus war so froh, dass er der Lena vor Freude und Erleichterung gleich ein Busserl draufgedrückt hat.

»Sauber. Was is'n des?«, hat die Kathi, die mit den Drenglers hinter den beiden gestanden ist, gefragt.

Die Kathi ist natürlich nicht sauer gewesen, weil sie ihrem Sanktus ja vertraut hat, und der Sanktus hat sich Gott sei Dank auch wieder selbst gekannt. Die Steine, die ihm beim Gespräch mit der Lena vom Herzen gefallen sind, also Tonnen, kannst du dir gar nicht vorstellen.

Nachdem die beiden heimgekommen sind, haben sie die Martina ins Bett gebracht und mit der Anna und dem alten Sanktjohanser noch ein Glas Wein getrunken. Der Sanktus war so gut drauf, dass er seinen Vater sogar zum Abschied umarmt hat.

Und dann schnell ins gemütliche Bett, weil wenn du von der Sauna heimkommst, hast du eine ganz weiche Haut. Direkt samtig, also beste Voraussetzungen zum Schmusen.

MITTWOCH, 20.02.13

Der Sanktus hat den Mittwochvormittag frei gehabt, und so ist es ihm nur allzu gelegen gekommen, dass der Bichlmaier angerufen hat. Nochmalige Befragung Heilpraktiker. Weil nach dem Prokopetz-Gespräch war klar, dass da etwas faul war im Staate Dänemark. Offizieller Grund also: Alibiüberprüfung.

Das große weiße Einfahrtstor des Anwesens in Grünwald ist automatisch aufgeschwenkt, und der Polizeifünfer hineingefahren. Vor dem säulenbegrenzten Eingang des Hauses war ein Springbrunnen, an dem die drei Ermittler, weil die Schranner Bine war auch dabei, geparkt haben. Ein lateinamerikanisches Dienstmädchen hat ihnen die Eingangstür geöffnet. Der Bichlmaier hat alle vorgestellt und sie sind eingelassen worden.

Die Eingangshalle war mit Marmor gefliest, und abstrakte Bilder haben die hellen Wände geziert. Könnte die Martina auch malen, hat sich der Sanktus gedacht und gar nicht wissen wollen, was das Zeug wohl gekostet haben könnte. Das Dienstmädchen hat sie kurz stehen gelassen und ist in einem Zimmer verschwunden. Kurz darauf hat sie die drei hineingebeten.

Modern kein Ausdruck in dieser Wohnzimmer-Halle. Der Holzboden war dunkelbraun, und mittendrin ist auf einem hellen Teppich ein gleichfarbiges Sofa gestanden. Davor war ein beigefarbener lederbezogener Tischwürfel, neben dem zwei hellblaue 70er-Jahre-Retro-Lederstühle mit glänzendem Stahlfuß gestanden sind. Es hat fast keine Wände gegeben, weil alles voll Fenster war. An einem der wenigen Wandstücke ist ein riesiger Flachbildschirm befestigt gewesen. Mitten im Raum hat ein avantgardistischer eckiger Kamin mit großem Befeuerungsfenster gethront. Das war die Raumtrennung zum Esszimmer. Auf einem der blauen Stühle ist der Rosenwirth mit übergeschlagenen Beinen in einem seidenen Morgenmantel gesessen und hat den Besuch herablassend begutachtet.

»Sehnsucht nach mir?«, hat der Heilpraktiker gefragt.

»Und wie«, hat der Sanktus geantwortet.

»Ah, der Herr Profiler. Nett, Sie wieder zu sehen. Und eine junge Dame! Sehr angenehm«, hat der Rosenwirth gesagt, ist aufgestanden und hat dem Besuch seine Hand zum Gruß hingestreckt. »Was kann ich denn noch für Sie tun?«

»Sie könnten uns Ihre Alibis verraten. Haben Sie mit Ihrem Rechtsanwalt gesprochen?«

»Ja. Er hat mir zur vollen Kooperation mit der Polizei geraten.«

»Und?«, ist's vom Sanktus gekommen.

»Wie und?«

»Ja, in Bezug auf Alibis?«, hat die Bine geantwortet.

»Mit welchen Terminen kann ich denn dienen?«

In dem Moment ist die Tür aufgegangen, und die Sandmann ist in einem zum Wohnzimmer passenden beigefarbenen Kleid, das für ihr Alter viel zu kurz war, hereingekommen. Der Sanktus hat seinen Blick gar nicht mehr von ihrem Busen, den es gerade so herausgebazt hat, abwenden können. Ihr Hintern war noch einigermaßen knackig.

»Hallo, Schatzi. Grüß Gott, die Herrschaften«, hat sie gesagt und die Bine in ihrem Wintergewand von oben bis unten gemustert. Du hast sofort gemerkt, dass ihr Hochdeutsch nur gestellt war. Der bayerische Akzent, den sie in ihren Fernsehauftritten verbergen hat können, war hier daheim deutlich heraus zu hören.

»Die Herrschaften sind von der Polizei, Cornelia«, hat der Heilpraktiker erklärt.

»Ach Gott! Ist etwas passiert?«, hat sie wissen wollen.

»Es geht um diese grausamen Ripper-Morde, Liebling.«

»Ach ja. Schrecklich, nicht wahr?«, hat sie fast abwesend gesäuselt.

»Herr Rosenwirth, wär es nicht besser, wenn Ihre Frau inzwischen hinausgehen würde?«, hat der Bichlmaier angefangen.

»Holger und ich haben keine Geheimnisse voreinander.«

»Wie Sie meinen, Herr Rosenwirth«, hat der Bichlmaier geantwortet. »Montag, 28.01.«

»Lassen Sie mich in meinem Pager nachsehen«, hat der Heilpraktiker gemurmelt.

Die Schauspielerin hat sich lüstern auf eine blaue Stuhllehne gesetzt, die Beine übereinandergeschlagen und einen ihrer hochhackigen Schuhe an ihrem Zeh baumeln lassen. Der Sanktus hat bis zu ihrem Slip schauen können. Na bravo!

»Da hab ich gearbeitet und bin gleich nach der Arbeit nach Hause. Schatz, du warst da beim Dreh, oder? Das war doch der Tag, an dem das mit deiner Kollegin passiert ist.«

Die Sandmann hat genickt und den Arm um ihren Mann gelegt.

»Dienstag 05.02. untertags?«

»War ich ebenfalls in meiner Praxis.«

»Patienten?«, hat der Sanktus dazwischen gefragt.

»Am Nachmittag hatte ich keine Termine, da ich mich auf einen Vortrag vorbereiten musste.«

Muss eine Berufskrankheit sein, dass sie sich immer auf einen Vortrag vorbereiten müssen, oder ganz einfach gelogen, hat sich der Sanktus mit einem verschmitzten Lächeln auf dem Mund gedacht.

»Die Nacht vom 08. auf den 09.02, also Freitag auf Samstag.«

»Da war ich im ›Bärenbräukeller‹ mit meiner Frau auf einem Faschingsball. Nicht wahr, Schatz?«

»Ja, Liebling«, einziger Kommentar.

»Da werden Sie so gegen vier Uhr in der Früh sicherlich geschlafen haben?«

»Selbstverständlich. Wir hatten ganz schön einen im Tee, nich?«, ist die Sandmann der Antwort ihres Gatten zuvor gekommen. Nich! Wahnsinn oder?

»Freitag 15.02. auf Samstag 16.02.?«

»Da war ich mit Dr. Faulhaber weg. Das hatte ich Ihnen aber schon einmal gesagt.«

»Bis um wie viel Uhr?«, Frage vom Bichlmaier.

»Ach, so um 23.30 war ich wieder zurück.«

»Das ist leider nicht viel, Herr Rosenwirth«, hat der Bichlmaier geseufzt. »Sie haben für keinen der Morde ein Alibi. Sie waren fast mit allen der Mordopfer näher bekannt und sind von Zeugen gesehen worden. Ich muss Sie bitten, uns aufs Präsidium zu begleiten. Wir müssen Ihre Aussage zu Protokoll nehmen, und ich muss den Staatsanwalt noch informieren.«

»Ja sagt's amal, spinnt's es, ha?«, hat die Sandmann

jetzt tief im bayerischen Dialekt gerufen. »Ihr könnt's doch ned einfach so da reinspazieren und mir mein Mo mitnemma.«

Jetzt hat der Sanktus grinsen müssen. Da ist Rosenheim brachial durchgekommen.

»Herr Rosenwirth, auf geht's«, hat der Bichlmaier gesagt. »Wir warten draußen auf Sie.«

Der Sanktus ist kurz nachdem er draußen war, um das Haus herumgeschlichen und hat sich hinter einer Hausecke versteckt. Durch die wunderbaren großen Fenster hast du direkt in das Wohnzimmer hineingesehen. Die Cornelia und ihr Heilpraktiker haben gestritten, dass die Fetzen geflogen sind. Immer wieder hat sie mit ihren Fäusten auf seinen Brustkorb eingetrommelt. Hysterisch kein Ausdruck. Na bravo! Gerade als der Sanktus zum Auto zurück hat wollen, ist ein schwarzer Mercedes die Auffahrt heraufgebraust gekommen, und ein hochgewachsener Herr mit nach hinten geschleckten Locken ist ausgestiegen. Der Bichlmaier ist sofort auf ihn zugegangen und hat ihm die Hand gereicht.

»Bichlmaier, warum haben Sie mich denn nicht informiert, dass Sie hier sind?«, hat der den Kommissar angefahren.

Die Bine hat nichts gesagt und hat verzweifelt mit ihren Blicken den Sanktus gesucht, in der Hoffnung, dass er nicht auftaucht.

»Ich hab Sie leider nicht erreicht, Herr Schultze-Lüdendorf«, hat der Bichlmaier gelogen. »Sie müssen in einem Funkloch gewesen sein.«

Der Sanktus hat sich hinter dem Strauch, der ganz an der Hauswand gewachsen ist, keinen Millimeter bewegt.

Er hat den Kommissar ja nicht in Kalamitäten bringen wollen. So hat er in seinem Versteck erst einmal ausgeharrt.

Nach circa zehn Minuten sind der Kommissar, die Bine und der Lüdendorf mit dem Rosenwirth vom Grundstück gefahren.

»Grüß Gott, Frau Sandmann«, hat der Sanktus gesagt, als ihm die Schauspielerin nach dem zweiten Klingeln aufgemacht hat. Ihre Augen waren rot geweint und der Kajalstift war ganz verschmiert. Na wunderbar.

»Was wollen S' denn noch?«, hat sie gefragt.

»Ich tät mich gern noch ein bisserl mit Ihnen unterhalten. So von Bayer zu Bayer«, hat der Sanktus es versucht.

»Eh scho wurscht. Kommen S' rein. Mögen S' a Bier?«

»Des is a Angebot«, hat der Sanktus den Sack gleich zugemacht und ist der Schauspielerin ins Haus gefolgt.

»Gemma in d' Küch, oder? Da ist's immer am g'mütlichsten.«

Die Sandmann hat zwei Halbe Rosenheimer Bier aus dem Kühlschrank geholt und sie mit einem Messer, das herumgelegen ist, aufgemacht. Dem Sanktus ist die Dame immer sympathischer geworden. Die beiden haben sich auf zwei Barhocker an einem erhöhten kleinen Tisch, an dem man höchstens Snacks einnehmen hat können, gesetzt. Die Schauspielerin hat ihre beigefarbenen Pumps abgestreift und dem Sanktus zugeprostet. Einen sauberen Zug hat sie drauf gehabt, hast du ihr lassen müssen.

»Ah, tut des guad!«, hat sie gestöhnt.

»So g'fallen S' mir schon besser als vorher. Vor allem reden S' jetzt viel schöner«, hat der Sanktus gemeint.

»Scho, ha?«, hat sie geantwortet. »Mei, früher hab ich in bayerischen Sachen mitgespielt, aber jetzt bin ich bekannt und kann in den ZDF-Abendserien nicht mehr daherreden, wie mir der Schnabel gewachsen ist.«

»Schad«, war alles was der Sanktus kommentiert hat.

»Scho, gell. Aber hilft nix. Manchmal strengt's mich aber wirklich richtig an. I bin ja gebürtig aus Rosenheim, also Umland. Aus einem Bauernhof raus. Da war die Welt no in Ordnung.«

»Jetzt nimmer?«, hat der Sanktus wissen wollen.

»Mei, wie ma's nimmt. Geld hab ich gnug. Ansehen aa. Fast jeder in Deutschland kennt mi. Aber des is halt ned alles, gell.«

Jetzt hat sich die Schauspielerin die kalte Bierflasche an die Backe gehalten und sehnsüchtig in die Weite gesehen. Irgendwas hat mit dieser Person nicht gestimmt, hat sich der Sanktus gedacht. Irgendwas hat sie bedrückt. Sie war auf jeden Fall nicht glücklich.

»Und Sie san Profiler. Verreck, was es alles gibt«, hat die Sandmann das Gespräch wieder aufgenommen.

»Also wenn ich ehrlich bin«, hat der Sanktus herumgedruckst, »bin ich gar ned von der Polizei. Ich bin eigentlich Bierbrauer.«

Jetzt hat die Cornelia Sandmann lachen müssen.

»Sie san ma oana. Sauber. Wissen S' was, i bin die Cornelia.«

»Und i der Sanktus. Freut mich.«

»Guad, na trink ma no a Halbe, oder? Zum Anstoßen!«

»Logisch«, ist's vom Sanktus gekommen.

Kaum hat sie die zweite Flasche in der Hand gehabt, hat die Schauspielerin weitergeredet.

»Bist du verheirat?«

»Naa, no ned. Aber ich werd bald Vater.«

»Respekt. Herzlichen Glückwunsch.«

Die Sandmannin hat das nächste Quartel aus der Flasche gezogen.

»Ist mir nie vergönnt gwesen. Eigentlich schad. Da hätt ich alles geben.«

Ihr Blick war wässrig.

»Seit wann bist du mit dem Holger verheiratet?«, hat der Sanktus wissen wollen.

»Ewig und drei Tag! So kommt's mir auf jeden Fall vor.«

»Und? Glücklich?«

»Naa, eigentlich ned. Früher scho. Aber jetzt irgendwie nimmer. Der Preis des Ruhmes. Nie daheim. Hier auf einer Party, da auf einer Party. Dreh auf Rügen, dann in Rom, Afrika und so weiter. Des halt koa Ehe aus. G'wiss ned. Da brauch i mi ned wundern, wenn er eine andere hat. Aber warum erzähl ich dir des?«

»Red nur weiter. Wenn's dir taugt.«

»Erzähl mir von ihr.«

Der Sanktus hat ihr jetzt die Geschichte, unter welchen Umständen er die Kathi und die Martina kennengelernt hatte, erzählt. Die Cornelia hat einen verträumten Ausdruck im Gesicht gehabt, und ihre Augen sind ganz glasig geworden.

»Und der dicke Kommissar? Wen hat der?«, hat sie wissen wollen.

»Der hat seit Kurzem auch eine. Die müsstest du eigentlich kennen. Das ist die von der Anmeldung in der Weisser-Klinik.«

»Die Stillkraut Brigitte? Echt, oder? Des is a ganz a Nette. Da hat er Glück, der Kommissar. Weißt, Sanktus, irgendwie kommt's mir so vor, als würd ich dich scho ewig lang kennen.«

»Komisch, gell. Mir auch, obwohl ich das vorm Dallmayr ned g'merkt hab. Und beim Fasching haben wir uns ja aa scho a mal troffen. Aber egal, wie ist er so, dein Heilpraktiker?«

Die Sandmannin hat ihm nur zugezwinkert und hat die Halbe geleert und noch zwei aus dem Kühlschrank geholt. Dieses Mal hat sie sich mit dem Aufmachen schon nicht mehr so leicht getan. Die Maß Bier hat schon zu wirken begonnen. Ihr Blick war auch schon ein bisserl glasig.

»Unheimlich ist er – also mir. Prost, Sanktus.«

»Wie unheimlich?«

»Manchmal kommt er spät von irgend so einer Nutte hoim, äh heim, dann sagt er gar nichts. Null.«

Ihre Ausdrucksweise ist allmählich schleppend geworden.

»Und dann?«

»Dann geht er an mir vorbei, registriert mi gar ned und geht schnurstracks ins Bad. Da duscht er dann ewig, als ob er sich seine Sünden runterwaschen müsst. Ich weiß ned, was der für Sexspiele mit seinen Ludern macht. Einmal war sein Hemd ganz blutig. Diese Sau! Prost, Sanktus. Wenigstens bist du ein Netter.«

Der Sanktus hat jetzt alles gehört, was er hören wollte.

»Prost, Cornelia.«

Sie haben die dritte Flasche noch geleert, und dann hat der Sanktus die Sandmannin zum Sofa geleitet. Sie hat eher derbe dunkelrot lackierte Zehen gehabt, ist dem Sanktus aufgefallen. An der Wand hinter dem Sofa war ein kleines Board. Darauf sind mehrere Fotos gestanden.

Die Cornelia mit dem Ministerpräsidenten wie ein Herz und eine Seele Arm in Arm und eines, das ihm ins Auge gesprungen ist. Beim näher Hinsehen hat den Sanktus ein Blitz getroffen. Auf dem Foto waren die Cornelia und der Glöckerl Willi Arm in Arm abgebildet.

»Wer is'n des neben dir auf dem Foto, Cornelia. Is des der Glöckerl?«

»Kennst du den Willi?«, hat sie schon im Halbschlaf gemurmelt.

»Ja, des is doch der von dem Folterkabinett, oder?«

»Ja, des is mein Halbbruder. Da schaust, gell?«

Der Glöckerl, der alte Metzger aus Haidhausen, war der Halbbruder von der Sandmannin. Sauber, sagst du da, gell.

»Scho, Cornelia. Ich muss's jetzt packen. I find selber naus. Also pfiat di, Cornelia. Bis zum nächsten Mal.«

»Pfiat di, Sanktus! Besuch mich a mal wieder.«

Der Sanktus hat dringend den Bichlmaier anrufen müssen.

Der Sanktus ist jetzt völlig aufgewühlt und schnellen Schrittes zum Trambahnhäuschen der Linie 25 gejoggt. Die automatische Anzeige hat die Ankunft der Straßenbahn in neun Minuten vorhergesagt. Also genügend Zeit, um den Kommissar anzurufen. Der ist auch gleich ans Telefon gegangen, und schon der Ton seiner Meldung »Billmoa« hat nichts Gutes verheißen. Stimmung praktisch am Gefrierpunkt.

»Wos'n los Bichä?«, hat der Sanktus das Gespräch gestartet.

»Ah leck! Ich hab so einen Schicki-Micki-Anwalt im Präsidium, und schon sagt der Rosenwirth gar nix mehr.

Und der Schultze-Lüdendorf versucht nicht einmal, was aus dem Typen rauszubringen. Der tut so, als wär er der beste Spezl vom Korten und Söhne.«

»Wer ist der Korten und Söhne?«, Frage vom Sanktus.

»Ja der damische Anwalt. *Herr Rosenwirth, Sie brauchen sich hier nicht zu äußern. Herr Bichlmaier, das ist höchstens eine nicht haltbare Unterstellung* und so weiter und so weiter. Und der andere: *Ja Herr Bichlmaier, wenn Sie hier nichts Fundiertes haben, dann muss ich dem Herrn Anwalt Recht geben.* So ein Arschloch, so ein luftgeräuchertes. Na echt!«

»Ja Bichä, scho. Aber jetzt hör mir mal zu!«, hat der Sanktus den Kommissar unterbrochen und ihm alles über seinen Besuch bei der Cornelia Sandmann erzählt.

»Verstehst, der kommt völlig platt heim, wäscht sich ewig und hat Blutspritzer am Hemd. Des passt doch. Da gehst jetzt nei und knallst es denen vor den Latz, oder?«

»Genau, Sanktus. So mach ich's. Ist ja eine offizielle Aussage bei einem renommierten Mitarbeiter der Münchner Polizei. Weißt, was der Schultze-Lüdendorf da macht? Der lässt mich hochkantig 'naus schmeißen. So schaut's aus. Aber ich probier's trotzdem. Ich meld mich wieder. Pfiat di derweil.«

Kurz darauf, als der Sanktus schon in der Trambahn gesessen ist, hat das Handy schon geklingelt. Der Bichlmaier war dran. Der Rosenwirth und sein Advokat hatten soeben das Präsidium verlassen. Niedergeschlagen kein Ausdruck. Das Einzige, das ihn am heutigen Tag aufmuntere, hat der Kommissar gesagt, sei, dass die Brigitte am Abend zu ihm käme. Er würde ihr ein thailändisches Menü bereiten. Tom Yam Gung, rotes Hähnchen-Curry und gebackene Bananen. Hätt dem Sanktus auch geschmeckt, und er hat sich vorgenommen, seinen Damen an diesem Abend auch etwas Feines zu kochen.

Der Sanktus hat am Abend für seine Damen tatsächlich ein opulentes Abendmahl gekocht. Italienisch in drei Gängen. Vorspeise Minestrone, Hauptgang Piccata Milanese und als Nachspeise Panna cotta, also Selbstübertreffen kein Ausdruck, und die Damen begeistert. Doch kaum waren sie mit der Nachspeise fertig, hat schon das Telefon gedudelt, und ein aufgewühlter Bichlmaier ist in der Leitung gewesen. Die Brigitte war überfallen worden, und so wie es ausgesehen hat, vom Ripper. Sie war gerade auf dem Weg zu ihm gewesen. Die Straßen bereits dunkel, und fast keiner mehr unterwegs. In der Pariser Straße kurz vor dem Erreichen seiner Wohnung war ihr anscheinend von hinten ein Messer an die Kehle gehalten worden. Ein Autofahrer, der das Schauspiel mitbekommen hatte, hatte am Straßenrand angehalten und war aus dem Wagen gesprungen, um der Brigitte zu Hilfe zu eilen. Die dunkle Gestalt hatte sofort die Flucht ergriffen, aber nicht ohne der Brigitte das Messer oder etwas ähnlich Scharfes in den Rücken zu rammen. Gott sei Dank habe der Ripper in der Aufregung den Kehlenschnitt nicht mehr ausführen können. Der Notarzt, gerufen vom Fahrer des anhaltenden Autos, war schnell zur Stelle gewesen und hat die Brigitte ins nahe gelegene »Klinikum Rechts-der-Isar« transportiert.

»Ich bin grad im Krankenhaus und es steht Spitz auf Knopf bei der Brigitte. Sie wird gerade operiert«, hat der Bichlmaier nach langer Verschnaufpause geflüstert. »Sanktus, pass auf! Lass die Kathi und die Martina nicht mehr am Abend auf die Straße. Ich hab Angst, dass denen auch was passiert. Der will uns einschüchtern, aber da hat er sich geschnitten. Jetzt sowieso, oder?«

»Eh klar, Bichä!«

»Aber pass auf deine Mädels auf! Versprichst es mir?«

»Versprochen, Bichä. Wenn du was brauchst oder wir irgendwas tun können, meld dich fei, gell!«

»Danke, werd ich machen. Servus, Sanktus!«

»Pfiat di, Bichä.«

Ich habe kurz vor dem Ziel versagt. Ich habe die kanonischen Fünf nicht vervollständigen können. Ich war so nahe an ihr dran. Ihr Duft war betörend. Chanel No. 5. Ich habe es gleich erkannt. Ich weiß nicht, ob sie tot ist, ob sie meinen Stich überleben wird. Ich wollte sie nicht wie eine Sau abstechen. Das hat sie nicht verdient, aber der Zweck heiligt die Mittel. Ich muss sehen, in welchem Krankenhaus sie liegt. Mary Jane Kelly warte auf mich. Ich bin unterwegs. Ich komme zu dir. Es dauert nicht mehr lange. Du sollst sehen, was es heißt, einen geliebten Menschen zu verlieren.

DONNERSTAG, 28.02.13

Es war Donnerstagabend und Familienabend angesagt. Die gesamten Sanktjohansers, also der Sanktus, die Kathi, die Martina, die Anna, der alte Sanktjohanser und die Bian sind zusammen in der Essküche der Wohnung am Johannisplatz gesessen. Die Damen hatten Schnitzel gebraten, natürlich mit Kartoffelsalat *und* Pommes, weil Einigung wie immer völlig aussichtslos. Kaum sind alle am Tisch gesessen, war das Thema sofort wieder der München-Ripper und die Stillkraut Brigitte.

»Ich hab vorher mit dem Bichä telefoniert«, hat der Sanktus gesagt. »Sie ist auf dem Weg der Besserung. Keine bleibenden Schäden, also wirklich Glück im Unglück. Sie kommt bald wieder raus.«

»Na, Gott sei Dank«, war sich die Familie einig.

»Der Bichä hat ihr Polizeischutz abgestellt, weil er Angst hat, dass der Ripper sein Werk vollenden will und im Krankenhaus auftaucht.«

»Und wie geht's euch jetzt bei der Suche nach dem Ripper?«, hat die Anna wissen wollen. »Erzähl doch einmal. Ich weiß gar nix mehr, und wegen meiner bist du in dieses Schlamassel ja praktisch hineingerutscht, oder?«

Sie hat ganz verstohlen und um Verzeihung bittend zur Kathi hinüber geschaut. Die hat gelächelt und ihr den Oberarm gestreichelt, also Entschuldigung angenommen und alles wieder in Ordnung.

Der Sanktus hat in aller Ruhe den ganzen Fall noch

einmal von vorne bis hinten aufgerollt und nichts ausgelassen. Selbst die Besuche beim Glöckerl Willi, in der Weisser-Klinik, beim »Morgenblatt« und beim Dr. Prokopetz hat er in aller Deutlichkeit dargelegt.

»Und der Demuth?«, hat der Vater wissen wollen.

Dann hat der Sanktus das ominöse Treffen in der Eishalle rekapituliert, und alle waren sich einig, dass der Demuth sicherlich nicht der Ripper hat sein können.

»Geb ich euch Recht«, hat der Sanktus erwidert. »Aber er hat immer noch nicht aufgeklärt, in welcher Beziehung er zur Jasmin Kaufmann gestanden ist, und warum sein ganzes Arbeitszimmer voller Ripperzeug ist.«

Gemeinsames Nicken.

»Der Glöckerl?«, hat die Kathi gefragt. »Den kenn ich schon noch von früher. Der hat die Metzgerei in der Elsässer Straße g'habt. Als Metzger wär der doch prädestiniert für einen Ripper. Der kann schlachten.«

Die Bian, die Anna und die Martina haben eine richtige Gänsehaut bei diesem Gedanken gekriegt. Daraufhin hat die Kathi die Martina zum Spielen geschickt, weil das Thema jetzt doch heikel geworden ist.

»Mal den Teufel ned an d' Wand«, hat die Anna gezittert. »Des is ja makaber.«

»Aber eine wahrscheinliche Lösung«, hat der alte Sanktjohanser gelacht.

»Wieso Lösung?«, hat der Sanktus wissen wollen.

»Macht's erst einmal weiter«, hat der Vater abgewinkt. »Ich red als Letzter.«

»Der Prokopetz ist auch ned ganz hasenrein«, hat der Sanktus geseufzt. »Der ist ein total netter Kerl, aber hat auch keine richtigen Alibis. Es ist zum Aus-der-Haut-Fahren. Zefix!«

Er hat mit der Faust in den Tisch gehauen und einen großen Schluck von seinem Stern-Dunkel getrunken.

»Und der Ligsalz Rudi?«, hat die Kathi gefragt.

»Der? Der weiß ganz genau, wer der Ripper ist. Der hat ihn ständig verfolgt, um an die beste Story zu kommen. Aber der ist wie vom Erdboden verschwunden. Ich weiß nicht, wann der wieder auftaucht oder wann die den finden.«

»Und was macht's jetzt?«, hat die Anna gefragt.

»Gute Frage, Annerl. Gute Frage«, hat der Sanktus geantwortet. »Morgen ist die Eröffnung von der ›Münchner Folterkammer‹. Und nachdem wir ja immer noch als Interessenten von einer sozusagen ›Munich Dungeon Kopie‹ gelten, sind der Hanspeter, der Drengler und ich als Gäste geladen. Wir müssen da im Stil des alten Londons oder zumindest im Anzug kommen. Schauen wir einmal, was wir da rausbringen. Keine Ahnung.«

»Dann war der Holger also die neue Flamme von der Susi! Wie viele Frauen hat der denn parallel am Laufen gehabt? Was ist eigentlich tätermäßig mit dem?«, hat die Anna gefragt.

»Der muss der Ripper sein«, hat der Sanktus konstatiert. »Da bin ich mir 1000 Prozent sicher. Der hat alle Frauen gekannt und hat eigentlich überhaupt keine Alibis. Und wenn man den Sachen, die die Cornelia erzählt hat, Glauben schenken darf …«

»Ich kenn den fei«, hat die Anna geflüstert.

»Wie, du kennst den?«, hat der Sanktus gefragt.

»Der ist ein Freund vom Jean-Pièrre. Weißt schon, der Autohaus-Heini, mit dem ich letztes Jahr zusammen war.«

Der Sanktus hat sich noch gut an den Jean-Pièrre erinnern können. Nachdem er im letzten Jahr rausgefunden hatte, dass er seine Schwester betrogen hatte, hatte er ihm einen Besuch in seinem Autohaus abgestattet und ihn in seiner eigenen Ölwanne frei nach *Irgendwie und Sowieso* versenkt. Ein leichtes Grinsen hat jetzt seinen Mund umspielt.

»Wir sind ab und zu mit dem Holger weggegangen. Da hat er eigentlich immer die Jana dabei gehabt. Wenn nicht, dann eine Jasmin. Die Cornelia Sandmann war aber nie dabei. Der Holger ist ein fieser Kerl. Nach außen hin macht er auf vertrauenserweckender Heilpraktiker, aber innen möcht ich gar ned reinschauen. An mich wollt er sich auch schon ranmachen. Da ist er aber an die Richtige gekommen, des sag ich dir.«

Jetzt Ruhe in der Runde.

»Annerl, ich bin baff. Wen du alles kennst. Der Wahnsinn. Aber echt, oder, der muss doch der Ripper sein? Der soll sich vorsehen!«

»Bub, du hast noch wen vergessen«, hat der alte Sanktjohanser eingeworfen.

»Wen?«, Frage zurück vom Sanktus.

»Sie!«

»Wen?«

»Die Sandmannin, Fredl!«

»Stimmt. Die wird mir immer sympathischer.«

»Logisch, weil sie mit dir Bier in Grünwald trinkt, und weil ihr euch ja so gut versteht«, hat der Vater provoziert und gegrinst.

»Wie meinst jetzt des, Papa?«, hat die Anna gefragt.

»Ich mein, dass die Frau Sandmann ihr Handwerk versteht und eine sehr gute Schauspielerin ist. Ich kenn die Dame nämlich von früher. Is ja ned a so, dass nur die Anna wen kennt. Die Cornelia ist aus einfachen Verhältnissen aus einem Bauernhof in der Nähe von Rosenheim raus. Die war bei der Mädchengruppe aktiv und, leck mich am Arsch, die sind dem Burschenverein in nichts nachgestanden. Dämmert's?«

Und beim Sanktus hat's bereits gedämmert.

»Gell, Fredl. So eine ist nach drei Halben nie und nimmer betrunken, oder?«

»Ja schon, aber …«

»Hat sie dir schön vorgespielt. Armes Hascherl vom Land wird von ihrem noblen Heilpraktiker-Ehemann betrogen. Mit Blut auf dem Hemd ist er heimgekommen. Bestimmt, gell?«

»Jetzt, wo du's so sagst.«

»Bub, wach auf. Die Cornelia war eines der durchtriebensten Weibsbilder vom ganzen Landkreis. Die hat sogar Burschen verdroschen, wenn's sein hat müssen. Und ihr Halbbruder, der Glöckerl Willi, war genau der gleiche. Die zwei waren der Teufel in Person. Und jetzt pass auf! Der Hof hat eine Metzgerei gehabt. Und da hat die Cornelia gerne ausgeholfen, bevor sie entdeckt worden ist. Die hat eine Sau geschlachtet, so schnell hast du nicht *Wurst* sagen können. So, jetzt kommst du!«

Der Sanktus jetzt völlig sprachlos.

»Morgen triffst du sie eh. Sie eröffnet den Schmarren, zumindest laut Zeitung«, hat der alte Sanktjohanser eingeworfen. Dann hat er sich mit verschränkten Armen zurückgelehnt und überlegen gegrinst.

Im Sanktus-Hirn hat sich ein Schauspiel abgespielt, das hat einem Albtraum geglichen. Eine fanatische Cornelia Sandmann, die wahrscheinlich aus Hass ihre junge Rivalin wie ein Schwein abschlachtet und zum Ausbluten aufhängt. Eine Cornelia Sandmann, die den Seitensprüngen ihres Mannes nachstellt. Die Susi, die Jasmin und die Jana, alle höchstwahrscheinlich Liebschaften ihres Gatten, grausam von ihr ermordet. Bei allen die Kehle durchtrennt und teilweise Organe entfernt. Welche Bedeutung mögen diese Organe haben? Die Schamlippen, der verbotene Sex? Der Fötus, das Kind, das sie nie vom Rosenwirth empfangen und bekommen hatte? Dem Sanktus ist schwindlig geworden, extrem schwindlig. Da sitzt sie mit ihm am Vormittag in Grünwald, trinkt Bier und versucht am Abend postwendend, dem Bichlmaier seine neue Flamme, die Brigitte, umzubringen. Aus Rache? Was hätte sie ihr wohl entfernt? Oder wollte sie sie einfach dem Kommissar entfernen. Angst? Der Sanktus war jetzt schweißgebadet, weil eigentlich *er* ihr verraten hatte, dass der Bichlmaier mit der Brigitte zusammen war. Er hat sofort den Bichlmaier angerufen und ihm von den Ausführungen des Alten erzählt. Der Bichlmaier würde am nächsten Tag sofort den Schultze-Lüdendorf informieren, und beide würden auch bei der Dungeon-Eröffnung auftauchen.

In der Nacht hat der Sanktus ständig von der mordenden Cornelia geträumt. Der Giovanni ist ihm auch ein paarmal erschienen und hat immer wieder geplärrt: »Habe icke immer gesagte, isse eifersuchtige Frau!« Keine Gaudi.

MARY JANE

Am 9. November 1888 wurde die aus Irland stammende Mary Jane Kelly in ihrer Wohnung in der Dorset Street ermordet aufgefunden. Ihre Kehle war durchschnitten und mehrere Organe entfernt. Ihr wurden Verstümmelungen im Gesicht und am ganzen Körper zugefügt und an zahlreichen Stellen Muskelfleisch entfernt. Ihr Herz wurde nie gefunden. Man geht davon aus, dass es der Ripper verbrannte.

Vier habe ich erledigt. Beim fünften Opfer habe ich versagt. Ich müsste die Fünf beenden, um als irrer Triebtäter in die Geschichte Münchens einzugehen. Ich muss meinen wahren Antrieb verbergen. Sonst werden sie mich stellen, und ich habe nichts gewonnen.

Ich habe Angst. Ich habe die schreckliche Angst, dass ich selbst Mary Jane Kelly sein werde.

Aber die Show muss weitergehen.

FREITAG, 01.03.2013

Der Sanktus und der Hanspeter sind im schwarzen Anzug vor der Münchner Folterkammer gestanden und haben das große Eröffnungsplakat über dem Eingang bewundert. Unter dem Titel »Dungeon of Munich« waren mehrere Ausschnitte aus den Abteilungen, die sie schon vor einigen Tagen besucht hatten, zu sehen. Das hat sie jetzt nicht vom Hocker gehauen, aber an der linken Seite ist eine dunkle Gestalt über einer Frau am Boden kniend dargestellt gewesen. Dem Opfer wurden gerade die Gedärme entfernt. Durch den schwarzen Zylinder waren die Gesichtszüge der Gestalt unkenntlich. Im Hintergrund war die Silhouette der Frauentürme angedeutet. Dem Sanktus ist es so vorgekommen, als ob die Frau sogar ein wenig der Jana Gruber ähnlich gesehen hat.

»Da isser, dein Ripper, Sanktus«, hat der Hanspeter kommentiert.

»Ob unter dem Zylinder wohl Frau Sandmann zu sehen wäre?«, hat der Sanktus den Drengler, der soeben hinter ihnen aufgetaucht war, kommentieren hören. Der Drengler hat selber ausgeschaut wie der Ripper in Person, weil, wie du ihn ja kennst, war er wie immer passend in Schale, sprich schwarzer Frack mit Umhang und Zylinder.

»Mir wurscht«, hat der Sanktus geantwortet. »Aber heute gehört sie der Katz, die Frau Schauspielerin. Das ist so sicher wie das Amen in der Kirch. Das könnt's mir glauben, Burschen.«

In der Eingangshalle der Folterkammer waren schon zahlreiche Besucher anwesend. Viele in Kleidern des 19. Jahrhunderts. Eigentlich war der Fasching ja vorbei, hat sich der Sanktus gedacht und dabei seine Oberlippe mit dem komisch riechenden und juckenden Schnauzbart verzogen. Er hat den Blick schweifen lassen und gleich den Doktor Prokopetz in Zylinder, Umhang und weißem Schal ausmachen können. Mörtel Lugner praktisch Anfänger dagegen. Kurz darauf ist der Bichlmaier mit Anzug und Melone nebst dem Schultze-Lüdendorf in Sherlock-Holmes-Gewand, also Deerstalker-Mütze und Invernessmantel, hereingekommen. Sie haben dem Türsteher ihre Polizeimarken unter die Nase gehalten, woraufhin sie dieser kommentarlos, aber doch verdutzt, eingelassen hat. Der Bichlmaier ist geradewegs auf den Sanktus zugekommen und hat ihn dem Sokochef vorgestellt.

»Ah, das ist also der berühmte Sanktus. Seher schön«, hat der Schultze-Lüdendorf posaunt. »Aber nu lassen Se mal die Erwachsenen ran.«

Dabei hat er ihm siegessicher zugezwinkert, und der Sanktus hätte ihm am liebsten gleich eine betoniert.

»Oh, nun sind auch Sherlock Holmes und Doktor Watson da«, hat der Drengler gekontert. »Da können wir wohl nicht gegen anstinken. Schickes Outfit, der Herr.«

»Und wer sind Sie?«, hat der Sokochef den Drengler gefragt.

»Moriarty, Professor Moriarty. Sehr angenehm. Wir kennen uns von der Reichenbach-Schlucht.«

Den Blick vom Lüdendorf kannst du dir nicht vorstellen, so hasserfüllt war der. Also Abgang Sherlock und Watson. Drengler, Hanspeter und Sanktus am Grinsen. Die Aktion ist dann sofort mit einem Glas Sekt, den verkleidete Bardamen durch die Menschenmasse getragen haben, belohnt worden.

Auf einmal ist das Licht gedimmt worden, und der Glöckerl Willi ist fast gespenstisch aus dem Schatten auf einer Empore erschienen. Er hat das Mikro zu sich hergezogen und mit seiner derben Stimme die Besucher der Eröffnungszeremonie begrüßt. Dann ist ein etwas langatmiger Teil über die Entstehungsgeschichte des Folterkabinetts gefolgt, und sowohl der Sanktus als auch der Hanspeter haben das Gähnen nicht unterdrücken können. Der Bichlmaier übrigens auch nicht, wie dem Sanktus ein kurzer Blick hinüber zu seinem Freund bestätigt hat. Nur der Drengler und der Schultze-Lüdendorf haben aufmerksam gelauscht.

»Normalerweise hätte die bekannte Schauspielerin Cornelia Sandmann das Munich-Dungeon eröffnen sollen, aber leider musste sie sich kurz vor der Eröffnung entschuldigen und wegen Kreislaufbeschwerden, wie sie uns sagte, wieder nach Hause fahren. Die Eröffnung übernimmt in Vertretung ihr Ehemann, mein langjähriger Freund und Partner Holger Rosenwirth. Bitte um Applaus.«

Den Sanktus hat es jetzt fast umgehauen. Der Heilpraktiker war also der bisher verschwiegene Geldgeber. So waren die Halbschwäger also verbandelt. Der Rosenwirth hatte sein Vermögen im Dungeon. Doch warum war die Cornelia wieder von dieser Veranstaltung abgehauen? Der Sanktus hat den Bichlmaier telefonieren sehen. Wahrscheinlich hat er die Bine mit einem Streifenwagen zur kostenfreien Abholung der Dame nach Grünwald geschickt.

»… und bitte Sie nun, mir durch die Folterkammer zu folgen. Anschließend möchte ich Sie alle zu einem kleinen Imbiss und Umtrunk einladen.«

Applaus und Polonaise durch die Folterräume. Das Meiste hatten der Sanktus und der Rest der Crew ja bereits gesehen. Natürlich hat heute alles noch düsterer gewirkt, da die Beleuchtung und das Audioprogramm komplett eingeschaltet und am Laufen waren.

Der Sanktus ist vor dem Pfähler Vlad Tepes stehen geblieben und hat dem Draculavorbild tief in die Augen geblickt. Er war schon seit seiner Kindheit ein großer Fan aller Draculafilme. Die gepfählten Schädel und die Schreie der Opfer sind dem Sanktus durch Mark und Bein gegangen. Ein leichtes Schütteln hat er nicht verbergen können.

Nach allen möglichen lebendig nah dargestellten Foltermethoden ist die Gruppe dann in den Münchner Teil der Ausstellung gekommen. Mitten im Raum ist der letzte Münchner Galgen mit düsterem Henkermeister zu sehen gewesen. Im Hintergrund hat sich der Boandlkramer aus dem »Brandner Kaspar« die Hände vor Freude gerieben.

Nach dem Londoner Ripperteil und dem kurzen Kinofilm sind sie in die Räume des Münchner Rippers hinein. Die Jennifer Gold ist immer noch an einem Haken kopfüber ausgeweidet über ihren Gedärmen gehangen und die Susi weiterhin in ihrem Bett gelegen. Beim dritten Opfer war der Hinterhof in Haidhausen originalgetreu getroffen, aber die wächserne Jasmin Kaufmann ist völlig anders positioniert worden und fast nackt im Schnee gelegen, was der Wirklichkeit gar nicht entsprochen hat. Dem Sanktus ist der Verdacht gekommen, dass der Glöckerl unter Umständen seine Inspirationen vom Ligsalz erhalten hatte. Weil diesen Tatort hatte der Reporter ja erst nach dem Abtransport der Leiche besichtigen können. Beim Anblick der Jana Gruber im nächsten Set sind dem Sanktus die Tränen gekommen. Sie war zwar nicht haargenau kopiert, aber die Kleidung und die kastanienbraunen Haare waren da. Aber den Gipfel der Geschmacklosigkeit war das Kind über den gefalteten Händen. Sanktus am innerlichen Kochen.

»Und der nächste Raum ist dem nächsten Opfer des München-Rippers gewidmet, da man davon ausgeht, dass es auch in München die berühmten kanonischen Fünf, also fünf Opfer des Rippers, geben wird«, hat der Glöckerl stolz zum Besten gegeben. »Bitte entschuldigen Sie, dass dieser Raum bisher leer ist und nur alle erhältlichen Fotos und Zeitungsartikel an Pinnwänden beherbergt. Gerne können Sie diese eine Zeit lang studieren. Wir treffen uns dann wieder im Vestibül beim Imbiss.«

Kaum waren die ersten Besucher im Raum, hat der Sanktus laute Entsetzensschreie gehört. Der Bichlmaier hat sich mit dem Schultze-Lüdendorf den Weg durch die Menschenmenge gebahnt, und der Sanktus, Drengler und Hanspeter haben es ihm gleich getan.

Der Raum war keineswegs leer, und das fünfte Opfer war durchaus zu bestaunen. Leider hat es sich um keine Wachspuppe, sondern um eine echte Leiche gehandelt. Die kanonischen Fünf waren somit vollständig.

Vor ihnen ist auf einem mit Blut getränkten Laken die Cornelia Sandmann gelegen. Ihre Kehle war durchschnitten, ihre Oberkleider entfernt und die Bauchhöhle geöffnet. Das Darmgeschlinge ist neben der Leiche gelegen, und der Sanktus war sich sicher, dass ihr Herz fehlen würde.

Der Sanktus ist plötzlich in einem Blitzlichtgewitter gestanden, denn gleich hinter ihm hatte einer der Reporter seine Kamera gezückt und die Leiche im Millisekundentakt fotografiert. Der Sanktus hat sich zu dem bärtigen Fotografen, der mit einem altmodischen Hut bekleidet war, umgedreht, und der hat kurz inne gehalten und den Sanktus verschreckt durch seine Sonnenbrille angesehen. Sonnenbrille im Gebäude?

»Bichä«, hat der Sanktus dem Kommissar, der im Eingang des Raums gestanden ist und versucht hat, die neugierige Meute am Eintritt zu hindern, zugerufen. »Der Ligsalz. Des is der Ligsalz. Schnell!«

Der Ligsalz hat den Bichlmaier im Zugang gesehen und hat eine Kehrtwendung hingelegt, da sagst du hallo! Er hat seinen Fotoapparat über die Schulter geworfen und ist mit einem Affenzahn auf den Sanktus zugerannt. Bodycheck jetzt gar nichts dagegen, und der Sanktus ist Vollgas gegen die nächste Wand geklatscht. Der Ligsalz jetzt in Richtung Ausgang und zur Eingangshalle zurück, aber da ist glücklicherweise der Schultze-Lüdendorf gestanden. Der hat dem Rudi ein Bein gestellt und ihn sofort am Boden im Polizeigriff gehabt. Der Ligsalz ist von den inzwischen erschienenen Polizeibeamten postwendend abgeführt worden.

Der Sokochef hat jetzt den Raum räumen lassen, und der Tatort ist abgesperrt worden. Nur noch der Sanktus, der Bichlmaier, der Rosenwirth und der Glöckerl waren da. Der Rosenwirth ist bei seiner Frau gekniet und hat das Gesicht in den Händen vergraben, und der Glöckerl hat ihm die Hand auf die Schulter gelegt. Der Schultze-Lüdendorf hat nun dezent begonnen, den Rosenwirth zu befragen. Die Cornelia habe über Schwindel und Übelkeit geklagt und wollte mit dem Taxi nach Hause fahren, hat er zu Protokoll gegeben. Er wisse nicht, warum sie hier geblieben war und mit wem sie sich getroffen habe. Denn das müsse ja ihr Mörder gewesen sein. Auch der Glöckerl hat angegeben, nichts zu wissen. Eigentlich hätte die Cornelia ja den Zirkus eröffnen sollen. Beide seien völlig erschüttert, dass der München-Ripper akkurat in der Folterkammerausstellung zugeschlagen habe und nun Halbschwester und Frau tot sei. Man würde sich nun erst einmal einen Cognac zur Stärkung einverleiben.

»Was macht eigentlich der da?«, hat der Glöckerl den Bichlmaier gefragt und auf den Sanktus gezeigt. Dem Sanktus war sofort klar, dass seine Tarnung aufgeflogen war und hat zögernd nach seinem Schnurrbart getastet. Aber kein Schnurrbart mehr vorhanden.

»Der Sanktjohanser junior. Jetzt erkenn i ihn erst wieder. Spielst mir den Investor vor, ha? Was willst denn du da? Mi ausspionieren oder was? Bist jetzt bei der Polizei?«, hat er geschrien und ist dem Sanktus an die Gurgel gegangen. Der Bichlmaier hat ihn aber schnell weggezogen, sodass der Sanktus gleich wieder hat schnaufen können. Die beiden Dungeon-Geschäftspartner sind nun in Begleitung des Sokochefs in die Eingangshalle geleitet worden.

»Was war jetzt das?«, hat der Kommissar fragen wollen. »Hast du dem amal was angetan, dass der gar a so auf dich losgeht, Sanktus?«

»Nein, vielleicht hat er eine Rechnung mit meinem Vater offen.«

»Oder er weiß von der Sandmann, dass du mit mir hinter dem Ripper her bist, und das passt ihm irgendwie nicht in den Kram.«

»Könnt sein. Finden wir noch raus. Jetzt brauch ich aber erst einmal ein Bier«, hat der Sanktus gesagt.

»Super Idee, aber ich bin ja jetzt praktisch im Dienst«, hat der Bichlmaier geseufzt.

Die beiden haben sich, bevor die Spurensicherung gekommen ist, die Leiche der Schauspielerin angesehen. Die Augen waren weit aufgerissen und der Blick war voller Entsetzen. So ist es dem Sanktus zumindest vorgekommen. Ihre Kehle war bis auf die Speiseröhre durchgeschnitten, und ihr Mund war geöffnet.

»Soviel zur Theorie, dass sie der Ripper ist, Sanktus«, hat der Kommissar gemurmelt.

»Scheiß doch die Wand an«, hat der Sanktus geantwortet. »Ich kenn mich nimmer aus.«

Inzwischen war die Bine Schranner auch in der Folterkammer aufgetaucht. Zusammen mit dem Bichlmaier hat sie die Besucher, die den Saal einstweilen nicht verlassen haben dürfen, befragt. Doch keiner hatte irgendwas gesehen oder beobachtet. Die Schauspielerin war schon wieder weg, bevor der erste Gast das Gebäude betreten hatte. Auch in der Ausstellung hatte niemand etwas Auffälliges bemerkt. Insgesamt keine Spuren oder Hinweise. Der Ripper hatte wieder einmal solide Arbeit geleistet. Auch die Spurensicherung und die Gerichtsmedizin hatten keine weiteren Erkenntnisse aufzuweisen, wer die Schauspielerin ermordet haben könnte. Kehle durchtrennt wie bei allen anderen Opfern und das Herz entfernt, wie es der Sanktus vorhergesagt hatte. Die Schnitte waren gezielt und mit anatomischer Kenntnis ausgeführt worden.

»Alles deutet auf einen …«, hat der Bichlmaier angefangen.

»… Arzt oder Metzger hin!«, hat der Sanktus den Satz vollendet.

Der Hanspeter und der Drengler waren sprachlos und verwirrt.

»Jetzt steh ich da, ich armer Tor und bin so klug als wie zuvor«, hat der Drengler bekräftigt.

»Und wenn's doch der Heilpraktiker isch?«, hat der Hanspeter gemeint.

»Oder gleich der Glöckerl!«, hat sich der Sanktus ereifert. »Die geben sich gegenseitig Alibis. Da kommen wir doch ned ran. Ich mag nimmer. Echt.«

»Oder der Ligsalz. Beste Story, wenn es fünf Opfer gibt«, hat der Bichlmaier geschlossen. »Den haben wir zumindest. Die beiden anderen dürfen München nicht verlassen und sind morgen zum Verhör einbestellt. Einer von denen ist's. Das sagt mir mein Bauchgefühl. Und das ist bei meinem Bauch groß.«

»Äh, Männer«, hat der Drengler gerufen und den Finger wie in der Schule gehoben. »Glaubt ihr, hier gibt's so etwas wie eine Videoüberwachung?«

»Ja wir Deppen«, hat der Bichlmaier aufgeschrien und ist in Richtung Glöckerl.

Der Sanktus hat den Rudi nur von Weitem »Ja eh!« sagen hören und ist dem Bichlmaier und dem Schultze mit den beiden anderen nachgeschlichen, weil Vorsicht offiziell.

Den Besuchern wurde mitgeteilt, dass nun noch das Überwachungsmaterial ausgewertet werden würde. Danach würden alle heimgehen können.

Neben dem Glöckerlbüro im ersten Stock hat sich ein kleiner Überwachungsraum befunden. Der Schultze-Lüdendorf ist ganz emsig mit dem Glöckerl am Bildschirm beschäftigt gewesen und hat die drei Fragezeichen, also den Sanktus, den Drengler und den Hanspeter nicht zur Kenntnis genommen. Wichtig kein Ausdruck.

Der Glöckerl hat die Kamera des letzten Zimmers ausgewählt. Es waren nur die Pinnwände mit den Ripperartikeln zu sehen. Der Glöckerl hat etwas vorgespult. Bei 14:27 Uhr ist die Cornelia Sandmann ins schwarz-weiße Bild getreten. Als sie sich umgedreht hat, hat die Gruppe ihren Gesichtsausdruck sehen können. Die Dame ist anscheinend sehr aufgebracht gewesen. Sozusagen auf 220. Nachdem sie ein Stück weiter in Richtung Mitte des Raumes gegangen ist, ist eine zweite Person langsam im Bild erschienen. Leider war sie nur von hinten zu sehen. Die Person, wahrscheinlich ein Mann, hat einen Zylinder und einen schwarzen Umhang getragen. Leider wie fast jeder der heutigen Besucher. Die Person hat, so wie es schien, auf die Schauspielerin eingeredet, und es hatte den Eindruck, dass sich die beiden gekannt haben. Der schwarze Mann hat sich langsam der Sandmann genähert und plötzlich ein Messer, das wie ein Skalpell ausgesehen hat, gezückt. Der Ausdruck auf ihrem Gesicht ist nun von Aggression in pures Entsetzen übergewechselt. Jeglicher Fluchtversuch war unmöglich. Die schwarze Gestalt hat sich die Schauspielerin gegriffen, wobei diese anscheinend laut gebrüllt hat, sie herumgedreht und ihr von hinten die Kehle durchgeschnitten. Beim Blutspritzen ist ein Raunen durch die kleine Ermittlergruppe gegangen. Der Hanspeter hat noch im Dunkeln weiß im Gesicht geleuchtet, und der Drengler hat vor Entsetzen die Hand vor dem Mund gehalten. Die schwarze Gestalt hat die Schauspielerin auf den Boden zwischen die Pinnwände gelegt und hat sich langsamen Schrittes rückwärts aus dem Raum entfernt.

Nach knapp einer halben Minute ist der Ripper mit einem weißen Leintuch zurückgekommen, auf das er die Tote nun gelegt und teilweise entkleidet hat. Nun hat er mit dem Skalpell den Bauch der Schauspielerin geöffnet, den Darm herausgenommen, neben die Leiche gelegt und anschließend nach kurzer Operation das Herz durch die Öffnung im Körper entfernt. Wie der Mörder genau vorgegangen ist, hat man nicht sehen können, da er mit seinem Zylinder und dem Umhang den größten Teil der toten Schauspielerin verdeckt hat. Mit dem Herz in der Hand hat er sich durch die gegenüberliegende Tür entfernt. Sein Gang war schleppend und es hat ausgesehen, als ob er den rechten Fuß etwas nachgezogen hat.

»Spul zurück!«, hat der Sanktus gerufen, und der Schultze-Lüdendorf als auch der Glöckerl haben sich mit entsetzter Grimasse umgedreht.

»Jetzt ned diskutieren. Spul zurück bis zu der Stelle, wo er das Herz rausnimmt.«

Der völlig verdutzte Glöckerl hat dann doch die Anweisung befolgt und zurückgespult. Die Aufzeichnung hat noch einmal den schlachtenden Ripper gezeigt. Er hat gerade das Herz herausgezogen und ist aufgestanden. In der rechten Hand das Herz, hat der Ripper mit der linken den Umhang zurechtgezogen.

»Stopp«, hat der Sanktus gerufen. »Schauts auf die rechte Hand. Na seht's es. Und jetzt weiter, wie er hatscht. Also?«

Der Bichlmaier hat mit einem Kopfnicken signalisiert, dass er verstanden gehabt hat.

Unten in der Eingangshalle, in der die Folterkammergesellschaft inzwischen aufgrund des langen Wartens den Imbiss eingenommen hatte, ist ihnen die Bine entgegengekommen. Im Schlepptau hat sie den Demuth gehabt, der in Knickerbockerhose mit karierter Kappe getarnt war. Sein Blick war seinem Namen angemessen voller Demut und Niedergeschlagenheit.

»Ah, der kleine Lord ist auch da«, hat der Bichlmaier gelacht. »Jetzt hamma alle beieinander. Bine, wart' mit ihm an der Bar. Wir sind gleich bei euch.«

Der Bichlmaier und der Sokochef haben sich ebenfalls in Richtung Bartresen bewegt. Dort ist neben einer Dame, die als Alt-Londoner Prostituierte verkleidet war, der Dr. Prokopetz gesessen.

»Herr Dr. Prokopetz. Dürfen wir kurz stören?«, hat der Bichlmaier höflich gefragt.

»Jo eh. Wann's sei muaß«, hat er in seinem wienerischen Dialekt geantwortet.

»Täten Sie uns bitte kurz ihre rechte Handg zeigen?«

Der Prokopetz hat den Kopf geschüttelt, hat aber seine Hand ausgestreckt, an deren Finger der auffällige Siegelring gesteckt hat.

»Herr Dr. Prokopetz, ich verhafte Sie wegen Mordes an der Schauspielerin Cornelia Sandmann. Bitte kommen Sie unauffällig mit.«

Der Prokopetz ist komplett weiß im Gesicht geworden und hat gerade zu einem Kommentar ansetzen wollen, da ist der Rosenwirth von hinten daher geschossen und ist dem Prokopetz mit der rechten Hand harsch an die Gurgel gegangen.

»Du warst das? Sie war deine beste Freundin. Was hat sie dir denn getan?«, hat der Heilpraktiker geschrien. Der Bichlmaier und die Bine haben die beiden ganz flott getrennt.

»Holger, das muass a Missverständnis sein. Du weißt doch, dass ich der Cornelia nie was angetan hätt«, hat der Frauenarzt versucht klarzustellen.

»Und wie kommt dann das Blut auf deine weiße Weste?«, hat der Rosenwirth unter Zittern gestammelt und auf einen roten Fleck auf dem Wams des Frauenarztes gezeigt. Allgemeines Blasswerden ringsherum. Der Sanktus hat die Stirn gerunzelt und den Kopf geschüttelt.

Auf dem Heimweg ist er noch bei der Anna vorbeigegangen, um ihr zu berichten, dass nun endlich der Mörder von der Susi gefasst worden war. Die Anna hat die Nachricht mit großer Erleichterung und Genugtuung aufgefasst, und die beiden haben sich mindestens eine Stunde über die ganzen Vorkommnisse unterhalten. Der Sanktus hat die Anna das erste Mal in seinem Leben zwei Halbe Bier hintereinander trinken sehen. Entspannung pur.

Am Ende waren sich beide einig, dass sie eigentlich vom Prokopetz am wenigsten erwartet hätten, dass er der Ripper war, und der Sanktus hat zugeben müssen, dass ihn sein Bauchgefühl selten so getäuscht hatte.

»Den netten Wiener hätt ich nie verdächtigt. Da hätt ich ja eher noch geglaubt, dass der Rosenwirth seine irre Alte aus dem Weg räumt«, hat der Sanktus posaunt.

Aber das Überwachungsmaterial und der Blutfleck haben halt Bände gesprochen, und Irren ist ja bekanntlich menschlich.

»Wie kann man aber auch noch so dumm sein und einen Blutfleck von einem Mord nicht bemerken?«, hat die Anna gefragt. »Sonst alles so genau geplant. Kann eigentlich ned sein, oder? Und irgendwas stört mich dran.«

MONTAG, 04.03.13

»Ich muss mit dem Prokopetz reden«, hat der Sanktus um sieben in der Früh gerufen und ist senkrecht im Bett gestanden. »Unbedingt.«

Schon am Samstag hatte der Bichlmaier angerufen und dem Sanktus Bescheid gegeben, dass der Dr. Prokopetz den Mord an der Cornelia Sandmann vollumfänglich gestanden hatte. Niemand anderes sei beteiligt gewesen. Zum Motiv hatte er sich nicht geäußert. Die anderen vier Morde hatte er abgestritten.

Der Sanktus ist wie von der Tarantel gestochen aus den Kissen hochgeschossen und zum Telefon gerannt. Das heißt, er ist zur Ladestation gesprintet, aber weit gefehlt, weil kein Telefon weit und breit in Sicht, also unsichtbar kein Ausdruck. Er gleich in die Küche, weil am Esstisch Wahrscheinlichkeit am größten, doch auch da Fehlanzeige, also weiter suchen.

»Himmelherrgottsakramentgehlecktsmichdochzefixnochamal!«, hat der Sanktus geplärrt. »Wenn nur wieder des Scheißtelefon weg is. Aber wos wuist macha, wennst mit zwoa Weiber z'samm wohnst?«

Da ist die Schlafzimmertür aufgegangen, und die Kathi, die an diesem Tag hat später anfangen müssen, ist verschlafen herausgewankt, hat den Sanktus links liegen lassen, ist zur Martina ins Zimmer und mit dem Telefon in der Hand wieder herausgekommen. Sie hat den Kopf geschüttelt, dem Sanktus das Gerät wortlos in die Hand gedrückt und ist wieder zurück ins Bett geschlurft.

Der Sanktus hat gerade die Nummer des Kommissars wählen wollen, da ist der alte Sanktjohanser als »Sanktä« im Display gestanden.

»Was willst denn du in aller Herrgottsfrüh schon?«, hat der Sanktus gefragt.

»Weißt du, wo die Anna ist?«, ist's aus dem Telefon gekommen.

»Keine Ahnung!«

»Die wollt gestern zu einem Bekannten und ist ned heimkommen.«

»Wird's halt an neuen Lover haben, oder?«

»Na ja, konn scho sei. Du, Fredi, ich bin ein paar Tage weg. Muss einen alten Spezl in Hamburg besuchen. Ich bin gegen Ende der Woche wieder da. Also Servus derweil.«

»Alles klar. Gute Fahrt! Pfiat di!«

Jetzt hat der Sanktus endlich den Bichlmaier anrufen können und hat ihn sofort zugetextet, dass er noch an diesem Vormittag den Prokopetz hat sehen müssen. Der Bichä hat ihm erklären wollen, dass es nicht so einfach wäre, den Doktor in der Untersuchungshaft in der JVA Stadelheim zu besuchen, aber der Sanktus war unerbittlich.

»Komm, der Vinze lässt uns doch rein. Musst ihm halt ein bisserl schöntun, oder?«, hat der Sanktus gesülzt.

Zwei Stunden später sind der Kommissar, der Prokopetz und der Sanktus zusammen im Verhörraum gesessen. Schlecht hat er ausgesehen, der Herr Doktor.

»Wie haben Sie die Cornelia umgebracht?«, hat der Sanktus gefragt.

»Wie manan S' des?«, hat der Prokopetz nachgefragt.

»Ja wie soll ich's meinen. Beschreiben Sie's doch einmal.«

Der Prokopetz hat geschwiegen und den Kopf in den Händen gehalten.

»Wohin haben Sie die Niere verschwinden lassen?«

»Die hob i in der Ausstellung versteckt.«

»Herr Prokopetz?«

»Ja?«

»Sie waren's ned. Hab ich recht?«, hat der Bichlmaier gefragt.

»Warum?«

»Weil das Herz gefehlt hat und nicht die Niere. Und jetzt erklären Sie mir mal bitte, was das soll.«

»Und warum Sie den Rosenwirth decken«, hat der Sanktus geblufft. Aber anscheinend Treffer, weil der Prokopetz hat dann doch auf einmal zu erzählen angefangen. Gewissenserleichterung quasi.

»Der Holger hat was guat bei mir, und jetzt wär'ma quitt gwesen. Wir ham in de Ochtzgerjoahr z'sammen in Wien Medizin studiert. Wir woan immer miteinander unterwegs. Wir woan jung. Wir woan beide Fans des Ripper-Mythos und ham alle Ripperfilme verschlungen. *Sherlock Holmes größter Fall* und *Der Dirnenmörder von London* mit Klaus Kinski. Sogar einen Ripper-Zirkel wollt'ma gründen und dem Phänomen auf'n Grund gehen. Wir wollten rausbringen, ob der Ripper a Chirurg woa. Weil wir wollten ja beide einmal Chirurgen werden. Wir ham ganz in der Nähe voneinander g'wohnt und sind auch miteinander ins Puff zu de Flitscherln. An der Marie hat's uns ned gefehlt, weil wir olle zwa aus wohlhabenden Verhältnissen kommen sind. Also wir sind eines Abends im Puff bei der Mitzerl gewesen. Das woa unser Liebling. Woa ned ihr echter Name. Leider woa s' grad pleite und hat gmant, sie müsst aus uns ein bisserl ein Geld herauspressen, indem sie gedroht hat, unseren Vätern zu stecken, dass wir regelmäßig bei ihr woan. Jetzt woan mia aber leider scho a bisserl ang'soffen, und der Holger ist grob geworden. Die Mitzerl hat sich gewehrt und ihn mit einem Messer bedroht. Hätts afoch lossn soin. Des woa ein mords Bahöl. Die ist auf den Holger losgegangen und wollt eahm niederstechen. Irgendwie hat's ein Handgemenge zwischen uns drei geb'n, und das End vom Liad woa, dass die Mitzerl mit dem Messer im Leib tot da gelegen ist. Dem Holger ist dann die Idee kommen, dass wir aus ihr eine Ripper-Leich machen. Weil kurz vorher woa da ein ähnlicher Mord in der Nähe vom Lainzer Tiergarten. Also hamma ihr die Kehle durchschnitten und ihren Unterleib aufgeschlitzt. Scheiß Alkohol, wirklich. Wir ham uns sofort über de Häuser g'haut, weil wir de Kibara auf goar kan Fall begegnen wollten, aber irgendwie ham die anderen Flitscherl des spitz kriagt, und der Holger ist nicht mehr aussi kommen. Man hat ihm aber nichts nachweisen können, weil sein feiner Vater hat ihm den besten Advokaten zahlt. Der hat, mein ich, wirklich geglaubt, dass sein Sohn unschuldig ist. Trotzdem hat er die Universität verlassen müssen. Der Rektor der Universität hat ihm zu verstehen gegeben, dass es besser wär, freiwillig zu gehen. So ist er zur Homöopathie kommen. Offiziell hatte er eine weiße Weste. Mich hat er nie verpfiffen, weil ich woa nämlich der Joahrgangsbeste und die große Hoffnung der Universität. Also hat er was guat bei mir.«

»Und war er's? Ist er der Ripper?«, hat der Sanktus gefragt.

»Ob er alle Frauen umgebracht hat, waß i ned. Aber bei der Cornelia hat er seine Hand im Spiel. Definitiv.«

»Und das Video?«

»Haben Sie mein Gesicht g'sehen?«, hat der Prokopetz gefragt.

»Nein, nur Ihren Ring und Ihre Art zu gehen.«

»Einen Ring aus dieser Entfernung?«, hat der Arzt süffisant gefragt.

»Und wie kommt das Blut auf Ihre Weste?«

»Jetzt überlegen S' mal, Herr Sanktjohanser.«

»Das hat er Ihnen irgendwie auf die Weste gespritzt, als er Sie am Schlawittel gehabt hat.«

Der Prokopetz hat genickt und gelächelt.

»Herr Bichlmaier«, hat der Doktor gesagt, »Sie ham mir doch das Video gezeigt. Das hat ja leider kan Ton. Blöd, gö? Lassen S' es doch einmal von einer gehörlosen Person anschauen, die von den Lippen lesen kann. Bestimmt interessant. Ka Schmarrn!«

Nach dem Gespräch hatte der Sanktus auf sein Handy geschaut. Da war eine SMS von der Anna. Sie war mit einem Bekannten kurzfristig in die Berge gefahren und sei erst Mitte der Woche wieder zurück. Er hat die Nachricht dem alten Sanktjohanser und der Kathi weitergeleitet und war jetzt wieder beruhigt.

Während der Sanktus und der Bichlmaier in der JVA Stadelheim den Prokopetz-Ausführungen gelauscht hatten, hatte die Schranner Bine den Ligsalz Rudi vernommen gehabt. Der Rudi hatte nichts abzustreiten versucht und bestätigt, dass die Cornelia Sandmann die Ripper Morde begangen hatte. Zumindest die, bei denen er ihr reportertechnisch auf den Fersen gewesen war. Beim ersten Mord an der Jennifer Gold war der Rudi rein zufällig Zeuge gewesen. Er war am Set von »München bleibt München« gewesen, um über die neue Staffel der Fernsehserie im »Morgenblatt« zu berichten. Nach seinen Interviews war er nur noch kurz auf die Toilette gegangen, und niemand hatte ihn mehr in den Studios vermutet. Gerade als er durch die Kulissen zum Ausgang hatte gehen wollen, hatte er einen Streit zwischen den beiden Schauspielerinnen mitbekommen. Thema war die anstehende Verfilmung eines Alpendramas, in dem beide Schauspielerinnen die gleiche Person in jungen und in älteren Jahren verkörpern sollten, gewesen. Problem an der Sache, die Cornelia hatte sich noch jung genug gefühlt, um die Rolle komplett zu übernehmen. Hasstiraden hatte sie der Jüngeren entgegengeschleudert, woraufhin diese zurückgekeift hatte. Die Jennifer hatte die Cornelia so lange beleidigt, bis die anscheinend Rot gesehen hatte. Der Rudi war sich völlig sicher, dass die Tat im Affekt passiert sein musste. Die Cornelia hatte die Gold gepackt, herumgedreht und ihr von hinten mit einem Messer, das sie plötzlich in der Hand gehabt hatte, die Kehle durchgeschnitten. Der Rudi hatte alles mitbekommen und war ein durchaus abgebrühter Reporter, aber was nun passiert war, war selbst für ihn erschütternd. Er hatte vermutet, dass die Sandmann nun fluchtartig das Set verlassen würde, aber das Gegenteil war der Fall gewesen. Sie hatte die Gold auf einen Teppich, der zufällig herumgelegen war, platziert, sie mit diesem zu einem Flaschenzug, der am Set der Autowerkstatt gehangen war, gezogen und ihre Füße daran befestigt. Dann hatte sie ihr Opfer kopfüber hochgezogen. In einer Kunststoffschale hatte sie das

Blut aufgefangen. Mit dem Messer hatte sie die Kleidung der Toten geöffnet und dann den Körper wie ein Metzger beim Schlachten eines Schweins geöffnet, die Gedärme herausgenommen und am Boden abgelegt. Danach hatte sie den Inhalt der Schale auf die Innereien geleert und auf den Teppich entsorgt. Immer wieder hatte sie der Rudi »Miststück! Du elendiges Miststück« rufen gehört.

Von da ab war er der Schauspielerin auf Schritt und Tritt gefolgt, da er schon eine große Story gerochen hatte. Am Tag des Mordes an der Susi hatte er sie gerade noch in Grünwald abpassen können und war ihr nachgefahren. In die Wohnung in Bogenhausen hatte er natürlich nicht folgen können, hatte sich aber, nachdem die Cornelia den Tatort wieder verlassen hatte, Zutritt verschafft. Natürlich hatte er zugegeben, dass er spätestens zu diesem Zeitpunkt die Polizei hätte informieren müssen, aber berufsmäßig halt unmöglich, verstehst du?

Die dritte Leiche hatte er verpasst, da er nach dem Faschingsball ausschlafen hatte müssen. Aber bei der Jana Gruber war er wieder auf Verfolgungsjagd gewesen. Dieser Mord sei der übelste gewesen. Er war knapp hinter der Schauspielerin gestanden, als sie den Fötus aus dem Körper entfernt hatte. Die Sandmann hatte die ganze Zeit wirres Zeug gemurmelt, und der Ligsalz hatte den Eindruck gehabt, eine ganz andere Person vor sich zu haben. Schizophrenie Schlagwort, laut Rudi. Danach hat er untertauchen müssen, weil die Verhaftung nach diesen Fotos natürlich vorprogrammiert gewesen sei. Aber Story ist Story. Leid täte es ihm aber schon, hatte er der Bine versichert.

Als der Sanktus an diesem Abend heimgekommen ist, ist er fix und fertig gewesen. Körperlich eher nicht, aber geistig. Das kannst du glauben. Also, dass die Sandmann die vier Frauen umgebracht hatte, ist schon einmal sicher gewesen. Das Warum hat der Sanktus nur erahnen können, aber er war sich ziemlich sicher, dass es sich wohl um krankhafte Eifersucht handeln hat müssen. Sei es wegen einer Rolle, oder weil die drei anderen Frauen alle irgendwie mit dem Rosenwirth liiert waren. Immerhin hat der die Jana Gruber sogar heiraten und die Sandmann verlassen wollen. Auf jeden Fall war die Frau psychisch krank, weil Affekt in diesem Fall eher Fremdwort. Der Sanktus war an diesem Punkt wieder einmal sehr froh, dass er mit der völlig normalen Kathi zusammen war.

Wie lange war sie wohl schon hier? Ihr war jegliches Zeitgefühl abhandengekommen. Man hatte ihr die nasse Hose ausgezogen und ihr einen fremden Slip übergestreift. Sie fror entsetzlich und zitterte am ganzen Körper. Wo war sie? Diese Frage war wie in ihr Gehirn gemeißelt. Sie konnte sie nicht beantworten. Wie konnte sie nur so dumm gewesen sein, zu ihm zu fahren. Ihr Bruder würde sie ausschimpfen und das mit Recht. Sie hatte es verdient. Falls sie ihn jemals wiedersehen würde.

Wieder öffnete sich die Tür, und sie konnte den Zylinder als Schatten im Türrahmen erkennen. Ihr Peiniger war zurückgekehrt. Durch die Maske hatte sie keine Chance zu erkennen, ob es sich um *ihn* handelte. Er hielt ihr einen Becher mit Strohhalm hin, sagte aber kein Wort.

»Was willst du von mir? Holger, bist du das?«

Keine Antwort. Nur ein Deuten auf den Becher.

»Was soll das?«

Wieder keine Antwort. Sie konnte einen Geruch wahrnehmen, den sie bei der Person bisher noch nicht bemerkt hatte. Zigarettenrauch. Unparfümiert, stark, nach schwarzem Tabak.

»Was wollen Sie von mir? Was ist da drin?«

»Trink und hoit dei Fotzen!«

Er war es nicht. Definitiv nicht Holger.

DIENSTAG, 05.03.2013

»Die gehörlose Frau und eine Gebärdendolmetscherin kommen um neun. Schaust du vorbei?«, hat der Kommissar ins Telefon gebrüllt, und der Sanktus natürlich war kurz darauf schon fertig angezogen. Das hat sich gut getroffen, da er erst am Nachmittag eine Führung gehabt hat. Eine Gruppe Schwaben aus Langenargen. Schwaben hat der Sanktus sehr gern gehabt, weil gleicher Humor und gleiche Mentalität. Aber wie gesagt zuerst in die Löwengrube.

Der Bichlmaier hat ihn nervös erwartet, weil die Damen schon da gewesen sind, und der Schultze-Lüdendorf Gott sei Dank auf einer Ripper-Pressekonferenz über den Fall »München-Ripper« referieren hat müssen.

»Wo bleibst denn, du lahme Entn?«, hat er den Sanktus angeblafft. »Sonst kommt der andere zurück, und ich krieg wieder eine, weil du dabei bist.«

Der Kommissar hat den Sanktus den beiden Frauen vorgestellt, und die Bine hat das Überwachungsvideo angeschaltet. Die Polizistin hat wieder einen engen Pullover angehabt, der ihre festen Brüste unterstrichen hat. Hat den Sanktus fast ein bisserl vom Überwachungsmaterial abgelenkt. Die vier haben sich das Video jetzt konzentriert angesehen. Man hat die Schauspielerin ins Bild laufen sehen. Sie hat sich umgedreht, und dem Sanktus ist erneut der aufgebrachte Gesichtsausdruck ins Auge gestochen.

Sie hat wieder tonlos gesprochen, und die gehörlose junge Frau, die dem Sanktus sehr sympathisch war, hat genau zugesehen. Sie hat der Dolmetscherin Zeichen in Gebärdensprache gegeben. Die Dolmetscherin hat übersetzt: »Das könnt ihr vergessen. Ihr wollt doch nur an mein Geld. Ich gehe doch nicht in eine Anstalt, und er verfügt über mein Vermögen.«

Jetzt hat anscheinend der Mann wieder etwas gesagt. Daraufhin Entsetzen.

»Spinnst du? Was soll das?«, hat die Dolmetscherin übersetzt. »Die Frau sagt einen Namen, der mit W beginnt, Walter, Willi oder so ähnlich.«

»Der Glöckerl war's«, hat der Kommissar geschrien. »Sakrament und Zefix. Und ich hab gedacht, dass es der Rosenwirth sein muss. Also gut. Vielen Dank, die Damen. Sie können dann wieder gehen.«

Aber die junge Frau hat immer noch gebannt in den Bildschirm gesehen und immer wieder den Kopf geschüttelt. Der Mann war gerade, nachdem er kurz aus dem Bild verschwunden und wieder zurückgekommen war, dabei, das Herz zu entfernen. Die junge Frau hat der Dolmetscherin etwas aufgeregt erklärt.

»Das ist nicht der gleiche Mann wie vorher, meint Frau Sander«, hat die Dolmetscherin dem Kommissar erklärt. »Er bewegt sich ganz anders. Frau Sander ist sich da ganz sicher.«

Jetzt hat's 13 geschlagen. Also zwei Männer.

»Das kann doch nur der Rosenwirth sein, oder? Der wollt doch Chirurg werden.«

Der Kommissar hat nur genickt, und nur ein paar Minuten später waren beide Männer zur Verhaftung freigegeben.

Der Sanktus hat sich für den heutigen Tag krankgemeldet und ist mit dem Bichlmaier und der Bine zum Rosenwirth nach Grünwald gefahren, doch kein Heilpraktiker daheim. Vor Grünwald ist es mit einem Affenzahn nach Bogenhausen in die Praxis des Heilpraktikers gegangen, doch auch da Fehlanzeige. Die Praxis war wegen Krankheitsfall geschlossen, und die völlig aufgelöste Sprechstundenhilfe hat versucht, die Patienten auf die nächsten Wochen umzubuchen. Wo der Herr Rosenwirth sei, wisse sie nicht. Sie gehe davon aus, dass er daheim krank im Bett läge. Also weiter zur »Münchner Folterkammer«.

Vor der Folterkammer sind schon kilometerlange Schlangen angestanden, da der Bekanntheitsgrad durch die Vorfälle am Wochenende natürlich durch die Decke gegangen war. Ganz Bayern und Deutschland hat die München-Ripper-Ausstellung sehen wollen. Wahrscheinlich haben alle gehofft, dass sogar die letzte Leiche schon zu sehen wäre. Dem Glöckerl hätte der Sanktus das ohne mit der Wimper zu zucken zugetraut. Natürlich war die Ausstellung nach den Geschehnissen des letzten Freitags geschlossen, was die Stimmung der Schaulustigen nicht gerade erhöht hat.

Der Herr Glöckerl sei heute schon da gewesen, sei aber schon wieder fort, hat man den drei Detektiven verkündet, aber nachdem der Kommissar den Durchsuchungsbeschluss, den er inzwischen erhalten hatte, vorgezeigt hat, ist man kooperativer gewesen. Kurz nach ihnen ist auch schon ein ganzes Kommando angekommen, und die Büroräume sind auf den Kopf gestellt, alles ist eingepackt und in Richtung Ettstraße gefahren worden. Es sind auch sämtliche Kühlschränke und Gefrierfächer durchsucht worden, denn das Herz der Schauspielerin war bis dato unauffindbar. Der Sanktus, die Bine und der Kommissar sind vorsichtshalber noch einmal durch die Ausstellung. Im kleinen Kinoraum mit der Leinwand hat die Bine innegehalten.

»Habt's ihr was gehört?«

»Was?«

»Weiß ned. Mir war, als wenn was geklopft hätt!«

Sie spürte die kalte scharfe Schneide des Skalpells, das ihr Peiniger in der Hand hielt, an ihrer Kehle. Die andere Hand verschloss ihren Mund.

»Hoit ja stad«, wurde ihr die Aufforderung zum Stillhalten ins Ohr gezischt.

Sie hatte Schritte und Gemurmel gehört. In einer unachtsamen Sekunde hatte sie mit den Füßen, die ihr Peiniger nach dem Slipwechsel nicht mehr festgebunden hatte, an die Wand geschlagen. Doch jetzt war alles wieder vorbei. Der Adrenalinschub, die Hoffnung, und sie begann lautlos zu weinen.

»Also ich hab nix g'hört«, hörte sie den Kommissar antworten.

»Ich auch nix«, den Sanktus. »Schau ma, was des Team beim Rosenwirth gfunden hat, oder?«

Dann war wieder Stille. Der Mann in Schwarz atmete erleichtert aus. Anna war in ihrem Leben noch nie so elend zumute.

Da der Schultze-Lüdendorf die Durchsuchung des Anwesens in Grünwald geleitet hat, ist für den Sanktus an dieser Stelle das Kriminalisieren für den heutigen Tag zu Ende gewesen. Der Bichlmaier hat aber versprochen, am Abend auf jeden Fall anzurufen und ihm Bescheid zu geben, ob etwas Interessantes gefunden worden war. Der Bichlmaier und die Bine haben sich also auf den Weg in den Süden Münchens gemacht, und der Sanktus ist durch die Innenstadt zu Fuß nach Haidhausen heim gelaufen. Kalte Luft 1A zum Runterkommen.

Am Abend hat das Telefon geklingelt, und der Bichlmaier war dran.

»Und erzähl!«, hat der Sanktus vor lauter nervös und neugierig in den Hörer geplärrt.

»Sie war's!«, hat der Bichlmaier geschrien. »Die Sandmann hat die vier Frauen umgebracht. So wie's auch der Ligsalz beschrieben hat. Wir haben ihr Tagebuch sichergestellt. Da war ihr Geständnis drin. Sie hat die vier Frauen kaltblütig ermordet. So eine Matz, ha?«

»Hast du das Tagebuch? Kann ich's morgen lesen?«, hat der Sanktus fast gefleht.

»Das hat der Schultze-Lüdendorf gleich in einen Asservatenbeutel verschwinden lassen. Er hat mir das Buch regelrecht aus der Hand gerissen, dieser Idiot. Das Tagebuch würde keiner außer dem Staatsanwalt lesen. Aufgegangen ist er wie ein Hefezopf. Gut, dass er nicht gemerkt hat, dass ich das Geständnis schon gelesen hab. Es war eigentlich so, wie wir gedacht haben. Die Rindfleisch hat sie im Affekt umgebracht und die anderen drei, weil sie ihr den Holger wegnehmen wollten. So schön ist der doch jetzt auch ned, oder?«

Mein Name ist Cornelia Sandmann, und ich schreibe diese Zeilen, da ich Angst habe, den heutigen Tag nicht zu überleben. Ich habe vier Frauen getötet. Ich habe ihnen die

Kehle durchgeschnitten und sie verstümmelt. Ich bin auf den Spuren Jack the Rippers gewandelt. Ja, ich bin der Schlächter von München, vor dem alle zittern. München hat mich dazu erkoren. Aber ich habe aus Notwehr gehandelt. Sie wollten mir alles nehmen. Mein Selbstwertgefühl, meine Identität, meine große Liebe. Ich konnte das nicht zulassen. Jennifer Gold habe ich im Affekt getötet. Ich wollte das Luder nur zur Rede stellen. Während eines Tumults am Set habe ich mich davon geschlichen. Niemand hat bemerkt, dass ich kurz weg war. Die anderen haben es verdient. Sie wollten mir Holger nehmen. Susi war ein gewöhnliches Flitscherl. Mit ihr hätte er den besten Sex seit Langem. Dass ich nicht lache. Sie ist ihrer gerechten Strafe nicht entkommen. Es hat mir Spaß gemacht, ihr die Schamlippen zu entfernen. Jasmin hat sich an ihn rangeschmissen und hat das große Geld gewittert. Er hat es ihr gerade so nachgeworfen. Hat ihr alles gegönnt. Schmuck, Kleider. Das gehörte unterbunden. Die Letzte, Jana, wollte er sogar heiraten und diesen Bankert aufziehen. Sie war die größte Gefahr für mich. Ich musste sie aus dem Weg schaffen. Das Ungeborene hat mir leidgetan. Es konnte nichts dafür. Möge Gott mir vergeben. Doch ich weiß nicht, ob ich mein Ziel erreicht habe. Ich bin so weit gegangen, aber mein Auftritt nähert sich dem Ende. Ich habe Angst, selbst das fünfte Opfer zu werden …

MITTWOCH, 06.03.13

Am Mittwochvormittag hat der Sanktus zur Abwechslung einmal wieder arbeiten müssen und hat eine Gruppe Italiener durch das wunderbare Monaco di Baviera lotsen dürfen.

Als der Sanktus mittags heimgekommen ist, hat er sich bei der Kathi gleich erkundigt, ob die Anna schon einmal was von sich hören hat lassen. Außerdem hat er gemeint, wäre es besser, mal in der Wohnung nachzuschauen und vorsichtshalber die Blumen zu gießen, da sein alter Herr sicher vor seiner Abfahrt nicht daran gedacht hatte.

Der Sanktus ist ja jetzt ein Mann, aber die Wohnung ist ihm, obwohl die Anna kurzfristig verreist war, doch ein bisserl unordentlich vorgekommen. Der Durcheinander hat natürlich durchaus vom alten Sanktjohanser stammen können, aber irgendetwas hat doch ein beunruhigendes Gefühl in ihm geweckt. Und jetzt ist es wirklich wie in einem Film gewesen: Der Anrufbeantworter hat geblinkt. Der Sanktus also Vollgas darauf zu und die Taste gedrückt. *Sie haben vier neue Nachrichten.* Und das war viermal eine Kollegin von der Anna, die immer wieder nachgefragt hatte, ob die Anna krank sei oder warum sie nicht zur Arbeit käme. Der Sanktus hat die Anna *schon* als impulsive Schwester gekannt, die aus dem Bauch heraus einmal etwas entschieden hat, aber unentschuldigt von der Arbeit wegbleiben? Das hat nicht sein können. Das war nicht die Anna.

Daheim sind der Sanktus und die Kathi am Esstisch gesessen und haben bei einem Bier nervös darüber gebrütet, wo sich die Anna hat befinden können. Zuvor hatten sie schon alle Bekannten und Freunde der Schwester abtelefoniert, aber kein Erfolg. Der Sanktus hat den Bichlmaier natürlich auch schon längst informiert gehabt und die Anna als vermisst gemeldet. Leider bisher ebenfalls keine Rückmeldung. Der Sanktus ist immer wieder aufgestanden und wie ein wildes Tier in seinem Käfig ruhelos im Zimmer auf und ab gewandert. Aber auch das hat nicht wirklich etwas gebracht.

Plötzlich hat es an der Tür geklingelt, und der Drengler ist samt Hanspeter im Hausgang gestanden.

»Salve, Gambrinus. Hier kommt Unterstützung«, hat der Steuerberater posaunt.

»Es isch so, Sanktus, dass uns der Bichä informiert hedd, es sei jede gute Idee von Nöten. Gott sei Dank han i heut frei«, hat der Hanspeter erklärt, und die beiden sind am Sanktus vorbei in die Wohnung marschiert.

Somit ist nun ein aufgescheuchter Haufen Deppen im Esszimmer umher gelaufen, und jegliche gute Idee in weiter Ferne.

»Da kann eigentlich nur der Glöckerl oder der damische Heilpraktiker dahinter stecken«, hat der Sanktus so in den Raum gestellt.

»Aber warum?«, hat die Kathi gefragt.

»Habt ihr der Anna unter Umständen irgendwelche Info gegeben? Irgendetwas, was sie veranlasst hat, einen der beiden zu kontaktieren?«, hat der Drengler zum Besten gegeben.

»Des isch gar koi so blöde Idee vom Jens«, hat der Hanspeter bestätigt.

Der Sanktus hat ganz kurz blöd geschaut, dann hat es in seinem Kopf zu klicken und rumoren begonnen, und er hat die Anna wieder hören können: *Ich kenn den fei. Der ist ein Freund vom Jean-Pièrre. Weißt schon, der Autohaus-Heini, mit dem ich letztes Jahr zusammen war. Wir sind öfters mit ihm weggegangen. Der Holger ist ein fieser Kerl. Nach außen hin macht er auf vertrauenserweckender Heilpraktiker, aber innen möchte ich gar ned reinschauen. An mich wollt er sich auch schon ranmachen.*

Jetzt Blitzeinschlag.

»Ja ich Rindviech!«, hat der Sanktus gebrüllt. »Und ich red noch so saudumm daher, dass sie auch noch drauf kommen muss, dass der Rosenwirth der Ripper ist und nicht der Prokopetz. Ja ich Arschloch, ich saudummes.«

»Und wat nu?«, hat der Drengler gefragt, aber der Rest der Crew ist nur dagesessen und hat recht damisch in die Gegend geschaut.

»Wo sind die? Wo könnte der Rosenwirth die Anna verstecken.«

»Im Dungeon!«, hat der Hanspeter gerufen.

»Na pack ma's!«, der Sanktus. Und Action!

Das Triumvirat hat sich vor der Münchner Folterkammer mit dem Bichlmaier getroffen, der wieder alles Menschenmögliche getan hat, um den Sokochef Schultze-Lüdendorf von den Ermittlungen fern zu halten.

»Also rein!«, hat er zur Schlacht gerufen und ist mit erhobener Hand und gezücktem Ausweis in die Eingangshalle marschiert. Die verdutzte Dame am Eingang hat ihn zum stellvertretenden Geschäftsführer, einem dürren Burschen in karierter Knickerbockerhose, Weste und passender Schieber-Kappe, geführt. Der hat nach kurzer Zickerei einen Gebäudeplan hervorgeholt, und der Sanktus hat mit dem Kommissar geprüft, welche Räume sie schon durchsucht hatten und welche nicht. Bei den Schauräumen war nur ein Zimmer vorhanden, das sie noch nicht geprüft hatten. Zusätzlich ist der ganze Keller noch auf der Tagesordnung gestanden. Der Bichlmaier ist also mit dem Hanspeter hinunter, und der Sanktus hat mit dem Drengler das letzte Zimmer aufgesucht. Es hat sich laut Plan um einen ungefähr zehn Quadratmeter großen Raum hinter dem kleinen Kino, in dem der Ripper-Vorspann gelaufen ist, gehandelt. Der Drengler also lauthals über den Erfolg des Unternehmens dozierend voraus und der Sanktus mit gerunzelten Augenbrauen und Angst wegen der Anna hinten nach. Doch irgendwie hat keiner der beiden den Eingang zu diesem Kabinett gefunden, und wenn sie den Ort noch so oft umkreist hätten. Der Sanktus hat den Drengler angeschaut und der den Sanktus.

»Ganz klar …«, hat der Drengler angefangen.

»… Geheimtür!«, hat der Sanktus den Satz vollendet.

»Immer wieder das Gleiche, meine liebe Miss Marple«, hat der Drengler weitergemacht.

»Ich streich dir gleich eine auf, dass alles zu spät ist, du Aff«, hat der Sanktus gedroht, und beide haben äußerst nervös nach dem Eingang gesucht.

Im ersten München-Ripper-Raum, also in der nachgestellten Bavaria-Film-München-bleibt-München-Autowerkstatt, hat der Drengler dann doch hinter einer Stellwand eine Tür zu dem verborgenen Raum gefunden. Gestrahlt hat er vor Stolz wie ein Honigkuchenpferd. Beide, also der Sanktus und er, sind simultan wie in einem Knäuel verknotet durch den Eingang in das Zimmer hineingeplatzt.

Anna hörte Schritte und Stimmen. Da ihre Augen verbunden waren, konnte sie nichts sehen. Sie konnte nur wahrnehmen, dass sich ihr Gehörsinn inzwischen schärfte und versuchte, das fehlende Sehen auszugleichen. Hinter einer Wand oder Tür waren eindeutig zwei männliche Stimmen zu vernehmen. Anscheinend war sie wieder betäubt worden, da sie den Eindruck hatte, einige Zeit geschlafen zu haben. Ihr Rücken war verspannt, und sie fühlte den Schmerz mehrerer Prellungen. Was war geschehen? Sie hörte Männer sprechen, sie konnte den Sinn ihrer Worte aber leider nicht verstehen. War Hilfe gekommen? Hatte sie der Sanktus gefunden? Er und einer seiner Freunde? Der Drengler, der Hanspeter oder gar der Kommissar Bichlmaier? Die Worte wurden nun immer hektischer, und sie vernahm ein Rumpeln, vermutlich an einer Holztür.

Der Raum war nur spärlich durch das einfallende Licht beleuchtet. Genau gegenüber der Eingangstür hat der Sanktus eine rote Ziegelsteinmauer erkannt. Nach einem kurzen Tasten links am Türstock vorbei hat er gleich einen alten drehbaren Lichtschalter entdeckt. Mit einem Klick ist eine schummrige Beleuchtung angesprungen und hat den Raum in ein düsteres Rotlicht getaucht. Der Sanktus hat von links eine Bewegung wahrgenommen, die von einer Pritsche in der Ecke gekommen ist. Auf der ist eine Bettdecke gelegen, die sich langsam gehoben und gesenkt hat. Der Sanktus und der Drengler sind mit laut schlagenden Herzen auf die Liegestatt zugeschlichen und haben die Decke mit einem Ruck zurückgeschlagen.

Mit einem entsetzlichen Quieken haben zwei Ratten zwischen einigen Kissen, die unter der Decke waren, die Flucht ergriffen. Erschrocken sind die beiden Detektive einen Schritt zurückgewichen, weil sie den Anblick nicht richtig haben deuten können. Auf dem Bett sind eine feuchte Jeans sowie eine klamme Unterhose gelegen.

»Ausgeflogen«, hat der Drengler kommentiert.

»Wohin, Zefix? Wohin?«, hat der Sanktus den Drengler richtiggehend angefleht.

Kurz darauf ist die »Münchner Folterkammer« von der Polizei haarklein durchsucht worden. Der karierte Aushilfsgeschäftsführer ist wie ein Rumpelstilzchen auf und ab gesprungen und hat vergeblich versucht, seinen Chef, den Glöckerl Willi, telefonisch zu erreichen, aber leider keine Chance. Der Bichlmaier hat mit einem Seufzen den Schultze-Lüdendorf begrüßt, und der Sanktus hat erkannt, dass es wieder Zeit war für die drei Hobbydetektive zu verschwinden.

Der Drengler hat wie immer versucht, mit seinem Porsche den Geschwindigkeitsrekord *Quer durch München in weniger als drei Minuten* aufzustellen. Den Sanktus hat es durchgeschüttelt, und sein Magen war wie immer in Habtachtstellung und am Zusammenkrümmen. Aber anscheinend hat es ihm auch seine Gehirnwindungen durcheinander gewirbelt und aus Versehen irgendwie neu verknotet oder gar zurechtgerückt, weil auf einmal war er da, der Gedanke.

»Neumarkter Straße. Autohaus Meierhofer!«

»Hä?«, Hanspeter.

»Wie bitte, heißt das«, vom Drengler.

»Ist recht, Depp! Zum Jean-Pièrre. Der muss es wissen!«

»Was?«

»Wo sie sein kann, weil der kennt ja den Rosenwirth auch«, hat der Sanktus gerufen, und der Drengler jetzt rechts in die Richard-Strauß-Straße und dann hinüber zum Leuchtenberg Ring. Nach knappen fünf Minuten sind die drei, einer freudestrahlend, die anderen beiden grün im Gesicht, am Autohaus angekommen.

Gerade als sie den Verkaufsraum betreten wollten, ist der Jean-Pièrre aus der großen Schwingtür herausgekommen. Kaum hat er den Sanktus gesehen gehabt, und der Sanktus hat sehr finster geschaut, also wegen der Fahrt, hat der Autohausbesitzer kehrt gemacht und ist weggerannt. Nach circa 20 Metern ist er in einen weißen Kastenwagen gesprungen und hat die Tür hinter sich verriegelt. Der Sanktus ist langsam zu dem Fahrzeug geschritten und hat an das Fahrerfenster geklopft. High Noon Scheißdreck dagegen.

»Lassen S' mich in Ruhe«, hat der Jean-Pièrre durch das geschlossene Fenster gerufen.

»Komm raus. Ich tu dir nix«, hat der Sanktus erwidert.

»Ja genau. Und dann land ich wieder in der Ölwanne. Des können S' vergessen, Sie Grobian!«

»Ohne Schmarrn! Komm raus. Ich muss mit dir wegen der Anna reden.«

»Warum? Sie haben mir das doch letztes Jahr komplett versaut, Sie Rindviech Sie!«

»He, du hast die Anna mit der jungen Blondine beschissen. Ned ich.«

»Wieso beschissen?«

»Na weil du mit der ins Bett bist, obwohl du mit der Anna zusammen warst. Des hoaßt ma b'scheißn oder?«

»Blondine? Bescheißen? Keine Ahnung, wovon Sie reden!«

»Maximilianstraße. Sagt dir des nix?«

»Nein! Warum?«

»Da hat sie euch erwischt. Grad gebusselt habts, ihr zwei.«

»Keine Ahnung. Weiß ich wirklich nimmer. Aber da war nix!«

»Kann ja jeder behaupten«, hat der Sanktus erwidert.

»Blondine? Maximiliansstraße? Letzten Sommer?«, hat der Jean-Pièrre immer wieder gemurmelt. »Zefix, des war meine Cousine, du Arschloch. Autohaus Meierhofer in Dorfen.«

»Drengler?«, hat der Sanktus nur gesagt, aber der Jens hat schon gegoogelt.

»Sanktus, wenn das die junge Dame ist? Das ist ja 'n heißer Feger, nö.«

»Und ein Busserl hab ich der höchstens auf die Backen gegeben, weil wir was zum Feiern gehabt haben.«

Der Sanktus hat auf das Display geschaut, und im Drengler-Handy war tatsächlich eine hübsche hochgewachsene Blondine in Stöckelschuhen zu sehen. Der Sanktus hat sie ja nicht gekannt, aber im Zweifel für den Angeklagten.

»Also, entschuldigen!«, hat der Jean-Pièrre den Sanktus aufgefordert.

»Also okay«, hat der Sanktus gesagt. »Tut mir … also entsch…«

»Er bittet um Verzeihung«, ist der Hanspeter eingesprungen.

»Und jetzt komm raus! Ich brauch deine Hilfe. Es geht um die Anna«, hat der Sanktus die Diskussion beendet.

Der Autohausbesitzer ist aus dem Wagen ausgestiegen, und der Sanktus hat ihm die Hand gereicht.

»Sanktus!«

Der Autohausbesitzer hat eingeschlagen.

»Hannes!«

»Ned Jean-Pièrre?«

»Naa, Hannes is mir lieber. Echt fei.«

Jetzt hat der Sanktus die Story von der verschwundenen Anna und dem Verdacht gegenüber dem Rosenwirth erzählt.

Der Hannes hat seinen Ohren nicht getraut und hat das Ganze mit »Ja so eine Sau, ha?« kommentiert.

»Und wo könnt der mit der Anna jetzt sein?«

»Lass mich mal nachdenken. Zefix, wo könnt der sein? Der hat eine Skihütte, die Sonnenklamm-Hüttn am oberen Sonnberg in Brixen im Thale. Meinst, dass er dahin geflüchtet sein könnt?«, hat der Hannes überlegt.

Fünf Minuten später sind die drei mit dem Hannes in seiner Mercedes G-Klasse gesessen und über Rammersdorf in Richtung Salzburger Autobahn geschossen, weil Winter und Berge, da brauchst du schon ein passendes Fahrzeug, hat der Hannes gesagt.

Der Sanktus war viel zu nervös, um irgendetwas sagen zu können, aber allein, dass aus dem überkandidelten Jean-Pièrre der angenehme Hannes geworden war, hat ihn positiv gestimmt. Aber zum Speiben ist ihm vor Angst trotzdem gewesen. Dem Hanspeter übrigens auch, weil der Fahrstil des Autohausbesitzers drenglermäßig. Der Drengler selbst ist in seinem Element gewesen und hat mit dem Hannes über das Geländefahrzeug gefachsimpelt. Der Hannes hat dabei nicht viel sagen müssen und hat nur ab und zu genickt. Direkt nach der Grenze ist er von der Autobahn runter und über Land via Kirchbichl nach Hopfgarten gefahren. Von da aus ist es an Westendorf vorbei ins verschneite Brixental in Tirol gegangen.

Mit einem Quietschen ist der Hannes nach der Liftstation der »Skiwelt Wilder Kaiser« nach links in den unteren Sonnberg eingebogen. Jetzt ein Hoch auf den Allradantrieb, weil die kurvige Straße war wirklich kein Spaß. Dann oberer Sonnberg, durch ein Wäldchen und anschließend in eine Kehre mit Vollgas. Der Bulldogfahrer, der ihnen entgegengekommen ist, hat ihnen nur einen Vogel gezeigt und den Kopf geschüttelt. Doch nicht genug. Nach einigen 100 weiteren Metern in einer scharfen Linkskehre hat der Hannes eine Vollbremsung hinlegen müssen, da sie mitten im Tiroler Gebirge vor einem Lama gestanden sind. Das Lama ist direkt auf der Straße gestanden und hat ihnen genüsslich etwas vorgekaut. Langsam hat es sich umgedreht und ist in Richtung Bergbauernhof, der an der Straße gelegen ist, gewandert. Die drei Detektive haben ihren Augen nicht getraut und sich ans Hirn gefasst. Wer an diesem Berg hat denn so ein Tier im Stall beherbergt?

»Die züchtet der Wirt von da!«, hat der Hannes gesagt, hat den Gang eingelegt und weiter ist's gegangen. Nach einer kurzen Zeit hat er die Straße verlassen und ist auf einem verschneiten Weg durch ein Gehölz. Jetzt war der Sanktus noch mal um den Allradantrieb froh, weil dieses Wegerl hätte wirklich kein normales Auto geschafft, aber der Mercedes hat der Steigung und dem Schnee nur so getrotzt.

Kurz vor einer Lichtung hat der Hannes den Wagen abgestellt, und die vier sind zu Fuß weiter. Als sie aus dem Wäldchen herausgekommen sind, ist eine kleine Alm zum Vorschein gekommen, vor der der blaue Volvo-SUV gestanden ist. Eindeutig das Auto des Heilpraktikers. Bingo, hat sich der Sanktus gedacht.

Die vier Männer sind im Schutz des Waldes entlang des Randes der Lichtung zu der Almhütte geschlichen. Der Hannes hat ihnen ein Zeichen gegeben, dass sie sich von hinten her anschleichen sollen. Hinter der Hütte hat sich eine kleine Scheune befunden. Langsamen Schrittes haben sie sich genähert, und der Hannes hat die Tür zur Scheune leise und fast ohne Knarzen geöffnet. Auf der rechten Seite ist altes Heu gestapelt gewesen, auf der linken Seite hergerichtetes Brennholz. Vor dem Holz ist ein Hackstock gestanden, aber es war weit und breit keine Axt zu sehen.

»Da hinten geht es durch eine Tür in die Hütte hinein. Was sollen wir machen?«, hat der Hannes gefragt.

Ratlose Gesichter.

»Ich könnte ja vorne mal klingeln«, hat der Drengler angefangen.

»Hütten haben doch keine Klingel, du Flachlandtiroler«, hat der Sanktus etwas schärfer als beabsichtigt geflüstert.

Der Drengler hat die Augen verdreht, und die beiden anderen haben geschmunzelt.

»Dann klopf ich eben«, hat der Drengler geschmollt, sich umgedreht und ist g'streckterlängs auf den Stadelboden gefallen.

»Mach it so an Krach«, hat der Hanspeter gemahnt, aber der Drengler hat nur zitternd auf den Heuhaufen am Boden gezeigt, über den er drüber gefallen ist. Im Heuhaufen ist ein Toter gelegen, der sich, nachdem die vier das Heu entfernt gehabt haben, schnell als Heilpraktiker

Rosenwirth herausgestellt hat. Und jetzt war dem Sanktus auch klar, warum auf dem Hackstock keine Axt zu finden gewesen ist, weil die hat der Rosenwirth im Rücken gehabt. Das hat im Umkehrschluss bedeutet, dass der Glöckerl auch in der Nähe war. Und das ziemlich wahrscheinlich, weil der Rosenwirth noch warm gewesen ist. Also noch nicht lange tot. Anscheinend hatten die beiden irgendeinen Zwist gehabt. Das ist dem Sanktus klar gewesen.

Der Sanktus hat leise die Tür zur Hütte geöffnet, und die drei anderen sind ihm nachgeschlichen. Sie haben sich nun im Hausgang befunden, von dem links und rechts jeweils eine Tür weggegangen ist. Rechter Hand hat eine Holztreppe nach oben geführt.

Sie hörte Schritte, die die Treppe heraufkamen. Ein leises Knarzen. Sie lag gefesselt auf dem Holzbett und starrte voller Angst und Erwartung des Schlimmsten auf die Tür gegenüber. Die Klinke bewegte sich langsam nach unten. Es ist der Sanktus, es ist der Sanktus, dachte Anna voller Hoffnung und blickte angespannt auf das Türblatt, das sich in den Raum hinein öffnete. Doch Entsetzen. Blankes Entsetzen. Nun stand ihr Peiniger das erste Mal ohne Maske vor ihr. Der Metzger Willibald Glöckerl. Wie immer mit einem fiesen Grinsen im Gesicht. Seine fettigen, glatten verwahrlosten Haare wirkten besonders abstoßend.

»Wo ist der Holger?«

»Der stört uns nimmer, Schatzi«, entgegnete Glöckerl und öffnete seine graue mit Blutflecken verdreckte Hose.

Er näherte sich Anna und strich ihr mit seinen nikotingelben Fingern über das von ihrem Angstschweiß feuchte Gesicht.

»G'fällst ma scho, Madl.«

Anna schwieg und starrte gebannt in Rudis lüstern funkelnde Augen. Der zog einen Hirschfänger aus seiner Hose und begann, ihr den Pullover, die Bluse und das Unterhemd aufzuschneiden. Anna wehrte sich mit Leibeskräften so gut es ging, aber sie konnte ihre Hände, die über ihrem Kopf an einem Haken an der Wand befestigt waren, nicht bewegen. Ihr Peiniger fuhr langsam mit seiner Nase und seinen Lippen an ihrem nackten Nabel vorbei zu ihren Brustwarzen hoch. Anna hielt die Augen geschlossen und verdrückte bittere Tränen. Sie versuchte, an irgendetwas Schönes zu denken, aber es gelang ihr nicht. Nichts konnte diesen Metzger verdrängen. Sie öffnete ihre Augen und versuchte, nach links und rechts haschend eine Möglichkeit der Rettung zu entdecken. Doch nichts in Sicht. Er begann, sich wieder zum Bauchnabel zurück zu arbeiten. In aller Ruhe zertrennte er ihren Slip mit dem Hirschfänger. Nun fuhr er an ihrer Schambehaarung vorbei weiter hinunter und sog genüsslich ihren Geruch ein. Er richtete sich auf, ließ seine Hosen herunter, entblößte seine mächtige Männlichkeit und breitete mit geschlossenen Augen, tief Luft holend, seine Arme aus. Der Akt konnte beginnen.

Jetzt weißt du auch, dass bei einem notgeilen Tierchen ab und zu der Verstand aussetzt, wenn es um die schönste Tätigkeit der Welt geht. Und das war jetzt, Gott sei's gedankt, dem Willi sein Verhängnis, weil die Anna hat ihre Chance gerochen. Sie hat, während der Glöckerl seine Augen kurz zu gehabt hat, ihre Beine angewinkelt und sie mit Schwung kräftig nach vorne schnalzen lassen, sodass ihr Entführer einen Satz rückwärts getan hat und kopfüber aus dem Bett geflogen ist. Jetzt ist so eine Kammer nicht gerade groß und die Türschwelle kommt schnell, wenn man ein großes Bett für Liebesabenteuer in so einen kleinen Raum hineinstellt. Und wenn dann die Schwelle mit Eisen beschlagen ist, weil man ja früher auf Qualität und Stabilität Wert gelegt hat, ist das zwar für die Schwelle gut, aber so ein Genick kann dann schon einmal daran zerbrechen. Die Anna hat jetzt Glück gehabt, dass sich dem Willi sein Genick genau diese Flugbahn ausgesucht hat. Das Knacken der brechenden Wirbelsäule hat für die Anna etwas Befreiendes gehabt. Aber halt leider nur kurzfristig, weil gleich nach dem Triumph ist die Erkenntnis gekommen, dass, gefesselt wie sie war, sie halt trotzdem nicht aus dem Bett hinauskommen würde und jetzt den Platz in der ersten Reihe bei der langsamen Glöckerl-Verwesung gehabt hat.

Aber da hat sie Gott sei Dank die Rechnung ohne ihren Bruder gemacht, weil in diesem Moment der Verzweiflung der Sanktus dem Glöckerl die Tür von außen her schon dreimal so hart auf den Schädel geschlagen hat, dass der nun auf jeden Fall hat tot sein müssen.

Mit einiger Kraft haben die Retter den Glöckerl von der Tür wegschieben können, und vor ihnen ist die nackte gefesselte Anna gelegen.

»Macht's ihr da Sexspiele? Soll'ma wieder fahren?«, hat der Sanktus gefrotzelt, weil der war so glücklich, dass seine Schwester noch gelebt hat, dass es ihm sofort wieder nach seinen ewigen Spaßetteln gewesen ist.

Aber schon hat ihn der Hannes weggeschoben und ist zur Anna hin, hat ihr die Kabelbinderfesseln entfernt und sie zugedeckt. Die Anna hat ihn verwirrt angeschaut, und sie hat nicht gewusst, ob sie lachen oder weinen soll. Also hat sie's mit ausgiebigem Weinen probiert, weil das einfacher gewesen ist und schon lang überfällig war. Sie hat den Hannes umarmt und geweint und geweint. Vor Freude, Schock oder Erleichterung? Der Sanktus hat es nicht gewusst, und es war ihm auch egal. Hauptsache, seine Schwester war unversehrt. Irgendwann hat sie den Sanktus fragend angesehen.

»Cousine!«, hat der gesagt, und der Hannes hat genickt. »Und der hoaßt jetzt Hannes und nimmer Jean-Pièrre.«

Daraufhin hat die Anna einen irren Lachkrampf gekriegt und hat lang nicht mehr aufhören können. Den Hannes hat sie dabei nicht mehr losgelassen.

Vor der Berghütte war ein riesen Tohuwabohu, Tatort praktisch Anfänger. Österreichische Gendarmerie in silbern-blauen Polizeiautos, rot-weiße Krankenwägen, dunkle Leichenwägen und Blaulichtgeblinke, wo du hingeschaut hast. Wie im letzten Jahr vor dem Stangassinger Hof, hat sich der Sanktus gedacht. Braucht's das? Braucht's das jedes Jahr? Eigentlich wirklich nicht, aber was willst du gegen dein Schicksal machen? Hilft ja doch nichts.

Die Anna ist in einer Decke eingewickelt auf dem Bankerl vor der Hütte gesessen und ist dem Bundeskriminalamt zitternd Rede und Antwort gestanden. Nachdem der Dr. Prokopetz als Mörder festgestanden war, hatten die Anna Zweifel beschlichen. Schließlich hatte ihr Bauchgefühl etwas anderes angedeutet. Warum sie am letzten Sonntag den Heilpraktiker aufgesucht hatte, konnte sie sich jetzt nicht mehr erklären. Sie hatte ihn zur Rede gestellt und nachdem er den Mord an Cornelia zugegeben hatte, versucht, ihn zu überzeugen, sich der Polizei zu stellen. Ein schlechter Plan, wie sich herausgestellt hatte. Was dann geschehen war, hat die Anna nicht mehr zusammenbekommen. Ihr Glück war nur, dass der Rosenwirth anscheinend zu keinem weiteren Mord fähig war. Er hatte sie wahrscheinlich betäubt und erst einmal in das Gruselkabinett und von dort aus mit dem Glöckerl hierher geschafft. Der Hannes hat sie ständig im Arm gehabt und hat sich um sie gekümmert, dass du hast meinen können, die zwei sind seit Jahrzehnten ein Ehepaar. Schön zum Anschauen. Happy End im Brixental. Ein Film mit Peter Alexander, oder?

Auch der Drengler war ganz in seinem Element. Er hat einem Polizisten, der dem österreichischen Tatortkommissar zum Verwechseln ähnlich geschaut hat, die Rettungsaktion haarklein präsentiert, also James Bond wirklich Anfänger dagegen. Aber das hat er sich schließlich verdient gehabt.

Der Sanktus und der Hanspeter haben in der Küche zwei gut gekühlte Zillertaler Biere gefunden, die sie jetzt in kleinen, andächtigen Schlucken getrunken haben. Zwischendrin haben sie sich zugeprostet, aber ganz dezent, dem Anlass angemessen.

Irgendwann haben dann alle endlich in der G-Klasse heimfahren dürfen. Während der Fahrt hat keiner ein Wort gesagt. Die Anna ist vorne beim Hannes gesessen, und der hat während der ganzen Fahrt ihre Hand gehalten, Automatik sei Dank.

SAMSTAG, 09.03.2013

Den Anschiss, den der Sanktus an diesem Tag vom Bichlmaier gekriegt hat, kannst du dir nicht vorstellen. Gefahr und Mord und Depp und Spinner und überhaupt! Gerade, dass er nicht die Heilige Inquisition heraufbeschworen hat. Der Sanktus ist ganz cool geblieben und hat gemeint, dass er ihn ja nicht gebeten oder ihm gar angeschafft hätte, mit dem Schultze-Lüdendorf zu kooperieren, und dass er überhaupt keine Kritik wünschen würde, weil Fall schließlich gelöst. Der Bichlmaier hat mit den Augen gerollt und dem Sanktus wortlos ein Buch in die Hand gedrückt.

»Da! Das Tagebuch von der Cornelia Sandmann«, hat er kommentiert.

Der Sanktus jetzt aufgeregt kein Ausdruck. Er hat das Buch aufgeschlagen und war konsterniert.

»Was soll des, Bichä?«

»Was?«

»Da fehlt ja alles!«

Die letzten Seiten ab Januar waren herausgerissen worden.

»Da war ihr Geständnis drin. Ich hab einen Blick in das Tagebuch werfen können, bevor es zu den Beweismitteln gekommen ist. Da waren die Seiten noch drin. Ich hab das Geständnis gelesen.«

»Wer versucht da, Beweise zu vernichten?«

»Tja, sie war eine bayerische Lichtgestalt, geliebt von Bevölkerung und Politik. Das kommt von ganz oben, Sanktus. Pech ghabt. Man hat ja, Gott sei Dank, zwei Schuldige gefunden …«

»Was ist eigentlich mit dem Demuth?«, hat der Sanktus noch wissen wollen.

»Hat ein bisserl Ärger an der Backe, weil er abgehauen ist. Aber das wird schon wieder. Da red ich mit dem Schultze-Lüdendorf. Wenn's wär, ob ich ansonsten ein bisserl wegen der Tagebuchseiten ermitteln soll«, hat der Bichlmaier geflüstert und gegrinst.

»Warum hat der das ganze Ripperzeug bei sich in der Wohnung gehabt?«, hat der Sanktus gefragt.

»Er hat sich schon immer für den Ripper interessiert. Schon seit seiner Jugend. Noch so ein Wahnsinniger wie der Prokopetz und der Rosenwirth. Wie dann das erste Mal die Rede auf den Münchner Ripper gekommen ist, hat er sein Wissen aus seinem Gedächtnispalast hervorgeholt und präzisiert. Kapierst du das?«

»Sherlock Holmes. Die neuen Folgen.«

»Wie?«

»Der hat da auch einen Gedächtnispalast. Der Demuth hat einen autistischen Anflug, wenn du mich fragst.«

»Tu ich aber ned«, hat der Bichlmaier gemurrt.

»Und die Jasmin Kaufmann?«, hat der Sanktus wissen wollen.

»War seine Verlobte. Sie hat die Verlobung gelöst, wie sie den Rosenwirth vor zwei Jahren kennengelernt hat. Er ist nie über sie hinweggekommen.«

»Na bravo. So eine Scheiße«, hat der Sanktus geschlossen.

Österreich, Brixen im Thale.

Gestern wurden die Leichen der mutmaßlichen Mörder der Schauspielerin Cornelia Sandmann in einer Almhütte in Brixen im Thale im österreichischen Bundesland Tirol entdeckt. Holger R. und Willibald G. hatten nach der Ermordung der Schauspielerin eine Zeugin entführt und in einer Almhütte am oberen Sonnberg versteckt. Der beherzte Verlobte und der Bruder der Entführten konnten das Versteck aufspüren und das Opfer befreien. Bei der Ankunft fanden die Männer die beiden Entführer bereits tot vor. Ermittlungen des Bundeskriminalamts ergaben, dass Holger R. vermutlich im Streit von seinem Schwager Willibald G. erschlagen wurde. Beim Versuch, sein Opfer zu vergewaltigen, starb Willibald G. durch einen erfolgreichen Verteidigungsversuch. Maria B. (Name geändert) konnte noch am selben Tag von ihren Verwandten nach München begleitet werden.

Die ermordete Schauspielerin wird am Mittwoch in München beigesetzt. Die Laudatio hält Kultusminister Zeitler.

Die Sache ist also sehr bayerisch verlaufen. Saludos Amigos! Die Weste der Schauspielerin ist weiß geblieben, weil ja schließlich Trägerin des bayrischen Verdienstordens, Schirmherrin und pipapo. Der Rosenwirth und der Glöckerl haben sich nicht mehr wehren können und sind somit zu Massenmördern mutiert. Der Bichlmaier hat mit sich selbst gekämpft, ob er aus gegebenem Anlass den Dienst quittieren soll. Der Sanktus hat ihn erst einmal grübeln lassen, weil Hauptsache, die Anna war wieder heil zurück. Bei der Beerdigung der Schauspielerin war keiner der Detektivtruppe anwesend, weil das Politik-Gesülze hat man sich dann doch nicht antun wollen.

*

Ein paar Tage drauf hat sich der ganze Verein, also die erweiterten Sanktjohansers, die Drenglers, der Hanspeter mit der Annouk und der Bichlmaier leider noch ohne Stillkraut Brigitte sowie die Stern-Brauer in der »Neuen Kirche« bei der Ramona gesessen und das gute Ende der Geschichte sozusagen gefeiert.

Wie immer sind sie vom Hundertsten ins Tausendste gekommen und der Drengler hat über den anhaltenden Craftbeer-Boom und die wie Pilze aus dem Boden sprießenden Kleinbrauereien und Spezialitätenbier-Shops referiert. Daraufhin hat der Sanktus eine verhängnisvolle Frage gestellt.

»Hanspeter, so was wär doch was für uns zwei Brauer, oder?«

»So ebbes machen mir nächschtes Jahr au uf, Sanktus!«

»Schlog ei, oider Schwob!«

Und der Hanspeter hat eingeschlagen.

*

Das Herz der Schauspielerin ist nie gefunden worden.

DANKSAGUNG

Danke an dieser Stelle vor allem an alle Leserinnen, Leser und Sanktus-Fans für die positive Resonanz seit dem Erscheinen von »Brauerehre«. Der Sanktus ermittelt gerne weiter.

Danke an alle, die mir eine Lesung ermöglicht haben.

Danke an meine Frau Petra, die diesen Band wieder äußerst kritisch begutachtet hat.

Danke an Claudia Senghaas, die an den Sanktus glaubt und mich nicht zur Ruhe kommen lässt.

Danke an den Gmeiner Verlag, dass ich dieses Werk veröffentlichen durfte.

Danke an Markus Strobl und Alexander Littel, die mir immer mit Rat und Tat zur Seite stehen, sowie meinen Kollegen Roman, der an meinem Wiener Dialekt gefeilt hat.

Weitere Krimis finden Sie auf den folgenden Seiten und im Internet:

WWW.GMEINER-SPANNUNG.DE

Das Neueste aus der Gmeiner-Bibliothek

Unser Lesermagazin

Bestellen Sie das kostenlose Krimi-Journal in Ihrer Buchhandlung oder unter www.gmeiner-verlag.de

Informieren Sie sich …

www … auf unserer Homepage: www.gmeiner-verlag.de

@ … über unseren Newsletter: Melden Sie sich für unseren Newsletter an unter www.gmeiner-verlag.de/newsletter

f … werden Sie Fan auf Facebook: www.facebook.com/gmeiner.verlag

Mitmachen und gewinnen!

Schicken Sie uns Ihre Meinung zu unseren Büchern per Mail an gewinnspiel@gmeiner-verlag.de und nehmen Sie automatisch an unserem Jahresgewinnspiel mit »mörderisch guten« Preisen teil!

WWW.GMEINER-VERLAG.D
Wir machen's spannen